Kollegen im Abgrund

CHRISTIANE JANSEN

KOLLEGEN
IM ABGRUND

DIE BETRIEBSRÄTIN • BAND 1

Bibliografische Information der Deutschen Nationalbibliothek:
Die Deutsche Nationalbibliothek verzeichnet diese Publikation in
der Deutschen Nationalbibliografie; detaillierte bibliografische Daten
sind im Internet über dnb.dnb.de abrufbar.

Satz, Umschlaggestaltung, Herstellung und Verlag:
BoD – Books on Demand, Norderstedt

ISBN 978-3-7583-3907-3

SASCHA

Keine Sau hatte ihn gestern angerufen und ihm zu seinem vierundvierzigsten Geburtstag gratuliert. Und selbst seine Kumpel aus der Kneipe hatten es vergessen oder vermutlich gar nicht gewusst. Dabei hätte der Geburtstag mit einer Schnapszahl genug Anlass gegeben, ausgiebig gefeiert zu werden. Andere bekamen wenigstens in den sozialen Netzwerken Glückwünsche. Er hatte nicht einen einzigen bekommen. Was für ein Scheiß-Geburtstag!

Montags war Sascha Zurawskis Laune immer schlecht. Aber heute war sie so mies, dass sie schon fast wieder bei gut herauskommen musste. Beim Rasieren hatte er sich so bescheuert geschnitten, dass es nicht aufhören wollte zu bluten. Dabei hatte er sein letztes sauberes Hemd versaut und musste nun heute ein ziemlich durchgeschwitztes aus der Schmutzwäsche reaktivieren. Erst im Betrieb merkte er, dass es zusätzlich Kaffeeflecken auf seinem vorstehenden Wanst hatte. Alle würden ihn für einen fetten, schlampigen Versager halten. Nicht, dass ihn besonders interessierte, was andere von ihm dachten. Aber er blieb lieber unauffällig. Er war heute einfach besonders genervt, von den Kollegen, dem trostlosen Job, seiner eigenen schlechten Laune, dem Leben.

Zurawski sah auf seine schwarze Uhr und konnte nicht anders, als mit dem Ärmel seines Hemdes die

Fingerabdrücke vom Uhrglas zu wischen. Ihm gefielen das unauffällige, aber edle schwarz beschichtete Edelstahlgehäuse und das strukturierte Lederarmband. 9:10 Uhr, las er schließlich die Zeit ab und erhob sich unschlüssig. Er war erst vor zwanzig Minuten zum Kaffeeautomaten gegangen und hatte sich fast eine Viertelstunde nutzlos in der Kaffeeküche herumgedrückt. Als er den Weg durch die Montagehalle und über die Galerie zurück in sein Büro gekommen war, hatte ihn Viktor die ganze Zeit aus seinem unbeleuchteten Büro heraus beobachtet. Für einen kurzen Moment hatte Sascha überlegt, ob er ihm zuwinken und den Stinkefinger zeigen sollte, sich dann aber dagegen entschieden. So etwas wurde in der Firma nicht gern gesehen. Viktor Basler war so ein Idiot, so ein Loser. Normalerweise nicht würdig, dass man ihn überhaupt beachtete. Aber er hatte ihm, Zurawski, viele gute Dienste erwiesen, wie er sich fast amüsiert eingestand.

Er würde nur noch ein paar Minuten warten und dann heruntergehen, um eine Zigarette zu rauchen. 9:15 Uhr war immer seine Zeit. Da war für die Montage die Frühstückspause vorbei und das Glashaus vor der Halle, in dem die Lahn Technology Solution gnädig das Rauchen gestattete, nicht mehr so voll. Zurawski konnte es nicht leiden, wenn andere Menschen ihm so dicht auf die Pelle rückten. Wegen seiner enormen Körperfülle, die er nur mühsam mit seinen immer weißen Hemden, viel zu engen schwarzen Hosen und einem breiten Gürtel um die Hüften einigermaßen in Schach hielt, kam er nicht nur schnell aus der Puste, sondern auch leicht ins Schwitzen. Da konnte er es nicht haben, wenn ihm die Arbeitskollegen zu nahe kamen. Eine Jacke würde er nicht brauchen. Es war Mitte

September und das Wetter endlich angenehm. Der Sommer 2022 galt als der heißeste und trockenste seit dem Beginn der Wetteraufzeichnungen.

Nachdem er den Bildschirm heruntergefahren und Zigaretten und Feuerzeug eingesteckt hatte, trat er durch die Tür zurück auf die hoch über der Montagehalle liegende Galerie, die zu den oben liegenden Büroräumen führte. Ein kurzer Blick nach links auf Viktor Baslers Fenster ließ ihn einen kleinen blau leuchtenden Punkt erkennen, der sich langsam bewegte. Basler war also wieder mit einem Headset am Telefonieren, während er am Fenster stand und die Leute beobachtete.

In Zurawskis Hosentasche gab das Smartphone ein ersticktes PING von sich, als Zeichen, dass eine Nachricht eingegangen war. Er hätte es wegen des ständigen Maschinenlärms in der Montage gar nicht gehört, wenn das Handy nicht gleichzeitig vibriert hätte. Es war verboten, während der Arbeitszeit privat zu telefonieren oder Nachrichten zu schreiben. Trotzdem zog er das Handy aus der Tasche und las: *LETZTE WARNUNG! LASS DAS SEIN ODER DU BIST EIN TOTER MANN!*

Während er im Gehen seine Antwort eintippte, sich vertippte, neu formulierte, sich wieder vertippte und langsam ungehalten wurde, kam ihm nun auch noch dieser Kameltreiber aus der Halle entgegen. Die LTS stellte aber wirklich auch jeden ein, dachte Zurawski verächtlich und machte keine Anstalten, den Leiharbeitskollegen durchzulassen. Was musste der jetzt auch mit seiner Kiste, vollgepackt mit Metallteilen, auf dieser schmalen Galerie laufen! Sollte er doch die Treppe wieder heruntergehen und unten warten, bis Platz auf der Galerie war. Zurawski hatte den Typ immer mal wieder hier oben gehen sehen, wenn er die Teile als Muster in den Einkauf zu Viktor Basler brachte. Aber diese Araber sahen für ihn eh alle gleich aus. Und sich mit so einem zu unterhalten oder sich gar einen Namen zu merken, fiel ihm erst recht nicht ein. Überhaupt hasste er dieses Gesocks, das sich seit 2015 überall in Deutschland breitmachte. Ach, die armen Flüchtlinge, hieß es ständig. Er fand es zum Kotzen. Die schmarotzten sich überall durch und wurden von allen hofiert. Aber ehrlich arbeitende Menschen, Deutsche wie er, mussten schuften und kamen trotzdem auf keinen grünen Zweig. Jedenfalls nicht auf ehrliche Art, wie er sich mit einem Blick auf sein teures Handy eingestehen musste. Die verfluchten Tasten auf diesem Handy waren einfach zu klein für seine dicken Finger.

Ja, war es zu fassen, dieser Penner blieb doch einfach mit seiner Kiste auf dem Gang stehen und drückte sich mit dem Rücken zur Wand, um ihm Platz zu machen. Hatte der keine Augen im Kopf, dass sie da nie aneinander vorbeikommen würden, schon gar nicht mit der Teilekiste auf dem Arm und dem Feuerlöscher an der Wand? Er würde sich das nicht gefallen lassen und dem Schmarotzer schon zeigen, wie die Dinge hier in Deutschland liefen. Zurawski machte sich kein bisschen schmal, was bei seinem Umfang auch ein hoffnungsloses Unterfangen gewesen wäre. Aufrecht, mit breiten Schultern, den massigen Kopf mit dem schwabbeligen Doppelkinn hochgereckt und mit einem fast majestätischen Blick hinunter in die Halle, ging er auf Konfrontation. Auf der einen Seite drückte sich die Kiste stramm in seinen Arm. Auf der anderen Seite schnürte der metallene Handlauf sich wie ein starrer Keilriemen in seine Hüfte. Sascha presste und ruckte mit voller Kraft und ohne jede Rücksicht auf den Kollegen, der nirgendwohin ausweichen konnte.

Und ganz plötzlich war da Platz, Raum, Luft. Der Handlauf hatte sich aus der Halterung in der Säule gelöst und war unter Zurawskis massivem Druck nach außen in die Halle aufgesprungen. Für einen kurzen Moment genoss der massige Koloss die physische Erleichterung, den größer werdenden Abstand zu dem abstoßenden Kanaken. Dieser stand nur reglos und umklammerte seine Kiste mit verkrampften Händen und weißen Knöcheln wie ein Schutzschild vor seinem Körper. Als wäre er zu einem Standbild erstarrt. Zurawski blickte auf, und ihn traf ein Blick des Kollegen, den er nicht deuten konnte. Es war irritierend, denn der Araber wich seinem Blick nicht aus, starrte ihn geradewegs mit ausdrucksstarken Augen und einem – ja, konnte das sein? – fast höhnischem Ausdruck an.

Wie in Zeitlupe löste sich die Distanz zwischen den beiden Männern weiter und weiter auf, bis Zurawski bemerkte, dass er drohte das Gleichgewicht zu verlieren. Er fing an mit den Armen zu rudern, als versuchte er, durch die Luft zu schwimmen. Sein Handy flog hoch durch die Luft. Vergeblich versuchte er, mit einer Hand das verbleibende Geländer zu greifen. Warum ließ dieser Scheißkerl nicht seine idiotische Kiste fallen und reichte ihm eine rettende Hand? Immer weiter in die Halle und den lärmenden Abgrund hinein zog ihn die Schwerkraft, bis Zurawski zwar wahrnahm, dass seine Füße keinen Untergrund mehr hatten, doch begreifen konnte er diese Situation nicht. Mit weit aufgerissenen Augen und schlingernden Armen und Beinen drängte sich der Gedanke in sein träges Hirn, dass dies vielleicht kein gutes Ende nehmen würde. Er erinnerte sich an seine Kindheit, und Bilder seiner Eltern, von Kameraden an der Uni und gesichtslosen Frauen schossen ihm wie Stromschläge in die hoch angespannten Nervenbahnen.

Das Bild eines schmächtigen jungen Mannes erschien, als Zurawski in die Palette mit den aufragenden Rohlingen der Bohrköpfe krachte. Wie mit einem Schlaghammer wurde alle Luft aus seinen Lungen gepresst und explodierte mit einem verzweifelten Schrei in den alles übertönenden Arbeitslärm. Er konnte fühlen, wie sich die Bohrspitzen durch den Fettpanzer am Rücken, vorbei an der Wirbelsäule, tief in den massigen Körper bohrten, die Rippen erst zur Seite gebogen wurden und dann unter der Wucht des Aufschlags zerbarsten. Zwischen seinen Beinen erschien auf seinem rechten Schenkel die Spitze eines Bohrkopfes, der den gesamten Weg durch sein Fleisch und an dem stabilen Knochen vorbei in die neu gewonnene Freiheit auf der Oberseite gefunden hatte. Es kam ihm unendlich lange vor, bis die weit über einhundertzwanzig Kilogramm seines Körpers von der Schwerkraft nicht tiefer in die Bohrstangen auf der Palette gedrückt wurden.

Zurawski kam sich wie ein Beobachter des eigenen Abgangs vor. Das schmuddelig-weiße Hemd verfärbte sich rot, die Hose hing aufgerissen und in Fetzen von den aufgedunsenen fleischigen Beinen. Da waren kein Schmerz und keine Furcht. Aber auch keine Hoffnung. Mit der letzten Erinnerung an den jungen schmächtigen Mann hob er den Blick und erkannte ihn über sich. Dann wurde alles unscharf, hell, weiß …

VIKTOR

Aus dem spärlich beleuchteten Büro über der Montagehalle löste sich im Schatten hinter dem Fenster die Gestalt von Viktor Basler. Während er den Vorfall beobachtend am Fenster stand, spürte er die Erektion in sich aufsteigen. Heute war ein guter Tag, vielleicht der beste in seinen über dreißig Jahren hier im Betrieb, das fühlte er, als das Blut zwischen seinen Beinen pulsierte. Als er das Nachgeben des Geländers sehen konnte, drückte er sich mit dem Unterleib fest an die Bürowand. Er wollte die Erregung genießen und fieberte dem absehbaren Ende entgegen. Als Zurawski auf der beladenen Palette aufschlug und sich sein Körper in einen aufgespickten Fleischberg verwandelte, fühlte Viktor den heißen Vulkan, den er nun mit Schnaufen und starkem Zucken in den Lenden in seine Unterwäsche ergoss. Schweiß trat auf seine Stirn, und er merkte die Feuchtigkeit im Schritt. Sein Gesicht glühte, sein Herzschlag raste. Er stand noch einen Moment und blickte auf das Gewusel von Menschen, die sich erst um den inzwischen toten Zurawski auf der Palette und dann um den erstarrten Ausländer auf der Balustrade kümmerten. Sein Interesse war erloschen. Mit einem Taschentuch trocknete er seine Stirn und wandte sich ab. Gut, dass er heute die weite hellbraune Cordhose anhatte. Man würde nichts sehen. Er sollte trotzdem den Waschraum aufsuchen und sich wieder herrichten.

KASSI

Sie wusste sofort, dass etwas Schlimmes geschehen sein musste. Wenn etwas im Betrieb passierte, dauerte es meist keine zehn Minuten und im Betriebsratsbüro klingelte das Telefon oder jemand aus der Belegschaft stand in der Tür. Kassandra Hübner wurde von den über fünfhundert Beschäftigten der Lahn Technology Solution kurz Kassi genannt. Sie war vor gut zwei Jahren mit großer Mehrheit zur Betriebsratsvorsitzenden gewählt worden. Ihr stand an diesem Montagmorgen gar nicht der Sinn nach viel Publikumsverkehr, denn auf der Party gestern Abend war es ziemlich hoch hergegangen. Wo ihre typisch schwarzen, nach Zigarettenrauch und Schweiß miefenden Klamotten im Heavy-Metal-Look endeten, konnte man ihre vielen Tätowierungen erkennen. Die schwarz geränderten Augen und die leichte Alkoholfahne ließen keine Zweifel zu, dass sie direkt von der Feier in den Betrieb gekommen war.

An diesem Morgen war es Lilia aus der Montage, die völlig außer Atem und bleich im Gesicht die Tür aufriss. »Kassi, du musst schnell runterkommen in die Halle. Es ist ein schrecklicher Unfall passiert. Der Sascha aus dem Kundendienst, du weißt, der Dicke, der oben arbeitet, ist über das Geländer gestürzt. Es sieht furchtbar aus.«

Kassi sah sie ungläubig an, aber in Lilias Auftritt lag nichts Gespieltes, ihr Entsetzen war echt. Kassis Herzschlag ging schneller, und sie merkte, wie ihr das Adrenalin in die Adern schoss. »Komm, Lilia, setz dich erst mal. Ich gehe gleich runter. Sind schon Sanitäter vor Ort?«

»Ja«, sagte Lilia, »das ging wirklich alles sehr schnell. Es war furchtbar … Kassi … so furchtbar … ich habe ihn fallen gesehen. Das Geländer hat nicht gehalten … Es war ganz furchtbar … Dann ist er gefallen … so schrecklich«, stammelte sie atemlos. Die Worte und die Eindrücke sprudelten aus ihr heraus wie der Inhalt einer überschäumenden Sektflasche. Sie fing an zu weinen.

Kassi war sich nicht sicher, ob Lilia unter Schock stand und ärztliche Hilfe brauchte. Gleichzeitig war ihr klar, dass sie am Unfallort sein sollte. Sie griff zum Handy und rief ihren Stellvertreter Helmut an. Der hatte ihren Anruf offenbar erwartet, da er schon nach dem ersten Klingeln abnahm und mit einem fragenden: »Kassi?«, das Gespräch eröffnete. Helmut Goldmann würde in wenigen Jahren in Rente oder Altersteilzeit gehen, was genau, da konnte er sich noch nicht entscheiden. Damit war er nach Kassis Vorgänger Rolf Burghardt das zweite Betriebsrats-Urgestein, das mit viel Erfahrung und unfassbar umfangreichem Fachwissen das Gremium verlassen würde. Sie mochte und vertraute Helmut. Er war, wie sie selbst inzwischen auch, vollständig für die Betriebsratsarbeit freigestellt und ein sehr erfahrener, besonnener Betriebsrat, der sie in allen Fragen gut unterstützte und beriet. Helmut war bereits stellvertretender Betriebsratsvorsitzender bei Kassis Vorgänger gewesen und hatte selbst nie Ambitionen gehabt, in die vorderste Reihe zu treten. »Ich bin der richtige Mann im Hintergrund«, hatte er immer wieder zu Kassi gesagt, als die sich anfangs unsicher in dieser

Konstellation gewesen war. Das hatte sich inzwischen gelegt, und beide ergänzten sich als eingespieltes Team.

Helmuts sonst tragende, warme Stimme hatte einen hektischen Tonfall angenommen. Er schien außer Atem, vielleicht weil er schnell ging oder selbst angespannt war.

»Helmut, kannst du raufkommen ins Büro? Lilia ist hier, ich kann sie nicht allein lassen. Hast du von dem Unfall in der Montage gehört?«

»Ja, ich bin vor Ort. Wir können hier nicht viel machen. Es ist alles voll mit Rettungskräften. Aber ich denke, du solltest jetzt hier unten bei den Kolleginnen und Kollegen sein. Die brauchen deine Unterstützung. Ich bin gleich oben. Soll ich für Lilia einen Sani mitbringen?«

Ah gut, dachte Kassi beruhigt, Helmut behielt die Nerven und handelte überlegt. Sie selbst neigte ebenfalls dazu, in hektischen oder unübersichtlichen Situationen ruhig und systematisch zu agieren, auch wenn ihr Puls im Moment raste. »Nein, ich denke, wenn sie einen Kaffee bekommt und sich etwas erholen kann, wird es schon gehen«, entgegnete sie und ergänzte: »Und ansonsten sind die Sanis ja auch nicht weit, falls wir sie doch brauchen.«

Nur wenige Minuten später stand Helmut mit zwei Bechern dampfendem Kaffee in den Händen im Betriebsratsbüro und nickte Kassi zu, dass sie gehen könne.

»Lilia, ich gehe jetzt runter zu den Kolleginnen und Kollegen in die Montage. Helmut bleibt hier bei dir. Er hat dir einen Kaffee mitgebracht. Bleib so lange, bis es dir besser geht. Ich sage deinem Meister Bescheid, dass du bei uns bist.«

Lilia nickte dankbar, denn daran hatte sie gar nicht gedacht. Sie hatte sich wieder etwas gefangen, zitterte aber noch am ganzen Körper. Sie umfasste den Kaffeebecher mit beiden Händen, als wollte sie sich wärmen, und trank in kleinen Schlucken. »Martin wird sich sicher schon Gedanken machen, was mit mir ist.« Sie blickte Kassi beunruhigt an.

»Aber vielleicht auch nicht, ich denke, er hat nun ganz andere Probleme«, beruhigte Kassi die Kollegin »Ich bin sicher, der hat noch gar nicht bemerkt, dass du weg bist. Mach dir keinen Kopf, ich kläre das mit ihm.«

Kassi zog ihre Warnweste mit dem auffälligen Schriftzug *Betriebsrat* und dem Logo ihrer Gewerkschaft über und kam kurz darauf unten in der Halle an. Es war gespenstisch still. Alle Maschinen und Anlagen waren abgeschaltet. Kassi merkte gleich, dass es eine andere Ruhe war als am Wochenende oder nach Feierabend. Die Luft war mit einer greifbaren Spannung gefüllt. So als würde gleich etwas explodieren. Echt beunruhigend, dachte Kassi bei sich und spürte, wie sich auf ihren Armen die Härchen aufstellten. Die Polizei hatte die Halle und die oberen Büroräume komplett räumen lassen und den Unfallort weiträumig abgesperrt, wie Kassi schon von Weitem sehen konnte. Alle Beschäftigten aus der Abteilung hatten sich in der Teeküche und den Pausenbereichen versammelt. Überall wurde leise getuschelt. Diejenigen, die etwas gesehen hatten, berichteten wieder und wieder, was passiert war – inzwischen mit reichlich Vermutungen ausgeschmückt. Diejenigen, die nichts gesehen hatten, wollten nicht hinter den anderen zurückstehen und erfragten Details und berichteten ihre bisherigen Eindrücke über den verunglückten Kollegen.

Kassi fand diesen Voyeurismus in so einer Situation

schlimm, wusste aber auch, dass es ein wichtiges Verhalten war, das Gesehene zu verarbeiten. So fragte sie in alle Richtungen: »Leute, wie geht's euch? Seid ihr okay?

»Ja, passt schon«, »Hallo Kassi, das ist eine schlimme Sache«, oder: »Der Dicke ist da voll von oben runtergeflogen, echt übel«, waren die häufigsten Kommentare.

Kassi merkte sich, wer scheinbar Augenzeuge des Unfalls gewesen war und wer nur versuchte, sich wichtigzumachen. Das würde vielleicht später bei dem Unfallbericht einmal Gewicht bekommen. Und die Kolleginnen und Kollegen vertrauten ihr. Ob sie ihre Beobachtungen auch noch dem Abteilungsmeister, der Berufsgenossenschaft oder gar den polizeilichen Ermittlern erzählen würden, war fraglich. Aus Katastrophenübungen wusste Kassi, dass man sich um die Schreihälse weniger Sorgen machen musste als um die stillen Beteiligten. So suchte sie in den Gruppen gezielt nach den Kolleginnen und Kollegen, die etwas weiter hinten saßen und nicht auf sie reagiert hatten. »Hey, was ist mit dir? Brauchst du Hilfe? Das war sicher schlimm«, sprach sie jede und jeden Einzelnen an. Es waren jedoch nicht so viele, wie sie befürchtet hatte. Scheinbar tat es allen weitgehend gut, dass sie jetzt nicht allein waren. Nur einige wenige schienen unter Schock zu stehen, und Kassi würde gleich einen der Betriebssanitäter zu ihnen schicken, sobald diese dafür Zeit hätten. Der Arbeitgeber hatte sicher schon seine telefonische Unfallanzeige bei der Berufsgenossenschaft gemeldet, wie es bei tödlichen Arbeitsunfällen vorgeschrieben war. Die schriftliche Unfallanzeige würde binnen drei Tagen nachgereicht und vom Betriebsrat mit unterzeichnet werden.

Kassis nächster Weg führt sie daher an den Unfallort,

damit sie sich einen eigenen Überblick verschaffen konnte. Hinter der Absperrung hatte die Polizei rund um die Palette mit Saschas leblosem Körper einen Sichtschutzzaun aufgebaut. Es wimmelte von Rettungskräften und Polizei. Allen stand der Schreck ins Gesicht geschrieben. Dennoch verhielten sie sich professionell und machten ihre Arbeit. Auch die drei Betriebssanis waren vor Ort, standen aber etwas abseits herum. Die Profis hatten übernommen. Kassi ging zu den betrieblichen Ersthelfern herüber und erkundigte sich nach der aktuellen Situation. Sie erfuhr, dass der Notarzt eine erste Einschätzung abgegeben hatte, aber keinen Totenschein ausstellen konnte. Dies sei Aufgabe eines Allgemeinarztes. Erst mit dem Totenschein würde der Leichnam abtransportiert werden. Aktuell war noch die Spurensicherung bei der Arbeit. Kassi blickte sich um und konnte weiter hinten in der Halle zwei Männer in schwarzen Anzügen mit einer Totenbahre sehen. Ihr schauderte. Sie dankte den betrieblichen Ersthelfern und bat sie, nach Lilia im Betriebsratsbüro und den Kolleginnen und Kollegen in den Pausenräumen zu sehen, bei denen sie einen Schock vermutete. Da Rettungsdienst und Notarzt hier ohnehin alles im Griff hatten und die Sanis froh waren, helfen zu können, teilten sie sich gleich auf und gingen los.

Kassi fand Martin Jungholz, den Abteilungsmeister, direkt an der Absperrung. Sie hatte mit ihm zusammen bei der Lahn Technology Solution die Ausbildung gemacht. Er hatte damals zwei Ausbildungsjahre später angefangen und war inzwischen Meister in der Montage. Als Azubis hatten sie auf einem Grillfest der Firma mal hinter dem Bierwagen etwas herumgeknutscht. Es war aber nicht mehr draus geworden. Sie mochte ihn und fand, dass er im Gegensatz zu manch anderem Vorgesetzten eine großartige Besetzung für diese Stelle war. Er hatte Ahnung von der Materie und respektierte und förderte seine Leute in der Abteilung. So kam es in seinem Bereich äußerst selten zu Beschwerden.

»Hallo Kassi, was für eine furchtbare Sache«, sagte Martin tonlos. Er war ein großer, stattlicher und gut aussehender Mann, den Kassi noch nie so unsicher, fast weinerlich gesehen hatte. Er stand dort bleich und etwas verloren mit seinem zerzausten, braunen Lockenkopf in seinem grauen Meisterkittel und den klobigen Sicherheitsschuhen. Seine ebenmäßigen Züge strahlten Verzweiflung aus, und unter seinem Dreitagebart schien seine Haut fahler als sonst. Martin hatte die Sicherheitsbrille abgenommen und knetete sie unablässig nervös in den Händen.

»Hast du schon mit der Polizei gesprochen?«, fragte Kassi.

»Ja, die haben meine Daten alle aufgenommen und mir eine Liste mit Unterlagen und Nachweisen gegeben, die sie nun für die Ermittlungen brauchen«, gab Martin kraftlos zurück. »Zum Unfall selbst konnte ich nicht viel sagen, ich hab's ja nicht gesehen.« Er hob fast entschuldigend die Schultern.

»Haben die irgendwas gesagt, wie es jetzt weitergeht?« Kassi tat es beinahe leid, dass sie ihren Kollegen so bedrängen musste, aber sie hatte einfach keine Ahnung, was nach einem tödlichen Arbeitsunfall im Betrieb passierte.

»Na ja, die werden jetzt mit der Gewerbeaufsicht alles überprüfen, das Material der Handläufe, ob

Gefährdungsbeurteilungen und Unterweisungen gemacht wurden, so Zeugs halt. Vermutlich wird man versuchen, irgendjemandem die Schuld in die Schuhe zu schieben.« Martin hatte sich fast ereifert, merkte aber wohl selbst, dass es hier unangebracht war. »Tut mir leid, Kassi, so habe ich das nicht gemeint. Natürlich muss man der Sache genau nachgehen, damit so etwas hoffentlich nie wieder passiert.«

»Schon gut, Martin, ich verstehe, was du meinst. Dieser ganze bürokratische Akt hinterher ist zwar erforderlich, aber trotzdem würdelos. Das wird so einer Tragödie nicht gerecht. Aber so ist es halt.«

Aus dem Augenwinkel bemerkte Kassi eine junge Polizistin, die sich ihnen näherte. »Bitte gehen Sie zurück, das ist hier ein Unfallort«, forderte die Beamtin sie ziemlich deutlich auf.

»Ich bin Kassandra Hübner und die Betriebsratsvorsitzende hier im Betrieb. Ich bin nicht zu meinem Vergnügen hier«, gab Kassi zurück. »Jemand wird später meine Unterschrift unter dem Unfallbericht wollen, und daher sehe ich mir den Unfallort an und spreche mit den Leuten.«

Kassis selbstbewusstes Auftreten verunsicherte die Polizistin.

»Das passt schon so«, sagte Martin in die Runde, wohl in der Hoffnung, das sich anbahnende Wortgefecht im Keim zu ersticken. Offenbar war er selbst froh, dass Kassi da war und die Sicherheit ausstrahlte, die ihm gerade fehlte. Da konnte er eine zusätzliche Auseinandersetzung nicht ertragen.

»Dann geben Sie mir bitte Ihren Namen und Ihre

Kontaktdaten, damit wir Sie erreichen können. Wir werden sicher später noch Fragen haben«, wich die Polizistin aus, zückte einen Stift und Schreibblock und notierte sich Kassis Angaben.

Dann zog sie sich wortlos zurück, und Kassi sah sich aus der Entfernung den abgeschotteten Unfallort an. Die Absperrung und das Gewusel an fremden Menschen in weißen Schutzanzügen und Schuhüberziehern erinnerten Kassi an die üblichen TV-Krimis. Dieser Unfallort war jedoch bittere Wirklichkeit. Hier war ein echter Mensch, ein Kollege gestorben. Kassi bekam eine Gänsehaut und fröstelte. Sie hatte so etwas noch nie erlebt. Noch nie war sie dem Tod so nahe gekommen. Als damals ihre Großmutter gestorben war, hatten die Eltern sie vor den Fernseher gesetzt, weil sie mit acht Jahren noch zu klein war. Sie durfte zwar bei der Trauerfeier mit dem geschlossenen Sarg dabei sein, fühlte sich aber hilflos und deprimiert, weil alle Erwachsenen traurig waren oder gar weinten. Doch das hier war etwas anderes. Sie war erwachsen und Betriebsratsvorsitzende. Der Kollege war nicht nach einer Krankheit oder aus Altersgründen gestorben, sondern völlig unvermittelt aus dem Leben gerissen worden.

Kassi blickte sich um und konnte sehen, dass oben ein Teil des Handlaufs herausgebrochen war. »Ist der Kollege von dort heruntergestürzt?«, fragte sie Martin.

Der blickte bestürzt nach oben und nickte nur. »Ja, muss wohl. Ich habe es ja selbst nicht gesehen«, brachte er erst nach einer kurzen Weile mit belegter Stimme hervor.

Kassi hatte bemerkt, wie angegriffen Martin war, und packte ihn vorsichtig am Arm. »Schon gut. Sollen wir in dein Büro gehen?«

»Nein, ich werde hier sicher noch gebraucht, und wie sieht es aus, wenn ich bei so einer Katastrophe nicht vor Ort bin«?, entgegnete er. Anscheinend hatte ihn Kassis Berührung wieder aus seiner Erstarrung gelöst. »Ich war gar nicht da, als es passiert ist. Ich war in einer Besprechung wegen der neuen Cobots«, fügte er fast entschuldigend hinzu.

»Weißt du denn, wie es passiert ist?«, fragte Kassi vorsichtig nach.

»Offenbar hat der Handlauf oben nicht gehalten, und der Kollege ist heruntergestürzt. Unten stand eine Palette mit Bohrstangen, in die er direkt reingekracht, entschuldige, reingefallen, ist. Er war wohl sofort tot. Das ist, was die Kollegen berichtet haben, und so sah es auch aus.« Martin wurde wieder bleich, wenn er nur daran dachte. Diesen Anblick würde er nie vergessen.

»Du hast es noch gesehen«, hakte Kassi vorsichtig nach.

»Ja, nur ganz kurz, bevor die Polizei den Sichtschutz aufgebaut hat.«

»Warum hat sich Sascha überhaupt so stark gegen den Handlauf gedrückt, dass der nachgibt?«, fragte sich Kassi halblaut. »Das macht doch gar keinen Sinn. Jeder, der da oben läuft, fasst den Handlauf normalerweise nicht mal an. Und das Geländer ist doch auch noch gar nicht so alt. Ich verstehe das nicht.« Natürlich gab es auch bei der LTS zahlreiche Sicherheitsvorschriften, zum Beispiel dass man beim Treppensteigen den Handlauf benutzen musste. Analysen hatten ergeben, dass zahlreiche Arbeitsunfälle durch Stolpern und vor allem auf Treppen passierten. Aber da oben auf der Galerie gab es keine Stolpergefahren und grundsätzlich nicht mal einen Grund, den Handlauf überhaupt zu berühren. Es war eigenartig, und sie würde der Sache auf den Grund gehen, beschloss Kassi. Sie streckte sich, um einen Blick über den Sichtschutz auf die Palette zu werfen.

Martin, der das bemerkte, sagte: »Keine Chance. Die Spurensicherung und ein Gutachter vom LKA nehmen dort hinten alles auf. Da wollen die keine Beobachter. Die haben alles beschlagnahmt. Weiß ja kein Mensch, wer da hinten noch alles rumspringt«, und wies mit einer ausladenden Geste auf die zahlreichen unbekannten Menschen, die sich innerhalb der Absperrung am Unfallort, oben auf der Galerie und in der ganzen Montagehalle aufhielten. »Es hat sich so angehört, als hätten sie die Palette rund um Sascha ausgeschnitten zum Mitnehmen. Die werden ihn sicher von der Palette runteroperieren müssen«, murmelte er fast mehr zu sich selbst als zu Kassi und schüttelte den Kopf, als wollte er diesen grausigen Gedanken vertreiben.

Auch Kassi schauderte. Sie konnte sich nur zu gut vorstellen, wie der füllige Sascha, durchbohrt von den stählernen Bohrstangen, wie mit Nadeln auf die Palette gespickt war.

»Da oben war wohl noch jemand, als es passiert ist«, fiel Martin plötzlich wieder ein.

Kassi traute ihren Ohren nicht. »Was hast du gesagt? Da war noch jemand? Wer?« Ihre Stimme war immer lauter geworden, fast so, als wollte sie den Abteilungsmeister aus seiner Lethargie reißen.

»Ein Leiharbeiter. Murad, den Nachnahmen weiß ich gerade nicht. Der ist seit Kurzem hier im Betrieb und hat das da oben wohl alles aus nächster Nähe miterleben müssen. Die Sanitäter haben ihn zur Betriebsärztin gebracht. Der war völlig neben der Spur. Verständlich. Die Polizei will ihn später zum Gespräch mitnehmen.«

»Ist sonst noch jemand da oben?«, fragte Kassi.

»Nein, alle mussten sofort ihre Büros räumen, und die Polizei hat ja auch gleich alles abgesperrt«, berichtete Martin. So langsam kehrten die Lebensgeister wieder in sein Abteilungsleitergehirn zurück. »Ich bin überhaupt gespannt, wie es jetzt hier in der Abteilung weitergeht. Bis auf Weiteres werden wir hier wohl kaum normal weiterarbeiten können. Die meisten aus den Büros oben bauen jetzt mal wieder Überstunden ab oder haben sich, wie in den letzten Monaten schon so oft, ins Homeoffice verabschiedet. Aber das geht hier in der Montage natürlich nicht.« Und als hätte er es geahnt, kam geradewegs der Geschäftsführer der LTS, Eugen Wörnitz, mit der Betriebsleiterin und dem Produktionsleiter auf ihn zu.

Kassi wisperte Martin gerade noch zu: »Achtung, die Chefs kommen, ich hau ab«, bevor sie sich so unauffällig wie möglich wegdrehte und davonging. Ihr stand jetzt nicht der Sinn nach einem Gipfeltreffen, wie sie und Helmut die Zusammenkünfte mit der Fabrikführung immer nannten. Sie wollte viel lieber nach dem Leiharbeitskollegen sehen, den sie vielleicht noch bei der Betriebsärztin antreffen würde.

Sie ging an der Absperrung entlang zum Seitenausgang. Der Weg über den Hof wäre deutlich kürzer als zurück durch die Halle. Kassi kannte den Betrieb wie ihre Westentasche. Sie hatte hier nicht nur ab 2001 ihre Ausbildung zur Mechatronikerin gemacht, sondern wurde auch zwei Jahre später bereits zur Jugend- und Auszubildendenvertreterin gewählt. Diese Funktion brachte es mit sich, dass sie die anderen Azubis immer mal wieder an deren Arbeitsplätzen aufsuchte und so jeden Winkel des Betriebs kennenlernte. Sie fühlte sich sehr wohl in dieser Welt und wurde im Großen und Ganzen bei den Kolleginnen und Kollegen der LTS geschätzt und anerkannt.

Bevor sie die schwere Brandschutztür erreichte, die auf den Hof hinausführte, stutzte sie. Aus dem Augenwinkel sah sie unter einer Gitterbox mit Kartonabfällen ein Handy mit zerschmettertem Display liegen. Sie sah sich um und tat, als müsste sie die Schnürbänder ihrer Sicherheitsschuhe neu binden. Sie zog das Handy hervor und ließ es unauffällig in ihre Hosentasche gleiten. Bevor sie die Halle verließ, winkte sie Martin zu, der sich nach ihr umgedreht hatte.

Inzwischen hatte sie als Betriebsrätin einen recht guten Draht zur Betriebsärztin. Das war nicht immer so gewesen. Aufgrund der Betriebsgröße hatten sie keinen eigenen Betriebsarzt, sondern nutzten einen Dienstleister, der Betrieben die Betriebsärzte für die erforderliche Stundenzahl zur Verfügung stellte. Bisher waren da ziemliche Pfeifen dabei gewesen, fand Kassi. Und der größte Teil der Belegschaft teilte ihre Einschätzung. Einige Ärzte, die ihnen geschickt worden waren, waren schlicht faul und interessierten sich überhaupt nicht für die Belange der Beschäftigten und den Arbeits- und Gesundheitsschutz. Für den Betriebsrat ein so unhaltbarer Zustand, dass einstimmig in einer Sitzung beschlossen wurde, diesen Betriebsarzt abzuberufen und den Arbeitgeber aufzufordern, einen neuen zu bestimmen. Das war ein ziemlicher Tanz gewesen, weil die Kolleginnen und Kollegen, die sich beschwert hatten, nicht genannt werden wollten. Letztlich setzte sich der Betriebsrat durch, weil auch der Personalleitung einleuchtete, dass ein Betriebsarzt sinnlos war, wenn die Beschäftigten nicht hingingen.

Dr. Ruth Gehringer war Ende fünfzig, sehr erfahren und hatte ein freundliches und positives Wesen. Sie war schmächtig gebaut, und die vielen Falten im Gesicht zeugten von einem Leben mit Höhen und Tiefen. Sie hatte ihre inzwischen von grauen Fäden durchzogenen schulterlangen dunklen Haare in einem straffen Zopf gebunden und trug für ihr Alter und ihre Funktion unter ihrem weißen Kittel erstaunlich legere Kleidung. Trotzdem strahlte sie so viel Kraft und Energie aus, dass nicht mal die Geschäftsführung sich ihr widersetzte, wenn sie mit fast leiser Stimme in den Sitzungen des Arbeitsschutzausschusses ihre »Empfehlungen« für den Betrieb abgab. Kassi mochte und respektierte sie und hatte den Eindruck, dass dies auf Gegenseitigkeit beruhte.

So klopfte sie vorsichtig an die Tür zu dem kleinen Behandlungszimmer. Es waren Schritte zu hören, Dr. Gehringer öffnete und stand in ihrem weißen Arztkittel und mit dem obligatorischen Stethoskop um den Hals gewunden wie ein unüberwindliches Hindernis in der Tür. »Frau Hübner«, sagte sie halb als Feststellung, halb fragend.

»Ich wollte mich nach dem Kollegen, nach Murad, erkundigen, den man vorübergehend zu Ihnen gebracht hat. Wie geht's ihm?«, fragte Kassi.

»Ich denke, der wird wieder. Er braucht jetzt wohl vor allem Ruhe und psychologische Unterstützung«, sagte die Betriebsärztin, ohne sich einen Schritt aus dem Türrahmen zu bewegen.

»Kann ich kurz mit ihm sprechen? Er ist noch nicht so lange als Leiharbeiter bei uns beschäftigt, und ich kenne ihn kaum. Ich möchte nur meine Hilfe anbieten.«

Dr. Gehringer blickte etwas missbilligend, da ihr jede Art von Neugierde oder gar Voyeurismus zuwider war. Sie wusste aber auch, dass sie in den nächsten Tagen nicht im Betrieb sein würde und es daher gut wäre, wenn jemand den Kollegen im Auge behielt und begleitete. Und da sie Kassi als zuverlässige und vertrauenswürdige Person kennengelernt hatte, erwiderte sie nur: »Ich frage ihn kurz, ob er das will. Er musste schon der Polizei Rede und Antwort stehen und soll gleich noch mit zur Dienststelle fahren. Er scheint mir ziemlich durch den Wind.« Sie drehte sich um und schloss die Tür vor Kassi, die geduldig draußen wartete.

Kurz darauf ging die Tür wieder auf, und die Betriebsärztin deutete ihr an, einzutreten.

SASCHA

Schon als vierjähriges Kind hatte Sascha am Gesicht der Mutter erkannt, wenn es wieder so weit war. Sie hatte dann dieses ängstliche Flackern in den Augen. Schon vorsorglich sagte sie für den Tag und auch für die beiden nächsten alle Verabredungen ab und sorgte dafür, dass sie genug Lebensmittel im Hause hatte, damit sie nicht auf die Straße musste. Wenn sie Sascha dann, als der Vater betrunken nach Hause kam, mit seinem Abendessen in sein Zimmer schickte und aufforderte, auf gar keinen Fall mehr herauszukommen, hatte auch er Angst. Angst um sie, um seine Mutter.

Saschas Vater war groß, übergewichtig und schwerfällig. Sein Gesicht war gezeichnet von zahlreichen alkoholgetränkten Aktivitäten. »Gesellschaftliche Anlässe«, wurde das im Hause Zurawski oft genannt. Alkohol war jedoch nicht nur im beruflichen Umfeld ein ständiger Begleiter seiner Eltern, auch bei privater Gelegenheit standen Bier, Wein oder stärkere Drinks stets in greifbarer Nähe. Um den Anschein von Seriosität zu wahren, trug Saschas Vater immer Anzüge, Hemden und farblich abgestimmte Krawatten. Seine Haare waren kurz getrimmt und erinnerten ans Militär. Der bullige Schädel mit dem stämmigen Hals hätte in einer anderen Aufmachung angsteinflößend brutal gewirkt. Saschas Vater war immer bemüht um ein professionelles und geschäftsmäßiges Auftreten. Doch sobald er nach einem feucht-fröhlichen geschäftlichen oder privaten Treffen die Haustüre hinter sich schloss, ließ er die sadistische Bestie aus dem Käfig. Bis spät in die Nacht hörte Sascha dann das Getöse im Haus, Gebrüll und Schreie. Er hatte sich mehrmals in die Hosen machen müssen, weil er nicht gewagt hatte, sich der Anweisung seiner Mutter zu widersetzen und zum Pinkeln ins Bad zu schleichen. Er wusste schon, dass ihn seine Mutter am nächsten Morgen nicht wecken und es auch kein Frühstück geben würde. Erst wenn die Haustür ins Schloss fiel, war dies das sichere Zeichen, dass Vater zur Arbeit gegangen war und das Haus verlassen hatte. Dann dauerte es meist noch eine halbe Stunde, bis Sascha sich leise aus dem Zimmer traute, um in ein verwüstetes Haus mit zerschlagenem Geschirr, eingetretenen Schranktüren und zerbrochenen Möbeln zu treten. Langsam tastete er sich dann voran, hob hier und da ein Bild, eine Tasse oder ein Kissen auf, um es irgendwo neu abzulegen. Den ursprünglichen Platz gab es meist nicht mehr. Nicht selten fand er irgendwo dazwischen seine Mutter.

»Er hat gerade wieder viel Stress bei der Arbeit«, verteidigte sie den Vater dann, eher vor sich selbst als vor Sascha.

Vater achtete darauf, dass seine Schläge keine sichtbaren Spuren hinterließen, er hatte schließlich einen Ruf zu verlieren. Den Ruf von Karlheinz Zurawski als Leiter der örtlichen Arbeitsagentur. Er hatte Mutter Mitte der Siebzigerjahre als Lehrerin in einer Fortbildung über Datenschutz kennengelernt. Erst hatten sie eine belanglose Liebelei, aber als Mutter dann mit ihm, Sascha, schwanger wurde, beugte sich Vater dem Druck seiner Eltern und heiratete Charlotta, die ihm zum Vögeln zwar gefiel, aber als Ehefrau in seinen Augen nicht seinem gesellschaftlichen Stand entsprach. Mutter hatte sich jedoch schnell in die gesellschaftliche Rolle als Gattin des Arbeitsamtsleiters eingefunden und bemühte sich, diese mit teurer Kleidung, einem entsprechenden Auftreten und gönnerhaften Spenden auszufüllen. Mit Saschas Geburt stellte sie die eigene Erwerbstätigkeit ein und hatte nicht vor, sie je wiederaufzunehmen. Sie widmete sich ihrem Literaturkreis, organisierte Spendenaktionen für das örtliche Tierheim und war im Kirchenkreis aktiv, wenngleich sie nicht sonderlich gläubig war.

Saschas Eltern waren nicht warmherzig und aufmerksam. Dennoch vermisste Sascha nichts, er lief im täglichen Leben eher so mit. Auch wenn er oft das Gefühl hatte, wegorganisiert zu werden, war das für ihn okay. Er kannte es nicht anders.

Wenn es ein gemeinsames Abendessen in der Familie gab, genoss Sascha es, Teil dieser Gemeinschaft zu sein. Dabei redete seine Mutter über die anderen Frauen und wie billig sie sich wieder angezogen hätten und wie ordinär sie zurechtgemacht seien. Sascha war es egal, denn er erkannte den Unterschied gar nicht und wusste auch nicht so recht, was ordinär war. Allerdings war ihm früh klar, dass nutzloses Pack, arbeitsscheue Taugenichtse und vor allem die ausländischen »Schmarotzer« bei Vater in der Arbeitsagentur etwas bekamen, was ihnen eigentlich nicht zustand – zumindest nicht in Vaters Augen. Aber da die Gesetze nun mal so seien, könne man nichts machen. Schon im Alter von zehn Jahren war Sascha etwas dicklich und völlig unsportlich. Er war so unsicher in seinen Bewegungen, dass ihm ständig Missgeschicke passierten. Auch in der Schule war er keine Leuchte. Da es seinen Eltern aber mithilfe von Nachhilfestunden gelungen war, ihn aufs Gymnasium zu hieven, versuchte er dort sein Bestes. Doch was immer er tat, die Anerkennung seiner Eltern blieb aus. Er war bestenfalls Mittelmaß – meist darunter –, und das ließen seine Eltern ihn auch stets spüren. Jedes Zeugnis wurde mit hochgezogenen Augenbrauen zur Kenntnis genommen. Besondere Pannen und Unfälle in Schule und Freizeit wurden gern auch mal als unterhaltsames Tischgespräch unter Freunden und Bekannten ausgebreitet. Sascha schämte sich dann sehr.

Als er zwölf Jahre alt war und sich versehentlich auf die Lieblingspfeife seines Vaters gesetzt hatte, schlug dieser das erste Mal zu. Viele weitere Male sollten folgen, mit und ohne Anlass.

MURAD

Murad war von zwei Sanitätern, von denen er nicht wusste, ob sie zum Betrieb gehörten oder nicht, sanft vom durchbrochenen Geländer weggezogen und in das Büro direkt hinter ihnen gebracht worden. Dort hingen Zeichnungen an den Wänden, und es standen Computer, Drucker und mehrere Monitore auf den Schreibtischen. Er war hier noch nie gewesen, und die beiden Kollegen, die dort offenbar arbeiteten und von dem Unglück nichts mitbekommen hatten, wurden gebeten, unter Aufsicht die Räumlichkeiten zu verlassen.

Die Sanitäter hatten sich nach Murads Befinden erkundigt und ihm erst ein Glas Wasser, dann einen Kaffee gebracht. Der Kaffee schmeckte so furchtbar, dass er ihn nach dem ersten Schluck stehen ließ. Er war anderes gewohnt. Murad wusste nicht, was jetzt weiter mit ihm passieren würde, und so saß er einfach mit gesenktem Kopf da. Es dauerte etwas, bis die Polizei und der Rettungsdienst mit dem Notarzt eintrafen. Der Notarzt untersuchte ihn kurz, maß den Blutdruck und fragte ihn einige belanglose Fragen nach dem Datum oder Wochentag. Er verstand alles und konnte alles beantworten. Kurz darauf stand die Polizei vor ihm – und das verunsicherte ihn sehr. Er hatte sowohl in seinem früheren Leben in Syrien als auch später auf der Flucht und jetzt in Deutschland bisher keine guten

Erfahrungen mit der Polizei gemacht. Im Deutschkurs waren sie ihm immer als »freundliche Helfer« beschrieben worden, an die sich jede Bürgerin und jeder Bürger bedenkenlos wenden könnte. Seine Lebenserfahrung sah da anders aus. Er konnte die deutsche Polizei nicht einschätzen, und so hielt er sich zurück, als sie begannen, ihn zu befragen. Erst nahmen sie seine persönlichen Daten auf. Er berichtete in verständlichem, aber gebrochenem Deutsch, dass er 1990 in einer kleinen Stadt bei Damaskus in Syrien geboren sei, keine Familie habe und seit Anfang 2018 in Deutschland lebe. Dann wollten sie wissen, was passiert und wie es zu dem Unfall gekommen sei, ob er das Opfer kenne und wie lange er schon im Betrieb beschäftigt sei. Dabei schienen sie seinen »Migrationshintergrund« zu berücksichtigen, denn die Fragen waren einfach formuliert, und die Polizei gab sich mit seinen eher schlichten Antworten zufrieden. Murad erläuterte, dass er die Box nach oben gebracht und den anderen Kollegen dort getroffen habe. Da der Gang sehr eng sei, hätten sich beide aneinander vorbeidrücken müssen. Dabei habe der Handlauf offenbar nachgegeben und das Unglück habe seinen Lauf genommen. Er selbst sei erst seit wenigen Monaten als Leiharbeiter im Betrieb eingesetzt und kenne kaum irgendwelche anderen Beschäftigten. Mit dem Opfer habe er keinen persönlichen oder gar privaten Kontakt.

Der Notarzt hielt die Befragung erst einmal für ausreichend und ließ Murad, nachdem die Polizei ihm eine Karte mit Kontaktdaten übergeben hatte, falls ihm noch etwas einfalle, in Begleitung von Rettungskräften zur inzwischen eingetroffenen Betriebsärztin bringen. Hier traf er auf eine kleine, gütig dreinblickende, ältere Frau, die ihn in ihrem kleinen Behandlungszimmer empfing. Ärzte waren etwas Gutes, sie wollten helfen, und Murad entspannte sich etwas. Die Frau ließ ihn in Ruhe, fragte nur, ob sie jemanden anrufen solle, der ihn aus dem Betrieb abhole. Murad verneinte, es gab niemanden. Er erklärte, dass er geflohen sei und seit mehreren Jahren in der Stadt lebe. Er finde sich so weit gut zurecht, und die freundliche Ärztin befand, dass er ziemlich gut Deutsch spreche. Murad konnte diesen Satz inzwischen nicht mehr hören, rechnete der Ärztin aber echtes Interesse und Mitgefühl für seine Situation an. Sie unterhielten sich eine Zeit lang über belanglose Dinge, wo er als Leiharbeiter schon überall gearbeitet habe, wie es ihm hier im Betrieb gefalle und ob er noch Pläne für eine Berufsausbildung habe, schließlich sei er mit zweiunddreißig noch nicht zu alt und wolle sich doch sicher hier ein neues Leben aufbauen. Murad wäre gern gegangen, aber er hatte den Eindruck, dass man ihn noch nicht gehen lassen wollte. Er hatte doch alles gesagt, und aus seiner Sicht gab es keinen Grund, sich hier weiter im Betrieb aufzuhalten.

Da klopfte es fast zaghaft an die Tür. Die Ärztin erhob sich und ging, um nachzusehen. Nach einer Weile kam sie zurück und fragte, ob es okay sei, die Betriebsratsvorsitzende des Betriebes zu treffen. Sie sei sehr nett und wolle sich nur nach ihm erkundigen. Murad konnte mit dem Begriff »Betriebsratsvorsitzende« nichts anfangen. Für ihn hörte sich das nach einer offiziellen Person an, der man nicht mit einem Nein antworten konnte. Und so nickte er nur und vertraute auf das Urteil der Ärztin.

Dann stand er Kassi gegenüber. Er schätzte sie in seinem Alter. Sie hatte lange schwarze Haare, die zu einem

Pferdeschwanz aufgebunden waren, und mit schwarzem Kajal umrandete, lindgrüne Augen, die ihn an die Frauen in seiner früheren Heimat erinnerten.

»Ich bin Kassi, wie geht es dir?«, stellte sie sich vor.

»Ich Murad«, sagte Murad, »danke, Frau Kassi, es alles okay.«

Kassi grinste ihn an, und es war das freundlichste Lächeln, das Murad seit Langem gesehen hatte. »Einfach Kassi, nicht Frau Kassi. Wir sind hier Kollegen. Ich bin nicht der Arbeitgeber, sondern für dich da.«

Murad verstand zwar immer noch nicht, was es mit dieser Frau auf sich hatte, aber da die Ärztin ihr offenbar vertraute, würde er das auch tun, bis zu einem bestimmten Punkt jedenfalls, entschied er. »Was jetzt passiert mit mir?«, fragte er Kassi.

»Ich weiß es nicht so genau«, antwortete sie. »Die Polizei wird dich nachher noch mal mitnehmen und befragen. Da wird dann sicher auch ein Dolmetscher dabei sein, wenn du das möchtest.«

»Ich schon alles gesagt«, sagte Murad, hob die Hände und machte ein unglückliches Gesicht. »Ich bekommen jetzt Kündigung?«, fragte er leise und ergänzte dann, mehr zu sich selbst: »Ich doch nichts gemacht.«

»Das entscheidet die Firma«, sagte Kassi. »Aber wenn du gern bleiben möchtest, will ich versuchen, dass du bleiben kannst.« Zu Dr. Gehringer gewandt fragte sie: »Ist Murad krankgeschrieben?«

»Das muss ich noch mit ihm besprechen«, antwortete die Ärztin. »Warum ist das wichtig?«

»Leiharbeiter werden bei Krankheit oft vom Arbeitgeber abgemeldet und durch einen anderen ersetzt. Das will ich nach so einem Unglück auf keinen Fall und muss das unbedingt klären, damit er hier nicht gehen muss.«

Die Ärztin schien zu verstehen. »Okay, aber wenn er nach diesem Erlebnis arbeitsunfähig ist, ist er arbeitsunfähig. Ich kann es nicht verantworten, jemanden in einem Betrieb arbeiten zu lassen, der dazu psychisch nicht in der Lage ist. Das wäre viel zu gefährlich für ihn und auch für andere.«

»Ja«, stimmte Kassi ihr zu und wandte sich wieder an Murad: »Ich versuche das schnell zu klären. Schließlich sollst du nicht darunter leiden, was passiert ist.«

»Danke«, antwortete er, obwohl er gerade nicht so richtig verstand, worum es genau ging. Er konnte nur hoffen, dass die beiden Frauen es gut mit ihm meinten. Murad hob zum ersten Mal den Blick und sah Kassi für einen kurzen Moment direkt in die Augen.

Beide erstarrten unvermittelt, und er versank wie in Treibsand in diesem gemeinsamen Blick. Alles um Murad herum war verschwunden. Nur diese Energie, die ihn ganz einsog. In diesem Blick lag das ganze Wissen dieser Welt, als hätten sie beide alles gesehen und alles erlebt, die glühende Liebe, unzähmbare Aggression und vernichtenden Schmerz. Kassis Augen waren tief wie der Ozean und Murads Blick hoffnungslos wie eine nie enden wollende, mondlose Nacht. Murad war von einer Mischung aus Faszination und Furcht erfasst und fühlte sich bewegungsunfähig, wie zusammengeschnürt. Auch als Kassi den Blick längst wieder gesenkt hatte, konnte er seine Augen nicht abwenden. Er hatte für einen Moment in ihrem Blick alles gesehen und zugleich so gar nichts verstanden. Doch der Moment war verflogen, und Murad spürte, dass er ihn nicht zurückholen konnte.

Kassi fragte ihn mit einem Blick auf die Ärztin, ob er ihr kurz schildern könne, was da oben passiert sei.

Murad berichtete ihr mit ruhiger Stimme in einfachen Sätzen dasselbe, was er auch der Polizei gesagt hatte. Kassi hörte aufmerksam zu und stellte keine Fragen. Sie bat die Ärztin um Stift und Zettel und schrieb Murad ihre und Helmuts betriebliche Kontaktdaten auf. »Falls du einfach nur mal reden willst oder für sonstige Notfälle«, ergänzte sie und schrieb auch ihre private Handynummer auf. »Ich bin hier auch auf WhatsApp zu erreichen«, sagte sie und zeigte auf ihre private Mobilnummer.

Murad schien es egal, er nickte nur kurz. Kassi reichte Murad zum Abschied die Hand, und er registrierte einen warmen, kräftigen und selbstbewussten Handschlag. Kassi verabschiedete sich von der Betriebsärztin, bedankte sich für die Unterstützung und verließ das kleine Behandlungs-zimmer. Murad fühlte sich immer noch benommen, ohne genau zu wissen, wovon eigentlich.

KASSI

»Was für ein Tag«, seufzte Kassi, als sie die Tür zum Betriebsratsbüro wieder hinter sich geschlossen hatte. Helmut blickte auf. Er war allein. Lilia war wieder an ihren Arbeitsplatz zurückgegangen. Nach der durchzechten Nacht und den Vorkommnissen des neuen Arbeitstags überfiel Kassi jetzt eine schwere Müdigkeit. Ihr sonst so hübsches, ebenmäßiges Gesicht wies dunkle Augenringe und eine ungesunde Blässe auf.

»Ja, Kassi, das ist echt ein Schock«, gab Helmut zurück. »Kann ich etwas für dich tun?«, bot er seine Hilfe an.

Kassi berichtete von ihrem Gespräch mit dem Abteilungsleiter Martin Jungholz und dem Treffen mit Murad bei der Betriebsärztin.

»Ich habe keine Ahnung, wie das passiert sein kann«, wiederholte sie wieder und wieder.

»Ja, schon komisch«, musste auch Helmut zugeben, der sich das plötzliche Nachgeben des Handlaufs ebenfalls nicht erklären konnte.

»Ah, warte, ich habe unten in der Montage unter einer Gitterbox ein Handy gefunden«, sagte Kassi und zog das schwer demolierte Smartphone aus der Hosentasche. Sie drückte die Taste zum Einschalten, und es erschien unter dem zerbrochenen Display ein vom Hersteller wohl standardmäßig aufgespieltes Hintergrundbild.

»Vielleicht hat das ein Kollege verloren, als sie so schnell die Halle räumen mussten. Hat dich unten in den Pausenräumen niemand angesprochen, als du rumgegangen bist?«, fragte Helmut.

»Nein, das hat keiner erwähnt. Vielleicht wurde es noch gar nicht bemerkt, dass es fehlt. Ich hatte gehofft, man könnte auf dem Display vielleicht erkennen, wem es gehört, aber das ist nur eine Standardoberfläche. Und man braucht ein Passwort«, sagte Kassi nachdenklich und drehte das Smartphone hin und her, als könnte sie so Hinweise auf den Eigentümer bekommen.

»Dann müssen wir unten in der Halle entweder einen Aushang ans schwarze Brett machen oder da im Bereich, wo du es gefunden hast, mal die Leute fragen«, schlug Helmut vor.

»Ich habe noch eine andere Idee. Ich könnte mal unseren IT-Nerd fragen, ob es eine Möglichkeit gibt, auch ohne Passwort zumindest an die Eigentümer-Infos zu kommen«, überlegte Kassi laut und griff zum Telefon.

Helmut zog die Augenbrauen hoch und kratzte sich die grauen Schläfen.

Kaum zehn Minuten später stand Paul, der Informatik-Azubi, verlegen grinsend in der Tür zum Betriebsratsbüro. Trotz der Umstände mussten Kassi und Helmut lachen.

»Haben sie echt dich geschickt?«, prustete Kassi los. Sie mochte Paul. Er war immer hilfsbereit und ein kluger Kopf, wenn es um pragmatische Lösungen ging. Mit seinem Kapuzenpulli könnte der Zwanzigjährige wohl auch in einem Hacker-Club Karriere machen.

»Na, was gibt's denn? Probleme mit deinem Handy?«, fragte er, trat an Kassis Schreibtisch und streckte die Hand nach dem kaputten Smartphone aus. »Wow, du musst hier gut verdienen oder verrückt sein. So ein teures Handy«, stöhnte er auf, als täte es ihm körperlich weh, das Handy in einem solchen Zustand zu sehen.

»Was meinst du?«, fragte Kassi zurück.

»Das ist das neueste und fast teuerste Handy. Das kostet deutlich über tausend Euro. Ich finde, das ist ganz schön viel. Ich würde das jedenfalls nicht dafür ausgeben, selbst wenn ich das Geld hätte.«

Kassi sah Helmut erstaunt an. Sie ging in Gedanken die Kolleginnen und Kollegen durch, die unten in dem Bereich arbeiteten. Sie kannte sie alle, mit Namen und zum großen Teil auch mit mehr oder weniger persönlichen und privaten Details. Das ergab sich über die Jahre automatisch durch die Betriebsratsarbeit. Man hatte immer wieder mit den Kollegen zu tun, und da ergab sich auch so manches Gespräch über Themen jenseits des Werkstores. Sie konnte sich von keinem dort vorstellen, so ein teures Handy zu besitzen.

»Kannst du rausfinden, wem das Handy gehört? Ich möchte es zurückgeben. Es gibt aber ein Passwort, und ich komme nur auf den Startbildschirm. Vielleicht gibt es ja einen Trick, um an Informationen zu kommen, wem das Teil gehört«, fragte Kassi und wurde leicht rot dabei. Ihr war klar, was sie gerade von dem jungen Kollegen verlangte. Aber da sie fand, dass ihre Absichten ehrenhaft waren, konnte sie die Bitte vor ihrem Gewissen vertreten.

Paul setzte sich mit dem demolierten Handy auf einen leeren Stuhl in der kleinen Besprechungsecke und tippte und wischte auf dem Display herum. Nach wenigen Minuten reichte er Kassi das Telefon zurück.

»Hier, jetzt ist es entsperrt. Nun müsst ihr entscheiden, was ihr damit machst. Noch was oder war es das?«, grinste er die beiden Betriebsräte an, erhob sich und wandte sich zur Tür. Kassi konnte ihm gerade noch ein: »Danke«, hinterherrufen, bevor er die Tür ein kleines bisschen zu schwungvoll ins Schloss krachen ließ. Kassi sah mit dem entsperrten Handy in der Hand Helmut fragend an.

Der zuckte mit den Schultern und erhob sich ebenfalls. »Ich geh mal auf die Toilette.« Mit diesen Worten verließ er das Büro.

Kassi war unschlüssig. In das Handy eines anderen Menschen zu schauen, war ein tiefer Eingriff in dessen Privatsphäre, war ein Vertrauensbruch. Sie musste sich entscheiden, denn Helmut würde gleich wieder zurück sein und das Telefon in Kürze wieder automatisch gesperrt werden. Sie tippte auf das WhatsApp-Symbol, um im Profil den Namen des Eigentümers zu suchen. Ein Chatverlauf war mit einer angefangenen Antwort noch offen. *WENM HIER EIMER ERLEDIHT IST, DAMN DU ARSC* – dann brach die Nachricht ab. Als sie das Profil öffnete, traf es sie wie ein Stromschlag: Sascha Zurawski! Das war sein Telefon, und er musste es beim Sturz von der Galerie verloren haben. Kassi wurde heiß und kalt. Sie klickte zurück in den Chatverlauf und las die Nachricht darüber: *LETZTE WARNUNG! LASS DAS SEIN ODER DU BIST EIN TOTER MANN!* Die Buchstaben und Worte brauchten einen Moment, um in ihrem Kopf einen Sinn zu ergeben. Das war eine heftige Drohung. So etwas sprach man nicht so nebenher aus und schon gar nicht zum Spaß. Ihr wurde leicht schwindelig. Das konnte von der Müdigkeit und ihren brennenden Augen oder dieser ganzen verworrenen Situation kommen. Sie öffnete auch das Profil des Absenders. Das Profilbild war komplett schwarz, und als Profilname war lediglich eine Telefonnummer angegeben. Kassi notierte sie sich. Vielleicht würde sie da einfach mal anrufen und abwarten, wer sich meldete.

Je länger sie darüber nachdachte, umso mehr rieselte die Erkenntnis in ihre Gehirnwindungen wie Sand in einer Sanduhr. Dieses Telefon war ein wichtiges Beweismittel – und sie hatte daran herummanipuliert. Nicht nur, dass ihre und Pauls Fingerabdrücke darauf waren, sie hatten sich auch – vermutlich widerrechtlich – Zugang zu den Inhalten verschafft. Und dann drängte ein Gedanke immer weiter in den Vordergrund: Was, wenn der Absturz gar kein Unfall war? In was war Sascha Zurawski da verwickelt gewesen? Sie musste das herausfinden, ohne es an die große Glocke zu hängen. Es wäre unglaublich, wenn der Kollege hier im Betrieb vorsätzlich ums Leben gekommen wäre. So etwas passierte nicht in einem Betrieb – und schon gar nicht bei LTS.

Als Helmut von der Toilette zurückkam, berichtete sie von ihrer Entdeckung auf dem Handy. Beide kamen überein, dass es das Beste wäre, wenn Kassi das sauber abgewischte Telefon nur mit ihren Fingerabdrücken nochmals offiziell unter der Gitterbox finden und den Ermittlungsbehörden übergeben würde.

VIKTOR

Schon die Zeugung von Viktor Basler war ein Unglück gewesen. Seine Mutter Helene Basler war Mitte der Sechzigerjahre als Teenagerin während eines Diskobesuchs in Gommerstadt Opfer einer Vergewaltigung geworden. Die Eltern hatten Helene immer vor diesem »Sündentempel« gewarnt. Sie war aber einfach zu neugierig gewesen, und alle ihre Freundinnen aus der Schule und dem Bibelkreis waren dort auch schon gewesen, mal mehr, mal weniger mit Erlaubnis der Eltern. Also ließ sie sich eines Tages überreden, sich abends aus dem Haus zu schleichen und mit den Freundinnen mitzugehen. Sie wollte nur mal schauen, wie es dort so war. Es würde schon nichts passieren, und da es nicht weit weg war, konnte sie ja zur Not jederzeit gehen und zu Fuß nach Hause laufen. Doch alles sollte anders kommen.

Sie trafen dort die Jungen aus der Schule, die sich schon so lange über sie lustig machten und sie schikanierten, wo sie nur konnten. »Fromme Helene«, und: »Scheinheilige«, schrien sie immer wieder über den Schulhof. In der Diskothek zeigten sie an diesem Abend mit dem Finger auf sie und lachten schallend über ihre Aufmachung, einen langen Trägerrock und eine weiße Bluse mit einem für ihre Verhältnisse verführerischen Halsausschnitt, der ein Dekolleté andeutete. Sie versuchten, Helene auf die

Tanzfläche zu ziehen, aber sie weigerte sich vehement. Sie hätte sich gar nicht zu bewegen gewusst und wollte sich auch keinesfalls von den Jungen anfassen lassen. Sie ließ sich aber auf eine Cola einladen, weil sie hoffte, dass sie so die aufdringlichen Typen wieder loswerden würde. Und Cola war schon ausgeflippt genug, da wollte sie nach dem Getränk nur noch nach Hause. Doch ihre Stimmung lockerte sich, und sie wagte sogar ein paar unbeholfene Tanzschritte, bei denen die Jungs noch mehr lachten. Helene lachte mit.

Sie wachte in der Morgendämmerung, frierend vor Kälte und durchnässt vom Regen, auf. Erst wusste sie gar nicht, wo sie war, erkannte dann aber, dass es der Unterstand am Sportplatz der Schule war, wo verschiedene Sportgeräte und Materialien aufbewahrt wurden. Sie hatte unfassbare Kopfschmerzen, und ihr ganzer Körper schien ihr ein einziger Muskelkater zu sein. Besonders zwischen den Beinen brannte es wie Feuer. Sie hatte Jahre zuvor mal eine Blasenentzündung gehabt, konnte sich aber nicht erinnern, dass die Schmerzen damals so schnell wie jetzt gekommen waren. Sie schleppte sich mühsam nach Hause. Helene kam sich so schmutzig und sündig vor. Am liebsten hätte sie sich unbemerkt in ihr Zimmer geschlichen, die besudelten Kleider ausgezogen und lange unter einer heißen Dusche mit viel Seife und einer groben Wurzelbürste den ganzen Körper abgeschrubbt. Ihre Eltern waren aber inzwischen wach und krank vor Sorge, als sie nicht in ihrem Zimmer gewesen war. Helene blieb nichts anderes übrig, sie musste alles beichten, woran sie sich noch erinnerte.

Sie berichtete ihren Eltern mit gesenktem Kopf und

leiser Stimme von dem Diskobesuch und dem Kontakt zu den Jungen, während der Vater sie strafend und mit enttäuschtem Blick ansah und ihre Mutter tonlos Gebete murmelte. Helene ließ jedoch aus, dass sie den Eindruck hatte, zwischen ihren Beinen sei etwas nicht in Ordnung. Dies war ein Tabuthema, über das in dieser Familie nur sehr selten und wenn dann nur gottesfürchtig gesprochen wurde. Ihre Strafe war beträchtlich. Sie musste für einen Monat alle vier Stunden nachts aufstehen und für eine halbe Stunde auf Knien vor dem Hausaltar beten. Und natürlich hatte der Vater ihr mit der Rute fünfzig Schläge auf die Fußsohlen geben müssen, damit sie lernte, nicht mehr einfach wegzulaufen. Das Brennen im Intimbereich hörte zwar mit der Zeit auf, dafür kamen ständige Übelkeit und regelmäßiges, heftiges Übergeben hinzu.

Viktor kam an einem grauen Februartag 1967 im Benediktinerinnenkloster auf dem Land zur Welt. Schwester Hanna, wie seine Mutter Helene nun hieß, konnte vor der Niederkunft zumindest noch ihren Schulabschluss machen. Sie verabscheute Viktor aus tiefstem Herzen, wohl wissend, dass er das Ergebnis ihres sündigen Verhaltens war. Sie kannte Viktors Vater nicht und ging dem auch nicht weiter nach. Viktor hatte sie während der Geburt siebzehn Stunden unter schlimmsten Schmerzen Qualen leiden lassen, um dann als Bündel aus Schleim und Blut zwischen ihren Beinen hervorzuquellen. Sie wollte und konnte ihn nicht stillen. Es war ihr zutiefst zuwider, dass dieses Etwas ihre Brust berührte und an ihren Brustwarzen saugte. Doch da er nun mal da war, musste er versorgt werden.

Die anderen Schwestern des Ordens kümmerten sich

liebevoll um den kleinen Viktor, der für die nächsten Jahre in diesen Mauern sein Zuhause finden und das Kloster nur zum Besuch der Schule verlassen würde. Sie spielten, sangen und bastelten mit ihm. Da er sich aber in den strengen Klosterablauf einfügen musste, hatte die Ausgelassenheit Grenzen. Er kannte keine Kindergeburtstagsfeiern mit anderen Kindern, keine Weihnachtsfeiern im Kreise der Familie und keine Urlaubsreisen. Ihm war nicht bekannt, dass er Großeltern hatte, sondern erlebte die Ordensfrauen des Klosters als Bezugspersonen und wurde von der Mutter Oberin getadelt oder bestraft, wenn er zu ausgelassen war. Damit er zugleich auch die Barmherzigkeit und Liebe zu den Mitmenschen lernte, begleitete er die Ordensschwestern an kirchlichen Feiertagen und zu Weihnachten bei den Besuchen in die örtlichen Alten- und Pflegeheime und einmal sogar auf eine Wallfahrt nach Rom. Zu seiner leiblichen Mutter hatte er keine besondere oder gar innige Beziehung.

Er lernte im Kloster viel über die Bibel und die Pflanzen und Kräuter im Klostergarten. Auch das Schachspiel erlernte er. Alle seine Tage begannen und endeten mit dem Gebet. Sein Lieblingsplatz wurde die Bibliothek mit den vielen ledergebundenen Büchern. Sie hatten wunderschöne Schriften und zum Teil anschauliche Bilder.

Besonders wohlig schauderte er, wenn die Nonnen ihm Geschichten über den Satan oder die göttlichen Plagen oder Strafen für Sünder vorlasen. Immer wieder wollte er von den Ordensschwestern Berichte über die sieben Todsünden hören. Die Nonnen klärten ihn anhand zahlreicher Beispiele und Bildern aus alten Büchern über die Folgen von Hochmut, Geiz, Wollust, Zorn, Völlerei,

Neid und Faulheit auf. Viktor fand heraus, dass es in den vergangenen Jahrhunderten zahllose Foltermethoden gegeben hatte, die auch von der Kirche, insbesondere während der Inquisition oder auch zur Zeit der Hexenverbrennung, angewandt worden waren. So kamen Menschen auf die Streckbank, wurden auf Pfähle gespießt, ertränkt oder auseinandergerissen. Aber auch die neuen und modernen Arten der »Wahrheitsfindung«, wie sie zum Beispiel in aktuellen Kriegen angewandt wurden, interessierten ihn sehr. Hier kamen insbesondere Methoden wie Massenvergewaltigungen von Frauen und Mädchen, Scheinhinrichtungen oder systematisches Erniedrigen dazu. Er konnte davon nicht genug bekommen, wie im Kloster irgendwann mit Befremden bemerkt wurde.

Nach dreizehn Jahren seines jungen Lebens im Kloster bemerkte er die Veränderungen an seinem Körper. Er konnte schon seit längerer Zeit nicht mehr im Chor mitsingen, weil er seine Stimme nicht mehr kontrollieren konnte. Und als er eines Morgens nach einem erregenden Traum aufwachte und es feucht im Bett war, wusste er damit nicht umzugehen. Es wäre jedoch zu peinlich gewesen, eine der Ordensschwestern danach zu fragen. Und so tat er das, was er über viele Jahre gelernt hatte, wenn man offenbar mit sündigen Gedanken in Kontakt gekommen war: Er suchte und fand eine angemessene Bestrafung. Er stellte sich so lange unter die eiskalte Dusche, bis er vor Kälte am ganzen Körper zitterte und fast kein Gefühl mehr in Händen und Füßen hatte. Den anschließenden Verzicht auf das Frühstück erklärte er mit einer leichten Übelkeit und mit Durchfall. Obwohl er dann den verhassten Fencheltee trinken musste, was er als weiteren Teil seiner gerechten Strafe ansah, ging ihm den ganzen Tag der Traum der vergangenen Nacht nicht mehr aus dem Kopf. Die Strafe hatte die sündigen Gedanken also nicht vertrieben, sondern regte seine Fantasien sogar noch an.

Als ihm das wieder und wieder passierte, kam er zu der Erkenntnis, dass seine selbst verhängten Bußen nicht reichten. Viktor recherchierte in der Klosterbibliothek, welche weiteren Strafen der Orden für unterschiedliche Sünden bereithielt. Und da stieß er auf einen schier unerschöpflichen Fundus. Je schwerer die Sünde, umso härter die Strafe, befand Viktor und konnte sich mit dem Gedanken durchaus anfreunden. Allerdings musste es im Geheimen passieren. Denn natürlich würden sich die Schwestern irgendwann fragen, welche schweren Vergehen er denn zu bereuen habe, bei derart drakonischen Strafen. Also musste es eine zulässige, wirkungsvoll und gleichzeitig »private« Züchtigung sein. Schon dieses süße Geheimnis erregte ihn irgendwie. Wenn das die Schwestern wüssten, dachte er mehr als einmal und hatte oft Mühe, in der Gesellschaft der Nonnen seine körperliche Erregung zu verbergen. Selbstgeißelungen schienen ihm alle erforderlichen Kriterien zu erfüllen, und die notwendigen Hilfsmittel konnte er selbst herstellen. Da keine der Schwestern seinen nackten Körper mehr zu sehen bekam, ließen sich die frischen, aber auch die bleibenden Spuren der Behandlung unter der Kleidung gut verbergen. Und der Schmerz ließ sich als Strafe regulieren, abhängig davon, welche Körperstellen er sich vornahm. Mit den größeren Schmerzen kam aber auch mehr Lust und überrollte ihn wie eine Flutwelle, unaufhaltsam und unkontrollierbar.

Mit sechzehn hatte Viktor die Schule abgeschlossen und durfte in der Abtei eine Ausbildung zum Bürokaufmann beginnen. Es war allen klar, dass er nicht mehr viel länger im Kloster bleiben, sondern in die Welt hinausgehen musste. Schwester Waltraud war die Bürovorsteherin des Ordens und dazu berechtigt, ihn als Auszubildenden anzunehmen. Es dauerte nicht lange, und er stahl sich an Tagen mit Berufsschule erst für eine halbe Stunde, dann für eine Stunde davon, um eine Frau aufzusuchen, die er dafür bezahlte, dass sie ihn für seine Fantasien fachgerecht bestrafte. Er nahm dafür immer wieder kleinere Geldbeträge aus der Kollekte oder der Spendenbox in der Kirche, sodass es nicht auffiel, wenn etwas fehlte. Er war überrascht, wie viele Möglichkeiten es gab, Schmerz zu empfinden, sich unterzuordnen und erniedrigen zu lassen. Am meisten gefiel es ihm aber, dabei zuzusehen, wie jemand anders bestraft wurde. Viktor kannte die anderen Sünder nicht, verstand aber, dass er mit seiner Sehnsucht nach Zucht nicht allein war, und hielt diese Vorgehensweise daher für völlig normal. Manchmal träumte er jedoch nachts davon, selbst aktiv zu werden, jemand anderen zu züchtigen. Am nächsten Morgen fühlte er dann aber nicht die übliche Erregung, sondern eine finstere, energiegeladene Wolke, die gewitterschwer auf seiner Brust lastete. Er mochte dieses Gefühl nicht und gab sich lieber seiner Lust und dem eigenen Schmerz hin.

KASSI

Die Trauerfeier für Sascha Zurawski fand schon wenige
Tage nach seinem tödlichen Sturz in einer kleinen Kirche
in einem Stadtteil statt, der eher von betuchten Menschen
bewohnt wurde. Es war nicht so sehr Kassis Kragenweite,
aber sie wollte hier ja auch keine neuen Freunde finden,
sondern einem verstorbenen Kollegen die letzte Ehre
erweisen. Wenn ein Beschäftigter aus dem aktiven Be-
schäftigungsverhältnis verstarb, war es bei der LTS üblich,
dass eine Vertretung der Arbeitgeberseite, meistens die
Personalchefin Gerda Junker, und jemand vom Betriebsrat
zur Trauerfeier gingen. Kassi hatte sich die beiden letzten
Tage intensiver mit Sascha Zurawski auseinandergesetzt.
Sie kannte den Kollegen kaum und war überrascht, festzustellen, dass er so dermaßen unbeliebt gewesen war,
dass weder sein Vorgesetzter noch irgendwelche Arbeitskollegen vorhatten, zur Trauerfeier zu kommen. Kassi fand
das beschämend und wollte sich daher besondere Mühe
für den letzten Abschied des Kollegen machen. Sie hatte
einen Blick in seine Personalakte werfen dürfen, damit sie
für ihre Trauerrede ein paar Fakten richtig wiedergeben
konnte. Und da erwartete sie die nächste Überraschung.
Sascha Zurawski hatte vor seinem Eintritt in die Firma
eine mehrjährige Haftstrafe für ein Gewaltdelikt abgesessen und hatte sowohl ein Anti-Gewalt-Training als

auch ein Resozialisierungsprogramm absolvieren müssen. Offenbar war er jemand, der in früheren Jahren mal einen schwerwiegenden Fehler begangen hatte und dann wieder ein geachteter Teil der Gesellschaft hatte werden wollen. Kassi fand, dass man eine neue Chance verdiente, wenn man seine Strafe abgesessen hatte und ehrlich neu anfangen wollte. Sie fand auch heraus, dass er vor seiner Zeit im Bau verheiratet gewesen war und zwei Kinder hatte. Kassi erfuhr von der Personalchefin, dass es trotz intensiver Bemühungen nicht gelungen war, Kontakt zur Exfrau oder den Kindern herzustellen. Anscheinend lebten sie im Ausland, Kontaktdaten gab es nicht.

Sascha hatte auch an seinem Arbeitsplatz nahezu keine persönlichen Dinge oder Fotos aufbewahrt, die auf Interessen, Vorlieben oder besondere Menschen in seinem Leben hinwiesen. Einzig ein mehrfarbiges Band mit einer Wappenbrosche hing an seinem Arbeitsplatz. Kassi hielt das für eine Art Karnevalsorden und maß dem keine besondere Bedeutung bei. Sie hatte Saschas Büro aufsuchen dürfen, nachdem die Polizei und die Spurensicherung ihre Arbeit gemacht hatten und der Handlauf von einer Fachfirma über Nacht wieder instand gesetzt worden war. In seiner Schreibtischauflage befand sich neben den allgemein üblichen kleinen Zetteln mit Telefonnummern und Notizen als Gedächtnisstütze auch ein Straßenplan der Stadt mit einigen Markierungen. Kunden oder Lieferanten, vermutete Kassi, machte aber doch vom Stadtplan und dem Karnevalsorden schnell ein Handyfoto. Sie wusste, dass es im Betrieb ein Fotografierverbot gab und es schwer Ärger geben würde, wenn man sie erwischte. Irgendwie schämte sie sich etwas, dass auch sie als Betriebsratsvorsitzende so wenig Notiz von dem Kollegen genommen hatte. Vielleicht hatte er sie bei der letzten Wahl sogar gewählt. Aber so sehr sie sich bemühte, hier gab es wirklich keine brauchbaren Anhaltspunkte zu Sascha, seinen Interessen oder zu seiner Persönlichkeit. Sie fand auch keine weiteren Hinweise auf eine Bedrohung oder Konflikte, die den Chat in seinem Handy erklären würden. Nur auffällige Unauffälligkeit. Es dürfte also schwierig werden, auf der Trauerfeier etwas über Sascha zu sagen. Sie goss die fast verdorrte Yuccapalme, die trostlos in einer Ecke vor sich hin vegetierte. Aus der bereitgestellten Gießkanne konnte sie den fauligen Geruch des modrigen Wassers riechen. »Du hast auch Besseres verdient«, sagte sie zu der nun verwitweten Zimmerpflanze, bevor sie das Büro wieder verließ.

Die Trauerfeier an diesem herbstlichen Septembertag entpuppte sich als sehr überschaubare Veranstaltung. Kassi selbst war nicht sonderlich religiös, sondern fand, dass Religionen oft zu sehr als Macht- und Unterdrückungsinstrument missbraucht wurden. Das galt aus ihrer Sicht insbesondere gegenüber armen Menschen, Frauen und Minderheiten. Sicher gab es da auch sehr viele gute Menschen, die sich engagierten. Sie fand jedoch, dass man durchaus auch jenseits von Kirche und Religion ein guter Mensch sein konnte. Ihre Eltern hatten sie als Kind und Jugendliche ab und an in die Kirche in der Nähe ihres Wohnortes mitgenommen. Aber diese Kirche hier hatte sie bisher nie von innen gesehen. So blieb Kassi nach dem Eintreten im hinteren Teil stehen und sah sich um. Saschas Mutter war schon da und hatte in der ersten Reihe allein Platz genommen. Immer wieder blickte sie sich suchend um, als wartete sie auf jemanden oder etwas. Von Saschas Vater fehlte jede Spur. Vor dem verschnörkelten Sarg mit teuren Messingbeschlägen, der mittig vor dem Altar aufgebaut war, sah Kassi einen übertrieben opulenten Kranz mit einer Schleife und der Aufschrift *Ruhe in Frieden, Karlheinz & Charlotta*. Also lebte der Vater offenbar noch, kam aber nicht mal zur Trauerfeier seines eigenen Sohnes. Das stand irgendwie im krassen Gegensatz zu dem aufwendigen Kranz und dem polierten Sarg, der einen sehr teuren Eindruck machte. Ein Zeichen eines schweren Familienzerwürfnisses, vermutete Kassi, das mit Show überdeckt werden sollte. Es konnte aber auch sein, dass der Vater sehr krank oder zu gebrechlich war, um zur Trauerfeier zu kommen, ging sie in Gedanken die Optionen durch. Oder er war von dem Ganzen so ergriffen, dass er es nicht über sich brachte, hierherzukommen und sich der Öffentlichkeit zu stellen. Kassi hatte in den Jahren als Betriebsrätin gelernt, dass der erste Eindruck nicht immer der richtige sein musste. Oft hatte sie mit der Interpretation einer Situation mächtig danebengelegen und musste sich in Gedanken immer wieder bei Menschen entschuldigen, denen sie fälschlicherweise Dinge unterstellt hatte. Sie konnte nicht verhindern, dass sich ihr ungutes Gefühl in der Magengegend wieder einstellte. Irgendwas stimmte da doch nicht. Sie musste mehr über Zurawski, sein Leben und sein Umfeld herausbekommen.

Über dem Sarg lag quer eine Art Schärpe mit Wappen, und es dauerte etwas, bis Kassi das Farbmuster wiedererkannte. Es war dasselbe Band mit dem Wappen, das an Saschas Arbeitsplatz hing. Auf der Schärpe stand *Ehre, Stolz, Patriotismus*.

»Ach du Scheiße«, entfuhr es Kassi leise, und sie erschreckte sich im selben Moment. Sie merkte, wie ihr das Blut ins Gesicht schoss, und sah sich vorsichtig um, ob andere Trauergäste etwas gehört hatten. Die Personalchefin Gerda Junker, wie immer klassisch zeitlos gekleidet mit Perlenkette und modisch frisiertem blondem Bob, war in diesem Moment neben sie getreten und sah sie missbilligend an.

»Hallo«, grüßte Kassi peinlich berührt. »Entschuldigung«, murmelte sie schnell hinterher und dachte lautlos bei sich: Eine Studentenverbindung, das hätte ich nicht erwartet. Sie hatte mit Studentenverbindungen oder Burschenschaften bisher selbst wenig zu tun gehabt. Sie wusste aber, dass viele politisch eher rechts oder sogar extrem rechts waren. Damit wollte sie auf keinen Fall etwas zu tun haben. Alles Faschistische, Diskriminierende oder Rassistische war ihr zutiefst zuwider. Und jetzt stand sie hier auf der Trauerfeier eines Kollegen und würde gleich versuchen, über ein möglicherweise rechtes Arschloch etwas Nettes zu sagen. Ihr wurde übel bei dem Gedanken. Einem Reflex folgend, wäre sie am liebsten wieder gegangen. Aber dafür war es jetzt zu spät.

War das der Grund, warum seine Kollegen und Vorgesetzten nichts mit ihm zu tun haben wollten und hier auch keiner zur Trauerfeier gekommen war? Und mit wem hatte er so einen Ärger gehabt, dass der oder die ihn mit dem Tod bedrohte? Kassi hatte die Telefonnummer aus dem Chatprofil angerufen und die automatische Ansage erhalten, dass diese Nummer nicht vergeben sei. Es musste sich um eine Prepaid-Nummer handeln, die abgelaufen war. Eine Sackgasse. Erneut bereute sie, dass sie so wenig über Sascha Zurawski wusste und auch zu seinen Lebzeiten so wenig Kontakt zu ihm gehabt hatte. Sie würde ihren Beitrag kurzerhand umstellen, sich auf die mageren Fakten beschränken und sich zu keiner persönlichen Äußerung über Sascha hinreißen lassen, die ihr hinterher möglicherweise leidtun würde. Reden konnte sie, das hatte sie inzwischen als Betriebsratsvorsitzende gelernt. Sie würde sich, so beschloss Kassi, im Nachgang intensiver mit Sascha Zurawski beschäftigen und jeder Spur nachgehen. Und mit dieser Studentenverbindung aller Voraussicht nach anfangen. Irgendjemand musste doch etwas über Sascha Zurawski wissen.

In der dritten Reihe saßen zwei Männer, etwa in Saschas Alter. Sie machten auch eher den Eindruck, dass sie sich hier nicht sehr wohl fühlten. Was sicher an der Umgebung und dem Anlass lag, aber wohl auch an den zu eng sitzenden und schon etwas in die Jahre gekommenen Anzügen. Da hatten sich offenbar zwei Männer aus ihrem üblichen Milieu in die »feine Welt« begeben, um einen Freund auf seinem letzten Weg zu begleiten. Saschas Mutter hatte sich beim Eintreten von Frau Junker, nachdem sie die Tür gehört hatte, umgesehen. Die klein gewachsene, inzwischen etwas gebeugte Frau beachtete die beiden Männer in den abgegriffenen Anzügen nicht, sondern stürzte sich gleich auf die Personalchefin, die sie am gut geschnittenen Hosenanzug zu erkennen glaubte.

»Charlotta Zurawski«, stellte sich Saschas Mutter übereifrig vor und gab Gerda Junker mit einem fast unterwürfigen Kopfnicken die Hand. Dabei sprach sie ihren Vornamen italienisch aus.

Saschas Mutter musste etwa Mitte siebzig sein. Sie trug

unter einem schwarzen Kaschmirmantel ein schlichtes, schwarzes Kleid, dazu einen Hut mit einem altmodischen Schleier. Ihre grauen Haare hatte sie im Nacken zu einem Knoten zusammengebunden, sodass man ihre gold hinterlegten Perlenohrringe sehen konnte. Sie hatte zusätzlich eine üppige, mehrreihige Perlenkette, diverse goldene Ringe und Armbänder angelegt. Reichlich aufgetakelt für so einen Anlass, befand Kassi für sich. Aber vielleicht hatte Charlotta Zurawski auch nur eine der inzwischen selten gewordenen Gelegenheiten genutzt, ihren Schmuck mal wieder auszuführen.

Frau Junker stellte erst sich selbst und dann Kassi als Betriebsratsvorsitzende des Betriebs vor. Saschas Mutter blickte Kassi etwas missbilligend von oben bis unten an. Dabei hatte Kassi sich dem Anlass entsprechend für ihre Verhältnisse angemessen angezogen. Dafür musste sie aus ihrem Kleiderschrank nicht groß auswählen, ihre meisten Kleidungsstücke waren ohnehin schwarz, allerdings gern auch mal mit Rissen oder Nieten verziert. Sie hatte sich für diesen Anlass für die in ihren Augen biedersten Kleidungsstücke entschieden.

Frau Zurawski bat die beiden Trauergäste zu sich nach vorne in die erste Reihe. Kassi war das gar nicht recht, sie fügte sich aber. Man konnte wohl einer trauernden Mutter einen solch einfachen Wunsch nicht abschlagen. Saschas Mutter hatte Gerda Junker leicht, aber bestimmend am Arm genommen und sie nach vorne begleitet. Kassi ließ sie einfach stehen. Das gab ihr eine gute Gelegenheit, sich wieder in der schlichten, aber stilvollen Kirche umzusehen, ob sie weitere Trauergäste entdeckte. Ihr stockte der Atem, als sie ganz hinten, halb verdeckt vom Schatten einer Säule, Murad sah. Was machte er hier? Warum war er gekommen? Das musste alles doch eine furchtbare Erfahrung für ihn gewesen sein. Dazu war ihm eine christliche Trauerfeier völlig fremd. Warum also war er hierhergekommen?

Auf der anderen Seite saß – ebenfalls ganz hinten und eher versteckt – ein Kollege, den Kassi von der LTS aus dem Einkauf kannte. Sie konnte erkennen, dass er sie genau fixierte und mit einem unsicheren, leichten Grinsen jeden ihrer Schritte verfolgte. Sie erinnerte sich nur an seinen Vornamen, Viktor. Kassi konnte sich keinen Reim darauf machen, warum ausgerechnet er zur Trauerfeier gekommen war. Viktor war wie Sascha ein Einzelgänger und bei den Kolleginnen und Kollegen eher unbeliebt. Vielleicht verband das die beiden, dachte sich Kassi, während sie langsam zur ersten Reihe vorging und sich neben Gerda Junker setzte. Auch dem würde sie nachgehen. Keine zehn Trauergäste waren gekommen, um Sascha Zurawski auf seinem letzten Weg zu begleiten. Und keiner sah so aus, als hätte er mit Zurawski noch eine Rechnung offen gehabt.

Die ganze Trauerfeier verlief recht emotionslos und ohne großes Aufheben, sodass nach einer halben Stunde schon alles vorbei war. Etwas beschämend, dachte sich Kassi, aber so war es eben. Sie wäre gern gleich gegangen, um sich noch mit den anderen Trauergästen und den beiden Kollegen zu unterhalten. Aber Saschas Mutter drängte sie und Gerda Junker, noch in das benachbarte Café mitzugehen, dort sei ein kleiner Imbiss vorbereitet. Wenn die Krimis im Fernsehen stimmten, waren die Gäste auf einer Trauerfeier immer wichtige Personen, über die man mehr wissen sollte. Sie würde also auch versuchen, mehr über Murad und Viktor, aber vor allem auch über die beiden unbekannten Männer herauszufinden. Vielleicht hatten sie Sascha diese Drohung geschickt und feierten gemeinsam, dass dieser sein Vorhaben nun nicht mehr umsetzen konnte. Kassi musste ihre Nachforschungen auf später verschieben.

Im Café bemühte sich Charlotta Zurawski fast gierig, neben der Personalchefin zu sitzen. Sie erzählte von zahlreichen Events, bei denen sie und ihr Mann als »Stadtprominenz« eingeladen waren, von Spendengalas und Pressebällen, während sie sich in beachtlichem Tempo einen Gin Tonic nach dem anderen genehmigte. Auch wenn Kassi selbst gern beim Alkohol über die Stränge schlug, fand sie die Trinkerei und diese Angeberei gleichermaßen peinlich. Da Saschas Mutter sie aber nicht in das Gespräch einbezog, blieb sie vorerst in der Rolle der Beobachterin. Die Personalchefin warf ihr immer wieder hilfesuchende Blicke zu. Auch ihr war die ganze Situation sichtlich unangenehm.

»Waren die beiden Herren in der Kirche Freunde von Sascha?«, mischte sich Kassi nach einiger Zeit dann doch unter dankbarem Blick von Gerda Junker in das Gespräch ein.

Charlotta Zurawski stockte, schien über die Frage erst verstört und dann verärgert. Mit einer fahrigen Handbewegung, als wollte sie die Frage wegwischen, antwortete sie überraschend barsch: »So viel Kontakt hatten wir nicht zu Sascha.«

Das wiederum überraschte Kassi. Sie wollte Saschas Mutter aber auch nicht so leicht aus der Situation entlassen und hakte nach: »Haben Sie vielleicht Kontakt zu seiner

Exfrau und den Kindern? Ich würde denen gern meine Unterstützung anbieten.«

Sie hatte es kaum ausgesprochen, da lief Charlotta Zurawski vor Wut rot an und spie regelrecht zwischen zusammengebissenen Zähnen heraus: »Diese Thai-Frau ist mit den beiden Blagen abgehauen, nachdem sie ihn ausgenommen hat. Sascha war bei der Wahl seines Umfeldes leider nicht sehr geschickt. Schlimm genug, dass ich jetzt mit dieser ganzen Arbeit für die Trauerfeier und Wohnungsauflösung ganz allein dasitze.«

Gerda Junker, die von diesem Ausbruch völlig überrascht war, wich erschrocken zurück und zog missbilligend die Augenbrauen hoch. So verhielt man sich nicht in der Öffentlichkeit, und schon gar nicht auf einer Trauerfeier, die Empörung war ihr deutlich anzusehen.

Auch Kassi war von dieser kleinen Frau, die so viel auf Äußerlichkeiten gab und sich sogar auf der Trauerfeier so wenig für ihren Sohn interessierte, zunehmend angewidert. Das weckte aber auch ihren Kampfgeist. Sie kaufte Charlotta Zurawski die trauernde Mutter nicht ab und würde sich nicht zum Bestandteil eines Schmierentheaters machen lassen, das man sich später beim Damenkränzchen erzählen konnte. »Ich hätte gern mehr über Sascha erfahren, stelle aber fest, dass Sie auch nicht so viel über ihn wissen«, gab sie mit unüberhörbarem Sarkasmus zurück.

Gerda Junker sah sie mit unterdrücktem Grinsen an. Sie kannte Kassi gut genug, um zu erkennen, was hier lief. Sie hatte nicht vor, sich einzumischen, im Gegenteil. Mit einem: »Ich muss dann auch wieder in den Betrieb zurück«, trank sie ihren Kaffee aus und erhob sich zum

Gehen. »Ich habe leider noch Termine, die ich nicht verschieben kann«, ergänzte sie gespielt bedauernd an und sagte zu Kassi gewandt: »Bleibt es heute Nachmittag bei der Besprechung?«

Kassi wusste zwar nicht, welche Besprechung das sein sollte, verstand die Frage aber als Rettungsleine. »Ja, ich fahre auch gleich in den Betrieb zurück«, gab sie der Personalchefin zur Antwort und legte Saschas Mutter eine Visitenkarte hin. »Wenn Saschas Wohnung von der Polizei wieder freigegeben ist und Sie Hilfe bei der Wohnungsauflösung brauchen, rufen Sie mich gern an.«

Saschas Mutter blickte sie misstrauisch an, als wollte sie Kassis Absichten ausloten.

»Ich will und brauche nichts vom Nachlass. Ich wollte nur meine Hilfe anbieten«, erklärte Kassi, die den prüfenden Blick bemerkt hatte und sich über die darin liegende Unterstellung ärgerte. Vielleicht konnte sie in Saschas Wohnung mehr über ihn herausfinden. Wenn sich schon alles wie in einem Krimi anfühlte, würde sie den vielen offenen Fragen auch auf den Grund gehen.

MURAD

Als drittes Kind zwischen zwei älteren Schwestern und zwei jüngeren Brüdern in einer syrischen Kleinstadt aufzuwachsen, war herrlich. Immer gab es jemanden zum Spielen und Toben. Sie waren oft hinausgelaufen vor die Stadtmauer bis in die Felder und konnten an Tagen ohne Schule auf Bäume klettern, über Gräben springen und mit ihren Fahrrädern Rennen auf dem Feldweg fahren. Am Wochenende fuhren sie häufig nach Damaskus, um Angehörige zu besuchen, durch die gepflegten Parks zu schlendern oder in den Geschäften einkaufen zu gehen. Besonders seine Schwestern und die Frauen in der Familie liebten diese Ausflüge. Oft kamen sie erst gegen Abend müde zurück und bereiteten sich dann voll glücklicher Erlebnisse auf das gemeinsame Abendessen vor.

Häufig kam es vor, dass andere Familienmitglieder oder Nachbarn und Freunde hinzukamen. Murad konnte sich nicht an ein einziges schnelles oder karges Abendessen erinnern. Immer war viel los, es wurde geredet, gelacht, gestritten und diskutiert. Es wurde viel und lang gegessen, und alle gingen im besten Einvernehmen nach Hause oder setzten sich auf die Dachterrasse des bescheidenen Hauses, das mit einem kleinen Garten und einer Mauer drum herum am Stadtrand stand.

Dort saßen die Männer dann bei gedämpfter Musik

zusammen, rauchten Shisha, tranken Tee und blickten in das letzte Licht der bereits untergegangenen Sonne. Der tagsüber strahlend blaue Himmel hatte sich zu dieser späten Stunde meist in ein Farbspiel von sanftem Pfirsich bis zu dunklem Terracotta-Rot eingefärbt, und keine einzige Wolke gab den Sonnenstrahlen hinter dem Horizont eine Reflexionsfläche für glühende Farben.

Die Frauen im Haus unterhielten sich, und hier und da erklang ein Lachen oder Kichern. Der Geruch von Weihrauch vermischte sich mit dem fruchtigen Tabakgeruch aus den Wasserpfeifen, verbreitete sich über das Dach und umarmte alle Menschen, die sich hier versammelt hatten. Auch auf den Nachbardächern fanden sich die Familien zusammen. Grüße wurden hinübergerufen, und Fragen nach den erwachsenen Kindern gestellt, die mit ihren Familien schon weggezogen waren. Murad liebte die Stimmung dieser Abende, sie waren so friedlich und unbeschwert. Niemand konnte sich die Qual und das Leid vorstellen, das noch über sie hereinbrechen würde.

Als Kind von dreizehn Jahren hatte er andere Gedanken und Sorgen gehabt als heute. Würde er das blaue Fahrrad mit den silbernen Streifen bekommen, das er in der Stadt gesehen hatte? Die Eltern hatten stets abgewunken und auf notwendige andere Anschaffungen hingewiesen. Die älteste Schwester Muna würde bald heiraten und das Haus verlassen. Das würde einige Investitionen mit sich bringen. Murad mochte seine beiden älteren Schwestern Muna und Rahaf, hatte aber keine sonderlich enge Beziehung zu den beiden. Sie waren fünf und sieben Jahre älter als er und schienen ihm schon sehr erwachsen. Muna hatte wunderbare, lange, dunkelbraune Haare, die herrlich dufteten, wenn sie frisch gewaschen waren. Sie liebte es, sich rote Bänder in die Haare zu flechten oder sie kunstvoll aufzustecken. Überhaupt liebte sie die Farbe Rot.

Rahaf war genau das Gegenteil von Muna. Sie war etwas rundlich, an wenigen Dingen oder Themen interessiert und versuchte sich um alle Aufgaben im Haus herumzudrücken. Sie konnte Stunden damit zubringen, sich mit sich selbst zu beschäftigen. Ihre Mutter verzweifelte oft, wenn es darum ging, Rahaf grundlegende Kenntnisse der Haushaltsführung beizubringen, weil diese sich nicht nur überhaupt nicht dafür interessierte, sondern den Anweisungen auch noch lustlos und schlecht folgte.

So ganz anders stand es mit seinen beiden kleineren Brüdern, Ahmet und Sultan. Besonders der jüngste, Sultan, klebte an ihm wie Honig. Wie es schien, bewunderte und liebte er seinen großen Bruder abgöttisch, und Murad konnte dem sechs Jahre jüngeren Bruder keine Bitte abschlagen. So kam es, dass die beiden schon früh immer zu zweit unterwegs waren. Während Ahmet eher seine Welt in Büchern und Lesestuben fand, waren Murad und Sultan gemeinsam auf Entdeckungsreise, wobei Murad meist entdeckte und Sultan aus sicherer Entfernung zusah und später den Eltern die Abenteuer berichtete.

Sultan war ein zarter, sensibler Junge. Er hatte kurze, struppige Haare und freche Augen. Er beobachtete viel und war immer für einen Spaß zu haben. Dabei war er schon früh tiefgründig. Er fühlte die Freude mit anderen Menschen und teilte deren Trauer. Auch wenn Murad von seinen Freunden oft wegen des kleinen Bruders im Schlepptau geärgert wurde, machte es ihm nichts aus.

Vielmehr genoss er die grenzenlose Bewunderung und das Vertrauen von Sultan. Er fühlte sich damit erwachsen. Viel zu früh, wie ihm später bewusst wurde.

KASSI

»Helmut, was weißt du eigentlich von Sascha?«, fragte Kassi ihren Stellvertreter am Tag nach der Trauerfeier beim ersten Kaffee im Betriebsratsbüro.

Sie hatten es sich beide angewöhnt, früh morgens um sieben Uhr anzufangen, obwohl die Gleitzeitregelung ihnen auch einen komfortableren späteren Beginn ermöglicht hätte. Auch wenn es Kassi nach manch einem wilden Konzertwochenende oder nächtlichen Abenteuer mit einer männlichen Neueroberung schwerfiel, diese Zeit einzuhalten, wollte sie Helmut nicht enttäuschen. Sie nutzten die Zeit, sich gegenseitig kurz auf den aktuellen Stand zu bringen, anstehende Aufgaben zu verteilen und anschließend eine Runde durch den Betrieb zu drehen. Die Fabrikleitung würde vor neun Uhr keine Termine machen, und bis dahin, diese Philosophie hatten Kassi und Helmut von Kassis Vorgänger Rolf übernommen, gehörte der Betriebsrat der Belegschaft.

Die Beschäftigten kannten dieses Ritual und nutzten den engen Kontakt mal mehr, mal weniger intensiv für ein kurzes Hallo, eine fachliche Frage oder auch eine Bitte um einen Gesprächstermin. Im Gegenzug wussten Kassi und Helmut immer, was bei LTS so los war, wer ohne Einverständnis des Betriebsrats einfach mal in eine andere Abteilung »ausgeliehen« worden war und wie der Stand von Baumaßnahmen war. Kassi und Helmut teilten sich die Rundgänge auf, denn sie wollten keinen Personenkult um die Vorsitzenden. Die Belegschaft sollte sich von allen Betriebsratsmitgliedern gleichermaßen gut vertreten fühlen, auch wenn Kassi wusste, dass dies nur ein frommer Wunsch war.

»Vermutlich so viel wie du auch«, antwortete Helmut auf Kassis Frage nach seinen Kenntnissen über Sascha. »Wir müssten noch die Anhörungsunterlagen zu seiner Einstellung haben. Weißt du noch etwa, seit wann der bei uns war?« Er trat an den Schrank mit den gut sortierten und beschrifteten Ordnern. »Hier müsste das sein, warte, ja genau«, sagte er nach kurzer Suche und gab Kassi eine schmale Akte, bestehend aus ein paar wenigen Zetteln.

»Hast du gewusst, dass er wegen eines Gewaltdelikts im Knast saß?«, fragte Kassi.

»Nein, echt?«, fragte Helmut überrascht. »Das kann ich mir bei dem irgendwie gar nicht vorstellen. Der erscheint mir viel zu phlegmatisch für eine Gewalttat. Du weißt, dass der Arbeitgeber bei einem Einstellungsgespräch nicht nach Vorstrafen fragen darf, wenn sie mit der beruflichen Tätigkeit nichts zu tun haben. Daher konnte man das möglicherweise selbst nicht genau erkennen, wenn es sich nicht irgendwie aus dem Lebenslauf ergibt. Lass mal sehen«, bat er nun und nahm Kassi die Mappe aus der Hand. »Hier, siehst du, ›Neuorientierung am Arbeitsmarkt und persönliche Weiterbildung‹, das ist ja eigentlich eher eine Klausel für Arbeitslosigkeit und Kurse durch die Arbeitsagentur. Er könnte es also verheimlicht haben. Aber woher weißt du das denn nun wieder?«, fragte er zurück.

»Ich durfte mir seine Personalakte ansehen, da lag eine

Notiz dazu darin. Die Junker hat mir das erlaubt, damit ich auf der Trauerfeier wenigstens etwas über Sascha sagen kann«, erklärte Kassi. »Hmm«, dachte sie nun laut, »was mag das wohl für ein Gewaltdelikt gewesen sein? Denkst du, dass man in die Verfahrensakte Einsicht nehmen oder zumindest das Urteil irgendwo auftreiben kann?«

»Kassi, du liebe Zeit, hast du sonst nichts zu tun? Der Kollege ist tot. Warum willst du da jetzt noch in seiner Vergangenheit wühlen?«

»Vielleicht hat es was mit dieser Drohung auf seinem Handy zu tun. Ich habe die Nummer angerufen. Aber die war nicht mehr vergeben. Das wird sicher eine Prepaid-Nummer sein. Wer bitte benutzt heute noch so etwas, außer vielleicht bei kleinen Kindern oder im Urlaub?«, fragte Kassi zurück. »Was, wenn jemand den Sturz absichtlich verursacht hat? Das wäre dann doch wohl Mord.« Als sie das aussprach, schauderte sie. Es war das erste Mal, dass sie die Gedanken, die sie seit Tagen umtrieben, so deutlich in Worte fasste.

»Ja, da hast du recht«, pflichtete Helmut ihr bei. »Einen Mord kann man nicht durchgehen lassen. Aber sollte das nicht lieber die Polizei übernehmen?«

»Die haben doch das Handy und werden die Nachricht ja sicher auch gelesen haben. Ich bin mir sicher, dass die schon offiziell ermitteln werden. Aber nun stell dir mal vor, hier bei der Lahn läuft mitten unter uns ein Mörder herum. Das würde ich schon gern selbst schnellstmöglich wissen«, ereiferte sich Kassi.

»Aber nun lass uns doch mal logisch zusammenfassen, was wir bisher wissen«, schlug Helmut vor. »Es dürfte schwierig sein, so einen Sturz vorzubereiten und durchzuführen. Das Risiko ist ziemlich groß, dass es jemand anderen treffen könnte. Selbst wenn jemand den Handlauf oben in der Galerie manipuliert hat, müsste das doch wohl irgendjemandem aufgefallen sein. Die Stelle ist von überall gut einsehbar. Und der Leiharbeiter, wie hieß der noch gleich?«

»Murad«, warf Kassi ein.

»Ja, genau, Murad, der ist erst seit wenigen Monaten da. Der wird wohl kaum seine Finger im Spiel haben können.«

»Hmm, hmm«, stimmte Kassi nachdenklich zu.

»Und dann die Nachricht auf dem Telefon. Du hast gesagt, die ist erst kurz vor dem Sturz bei Sascha eingegangen. Und er hatte noch Zeit, zumindest einen Teil der Antwort zu formulieren.«

»Ja«, bestätigte Kassi.

»Dann würde es kaum Sinn ergeben, wenn der Sturz beabsichtigt war. Denn der Absender hatte die Drohung ja erst in Aussicht gestellt«, resümierte Helmut.

»Ja, da könntest du recht haben«, gab Kassi nachdenklich zu und zwirbelte eine Haarlocke, ein Tick, der signalisierte, dass sie nachdachte.

»Und dann«, ließ Helmut nicht locker, »müssen wir vielleicht auch bedenken, dass diese Drohung von einem Außenstehenden kam und mit der LTS gar nichts zu tun hatte. Dann wäre der Sturz vielleicht tatsächlich ein Unfall gewesen, der nur zufällig zeitlich mit dieser Drohung zusammengefallen ist. Du kannst aber natürlich gern deine Zeit darauf verwenden, Miss Marple zu spielen, ich wüsste aber nicht, wo du da anfangen willst«, schloss er seine Zusammenfassung ab.

»Okay, Helmut, dann lass mich mal ergänzen, das ist

nämlich noch nicht alles.« Kassi war nun ganz bei der Sache. »Wir wissen, dass Sascha schon im Knast gesessen hat, also eine gewisse kriminelle Energie hat. Dort kann er ohne Weiteres auch Kontakt zu anderen Knastis hergestellt haben. Dann wissen wir, dass ihn hier im Betrieb keiner leiden konnte, denn sonst wären seine direkten Kollegen ja wohl mindestens zur Trauerfeier gekommen. Ausgenommen von Murad selbst und diesem Viktor. Da muss ich noch mal nachforschen, warum die da waren.«

Helmut hatte sich in seinem Stuhl zurückgelehnt und die Arme hinter dem Kopf verschränkt.

»Dann finde ich auch die angefangene Antwort interessant«, fuhr Kassi fort, »zu einem reden die sich mit Du an, was eine gewisse Vertrautheit signalisiert. Zumindest scheinen die sich also zu kennen. Und dann wollte Sascha ja eine Drohung zurückschicken. Denn er schreibt, dass aus seiner Sicht wohl eher der andere erledigt ist. Ich habe den Eindruck, dass Sascha etwas in der Hand hatte oder wusste, was dem anderen ziemlich schaden könnte, und dass er kurz davor war, dieses Ass auszuspielen.«

»Ja, das scheint mir logisch«, gab Helmut zu.

»Dann würde es aber vom Absender keinen Sinn ergeben, erst abzuwarten, bis Sascha die Karte spielt. Dann wäre der Schaden ja bereits angerichtet. Also würde es durchaus helfen, ihn vorher aus dem Weg zu räumen, bevor dieses Geheimnis ans Licht kommt«, schloss Kassi ihre Beweisführung ab.

Helmut applaudierte leise zum Zeichen seiner Bewunderung. »Kassi, du bist echt clever. Das stimmt alles, was du sagst. Es könnte demnach also jemand hier aus dem Betrieb sein. Dann solltest du dich in der nächsten

Zeit vielleicht noch häufiger in der Belegschaft blicken lassen und mal dem einen oder anderen auf den Zahn fühlen.«

»Ja, das sollte ich machen. Ich weiß viel zu wenig über unsere Leute hier«, gab sie zu.

Helmut lachte. Er wusste, dass Kassi oft ein schlechtes Gewissen hatte, weil sie als Betriebsrätin häufig mit Terminen beim Arbeitgeber belegt war und zu wenig Zeit für die Belegschaft fand. Er selbst fand allerdings, dass sie mit ihren Rundgängen und ihrer Betriebsrats-Postille *BRandaktuell* ein gutes Mittelmaß gefunden hatten, mit den Kolleginnen und Kollegen in Kontakt zu bleiben.

»Tja, Kassi, das wird dir hier bei den meisten Kolleginnen und Kollegen so gehen. Du weißt, dass der Betrieb immer auch ein Querschnitt durch die Gesellschaft ist, mit allen Höhen und Abgründen. Vielleicht ist es sogar ganz gut, dass wir vieles gar nicht wissen«, antwortete Helmut ernst.

Kassi wusste, dass er recht hatte. »Weißt du, was auch ganz eigenartig war? Über seinem Sarg lag die Schärpe einer Studentenverbindung. Das kann ich mir bei Sascha gar nicht vorstellen. Der entspricht überhaupt nicht meinem Vorurteil eines Verbindungskameraden.«

Helmut grinste, er wusste, wenn Kassi an einem Thema dran war, würde sie keine Ruhe geben. »Wie sah die denn aus?«, fragte er nach.

Kassi beschrieb die Schärpe und das Wappen aus dem Gedächtnis. Sie hätte ihm gern ein Foto gezeigt, aber es wäre wohl unpassend gewesen, in der Kirche mit dem Handy den Sarg zu fotografieren. Dann fiel ihr aber das Foto mit dem »Karnevalsorden« aus Saschas Büro wieder ein. Sie zog ihr Handy hervor und zeigte Helmut das Bild. »Oben in seinem Büro hängt dieses Band an seinem Arbeitsplatz«, sagte sie eifrig. »Wenn die Polizei es nicht mitgenommen hat oder die persönlichen Dinge nicht schon den Eltern übergeben wurden, kannst du es dir ansehen. Die Büros oben sind wieder freigegeben«, setzte sie hinzu.

»Ich schau mal, was ich so recherchieren kann«, bot Helmut an, trank seinen Kaffee aus und stand auf.

»Dann dreh ich mal 'ne Runde«, sagte Kassi, die Helmuts Aufbruch als Start in den Arbeitstag wertete, zog sich die Warnweste über und schnappte sich ihr Notizbuch.

SASCHA

Nach dem Abitur hatte Sascha angefangen, BWL zu studieren. Das war so mittelmäßig wie alles andere. Er hatte keine besonderen Interessen an sich feststellen können, und seine Eltern hatten ihn gedrängt, etwas zu studieren, das seinem Intellekt und seinem Status entsprach. Mit BWL würden ihm viele Türen offenstehen. Vater hatte zwar angedeutet, dass er viele gute Kontakte habe, aber da Sascha in seinen Augen nur bedingt vermittelbar sei und er sich nicht blamieren wolle, müsse man das Prüfungsergebnis abwarten. Er bot aber an, seine Kontakte schon jetzt zu nutzen, um Sascha in einer der Studentenverbindungen unterzubringen.

Sascha war das ziemlich egal. Aber da er in der Universität ohnehin niemanden kannte und es sicher nett war, irgendwo Anschluss zu finden, willigte er ein. Zudem würde sich das später im Lebenslauf sicher gut machen und auch zur Selbständigkeit des inzwischen zwanzigjährigen »Jungen« beitragen, der bisher ganz auf die elterliche Unterstützung und Unterkunft in seinem Jugendzimmer gezählt hatte.

Seitdem Vater seine Affäre mit einer Sachbearbeiterin hatte, war dieser selten zu Hause, und auch die Gewaltexzesse wurden weniger. Da er sich nicht scheiden lassen wollte – das machte man in seiner Position nicht –, ertrug

Mutter die neue Situation mit viel Alkohol. Schließlich profitierte sie ja weiterhin vom gesellschaftlichen Status und musste zudem weniger Schläge befürchten. Gemeinsame Aktivitäten gab es nur noch für den äußeren Anschein, zu öffentlichen Anlässen oder für die alljährliche Weihnachtskarte. So wurde die Studentenverbindung Saschas Ersatzfamilie. Mit seinem Auszug aus der elterlichen Obhut und Finanzierung war er allerdings notorisch pleite. Schon bald hatte die Großzügigkeit seiner Verbindungskameraden, ihn mit durchzuschleppen, ihre maximale Belastbarkeit erreicht. Er musste sich etwas einfallen lassen und erfand mehr oder weniger legale Möglichkeiten der Geldbeschaffung. Unter anderem stellte es sich als recht einfach heraus, die Rechnungen zu fälschen, die im Verbindungshaus für Strom, Wasser oder Kabel aufliefen. Er ersetzte einfach die Kontonummer durch eine eigene, sodass seine Kameraden die Geldbeträge fälschlicherweise auf sein Konto überwiesen. Er hatte dafür eigens ein anonymes, separates Konto eröffnet, damit das nicht auffiel. Damit kam er gut zurecht. Das Verbindungsleben gefiel ihm, da es sich im Wesentlichen auf ausschweifende Partys mit heftigen Trinkgelagen und zahlreichen Studentinnen als »Dekoration«, Kameradschaftsabende und gelegentliche, mitunter auch handgreifliche Auseinandersetzungen mit anderen Studentenverbindungen oder politischen Organisationen an der Uni beschränkte. Doch Sascha reichte das völlig. Die einzige Freizeitaktivität, der er so gut es ging aus dem Weg ging, war die sportliche Aktivität. Er mochte weder Fechten noch Ringen. Und auch Leichtathletik lag ihm nicht. Nun entsprach dies aber dem grundsätzlichen Werteverständnis der Bruderschaft, dass der Körper eines erfolgreichen deutschen Studenten durch Sport gestählt gehöre und Faulheit und Lethargie doch eher anderen Volksgruppen zuzuordnen seien. Also fügte er sich und entschied sich fürs Boxen. Da gab es unterschiedliche Gewichtsklassen, und er würde mit seiner inzwischen beträchtlichen Leibesfülle nicht so auffallen. Erfreut stellte er fest, dass die Leibesfülle zwar während des Trainings blieb, sich aber zunehmend zu seinen Gunsten anders verteilte. Und wenn er als Sportler auch keine Erfolge zu verzeichnen hatte, war er bei seinen Kameraden dennoch geduldet – wenn auch nicht beliebt.

Als fortwährende Pleite erwies sich dagegen sein Kontakt zum anderen Geschlecht. Die wilden Partys an den Wochenenden boten mehr als genug Gelegenheiten und williges, zumeist betrunkenes, weibliches Material. Aber er traute sich nicht, ein Mädchen anzusprechen, abgesehen davon hätte er auch gar nicht gewusst, worüber er sich hätte unterhalten sollen. Bei solchen Anlässen verschmolz er regelrecht mit dem Interieur, war also nahezu unsichtbar. Er kleidete sich farblos und unauffällig, war nicht witzig oder anderweitig unterhaltsam und auch optisch keine Schönheit. Frauen sahen also schlicht durch ihn hindurch.

Sascha konnte das nicht verstehen, denn natürlich hätte er sich auch sehr gern so ein langbeiniges, blondes Geschöpf an seine Seite und vor allem in sein Bett gewünscht. Bisher beschränkten sich seine sexuellen Aktivitäten auf derartige Fantasien, entsprechende Heftchen und Filme und vor allem großspurige Aussagen, wenn das Thema im Kameradenkreis aufkam. Zu seinem zweiundzwanzigsten Geburtstag hatten seine Verbindungskameraden Geld gesammelt und ihm – halb aus Spaß, halb als Prüfung – ein

Schäferstündchen bei einer Hure geschenkt. Sascha wollte sich keine Blöße geben und ging zur vereinbarten »Massage«. Die Frau schien gut vierzig Jahre alt zu sein, nannte sich Saskia und merkte gleich, dass er noch Jungfrau war. Sie machte es ihm leicht. Nach fünfzehn Minuten war Sascha fertig, inklusive Aus- und Anziehen. Damit es nicht peinlich war, so schnell wieder vor die draußen wartenden Freunde zu treten, unterhielt er sich noch etwas mit Saskia und deutete an, möglicherweise einmal wiederzukommen. Es wurde regelmäßig der Dienstagabend.

KASSI

Lilia Seligmann war mit ihren achtunddreißig Jahren Betriebszugehörigkeit in der Montage bei LTS die Dienstälteste und so etwas wie die gute Seele des Hauses. Sie kannte alle, kümmerte sich um alle, sorgte bei Streitigkeiten für Ausgleich und hatte für alle ein offenes Ohr. Alle mochten sie und stellten sich gut mit ihr.

Lilia hatte vor Jahrzehnten als Helferin in der »Hausfrauenschicht« angefangen. Einziges Relikt aus dieser Zeit waren die psychedelisch gemusterten Kittelschürzen, die Lilia bei der Arbeit trug. »Die sind so gut wie jeder Meisterkittel«, sagte Lilia immer mit einem Lachen, wenn sie darauf angesprochen wurde. Dabei warf sie ihren rot gefärbten Lockenkopf selbstbewusst nach hinten.

Von Lilias Schlag gab es mehrere im Betrieb. Sie waren Kapazitäten nicht aufgrund von Macht oder Funktion, sondern aufgrund ihres Charakters. Die Belegschaft suchte sich selbst ihre Vorbilder und Führungskräfte, das hatte Kassi immer wieder erlebt. Auf ihren Rundgängen durch die Abteilungen gehörten diese Personen immer zu Kassis Anlaufstellen. Hier erfuhr sie, ob Ruhe war in dem betreffenden Bereich, welcher Beschäftigte gerade Unterstützung brauchte, aber von sich aus nicht kommen würde, wer Vater oder Mutter wurde und wessen Kind bei der Schulaufführung geglänzt hatte.

»Guten Morgen, Lilia, wie geht's dir?«, fragte Kassi die Kollegin. »Hast du den Schock einigermaßen überstanden?«

»Hallo Kassi! Ja, geht schon wieder.« Etwas gehetzt fuhr sie fort: »Ich bin grad im Stress. Ich muss ein bisschen aufholen. Die Linie zickt ständig rum. Können wir später reden? In zwanzig Minuten hole ich mir einen Kaffee, da passt es besser.«

»Ja, gern, kein Thema, bis später«, sagte Kassi freundlich.

Sie kannte das. Die Kolleginnen und Kollegen arbeiteten taktgebunden und hatten einfach nicht die Zeit für eine Unterhaltung. Die mussten sich ihre Zeit einteilen, und sie als Betriebsräte hatten sich danach zu richten. So setzte sie ihre Runde fort. Sie hatte heute noch zwei Geburtstags-Kollegen, denen sie gratulieren wollte. Auch das gehörte zur täglichen Routine des Rundgangs dazu. So lernten sie und Helmut über die Jahre alle Beschäftigten des Betriebes persönlich kennen, und alle Beschäftigten hatten mindestens einmal im Jahr einen positiv besetzten Kontakt zum Betriebsrat.

Nachdem der Unfallort schon gereinigt und das defekte Geländer der Galerie professionell ersetzt worden war, hatten alle Beschäftigten in der Fertigung und oben in den Büros ihre Arbeit wiederaufnehmen können. Zusätzlich wollte Kassi sich einen Eindruck verschaffen, wie die Stimmung in der Halle war und was in der Belegschaft so über den Unfall geredet wurde. Vielleicht konnte sie Hinweise darauf bekommen, wer Sascha bedroht hatte oder mit welchem Geheimnis Sascha selbst jemanden hatte zu Fall bringen wollen. Sie hatte oft festgestellt, dass an vielen Gerüchten in der Belegschaft ein wahrer Kern war. Vielleicht würde sie das in ihren Nachforschungen voranbringen. Kassi ging die Treppe hinauf und versuchte sich vorzustellen, was passiert sein könnte. Murad war mit der schweren Teilekiste oben auf dem Absatz angekommen. Sascha war ihm entgegengekommen. Auf dem Gang war wenig Platz. Murad war stehen geblieben und hatte sich mit der Kiste in den Händen so eng wie möglich mit dem Rücken an die Wand gedrückt, um Sascha vorbeizulassen, so hatte er ihr das berichtet. Sascha drückt sich vorbei, der Handlauf gibt nach und er fällt.

Kassi sah sich den Handlauf genauer an. Sicher würde man sich auch mit der Firma in Verbindung setzen, die das Geländer beim Neubau der Halle installiert hatte. Das beschlagnahmte defekte Teil wurde in einem Labor von Sachverständigen genau untersucht, da war sich Kassi sicher. Das war hier aber auch die blödeste Stelle auf dem ganzen Gang, dachte sie und blickte auf den Feuerlöscher an der Wand hinter sich, der die Gangbreite zusätzlich reduzierte. Es hätte weiter hinten verschiedene Möglichkeiten gegeben, in einer Türnische zu warten, dann wäre der Unfall vermutlich gar nicht passiert. Aber Kassi kannte auch die ungeschriebenen sozialen Strukturen in einem Betrieb. Und Sascha hätte wohl eher keine Rücksicht auf einen Leiharbeiter genommen, auch da war Kassi sich inzwischen sicher. Daher war Murad vermutlich nichts anderes übrig geblieben, als eben da zu warten, wo er schließlich auf Sascha getroffen war. Kassi blickte den Gang entlang und nahm aus dem Augenwinkel an der Stirnseite der Galerie eine Bewegung wahr. Viktor observierte wieder, stellte sie fest. Alle wussten, dass Viktor oft im Dunkeln am Fenster zur Halle stand und die Leute beobachtete.

»Guten Morgen, Viktor, wie geht's dir?«, fragte sie.

Viktor war irgendwie schon immer da gewesen und schon immer gleich schrullig. Er war zwar Gewerkschaftsmitglied, aber wohl der unpolitischste Mensch, den Kassi kannte. Sie hatte beruflich immer mal wieder mit ihm zu tun gehabt, fühlte sich jedoch stehts etwas unwohl in seiner Gegenwart.

»Mir geht's gut. Der Sascha ist doch heruntergestürzt und nicht ich«, gab Viktor nach einem kurzen Gruß zurück und lächelte schief.

»Hast du gesehen, wie es passiert ist?«, fragte Kassi.

»Ja«, antwortete er knapp.

»Alles?«, fragte sie erstaunt nach.

»Alles«, bestätigte er.

»Hat die Polizei dich befragt?«, wollte Kassi wissen.

»Ja«, sagte Viktor, »uns alle hier oben.«

»Was hast du ihnen gesagt?«

»Alles, was ich gesehen habe«, antwortete er etwas unwillig.

»Oh, Viktor, lass dir nicht alles aus der Nase ziehen. Ich weiß, du hast da keinen Bock drauf. Hier ist aber ein Kollege gestorben, und ich werde den Bericht unterschreiben müssen. Da gibt es aber noch jede Menge offener Fragen. Ich möchte gern wissen, was passiert ist. Also kannst du mir jetzt entweder einmal ausführlich erzählen, was du gesehen hast, oder ich nerve dich ab jetzt jeden Tag. Was ist dir lieber?«, stellte Kassi den Kollegen bestimmt, aber nicht unfreundlich vor die Wahl.

Viktor, der wusste, dass Kassi recht hatte und sie sich auch von ihm nicht auf der Nase herumtanzen lassen würde, beschrieb ihr kurz, was aus seiner Sicht passiert war. »Der Leiharbeiter Murad bringt immer mal Teile zu mir rauf, die ich bestellen soll oder bei denen es Änderungen für die nächste Bestellung gibt. Mit so einer Box ist er an dem Tag auch raufgekommen und oben auf der Galerie auf den dicken Sascha getroffen. Die haben sich aneinander vorbeigedrückt, und dabei ist wohl der Handlauf gebrochen. Jedenfalls ist der dicke Kollege dann abgestürzt. Murad hat noch über das Geländer geschaut, aber da war Sascha schon unten aufgespießt.«

Kassi war etwas irritiert über die emotionslose Darstellung, rechnete das aber Viktors Eigenart zu. »Ist dir sonst noch etwas aufgefallen, was wichtig sein könnte?«, hakte sie nach.

»Außer dass bei euch in den Frauentoiletten jemand Klopapier klaut, und der Luigi unten in der Linie 4 mit der Schichtleiterin Doro was am Laufen hat, nicht«, antwortete Viktor und grinste anzüglich, während er Kassi nicht einen Moment aus den Augen ließ.

Kassi verdrehte die Augen. Anscheinend verbrachte er mehr Zeit am Fenster zur Halle als mit seiner Arbeit. Aber da es noch nie Beschwerden gegeben hatte, ließ sie die Anmerkungen auf sich beruhen.

»Hatte Sascha mit jemandem hier Ärger?«, hakte sie nochmals nach.

»Wie meinst du das?«, versuchte Viktor der Frage mit einer Gegenfrage auszuweichen.

»Na ja, es macht den Eindruck, dass du von diesem Fenster aus hier viel mitbekommst.« Den Seitenhieb konnte sie sich nicht verkneifen. »Ist dir mal jemand aufgefallen, der zu Sascha ins Büro gegangen und sichtbar verärgert wieder rausgekommen ist? Oder hast du mal gesehen, dass er mit jemandem gestritten hat?«

Viktors Gesicht war etwas fahl geworden, und Kassi meinte einen leichten Schweißfilm auf seiner Stirn zu erkennen. Sie ließ ihn nicht aus den Augen und hatte den Eindruck, er ränge um eine Antwort. Doch dann schien er sich wieder gefangen zu haben.

»Keiner hier konnte Zurawski leiden. Der war ein ungehobelter Schnorrer und Faulenzer. Ob er mit jemandem Streit hatte, kann ich nicht sagen. Ich habe kaum ein Gespräch von dem mitbekommen oder mich für den interessiert. Aber warum fragst du das alles überhaupt? Das war doch wohl ein Unfall oder gibt es da etwa Zweifel?«

»Na ja, nach einem Sturz mit Todesfolge muss die Polizei immer ermitteln«, wich Kassi aus und wandte sich zum Gehen.

Sie würde noch einmal vorbeikommen und weiterfragen. Mit Viktor war sie noch nicht fertig, das wusste sie – und er wusste es auch. »Danke erst mal«, sagte sie daher und: »Komm gut durch die Woche!«

Viktor starrte Kassi hinterher, die sich dem Ausgang zugewandt hatte.

»Ach noch was«, drehte sie sich in der Tür um und sah Viktor durchdringend an. »Ich habe dich auf Saschas Trauerfeier gesehen.« Das war weniger eine Frage als eine Feststellung.

»Ist doch nicht verboten, oder?«, gab Viktor verunsichert und ausweichend zurück.

»Nein, natürlich nicht. Kanntest du Sascha denn besser? Ich meine, ihr arbeitet ja seit längerer Zeit hier quasi Tür an Tür.«

»Wir hatten nur geschäftlich miteinander zu tun«, sagte Viktor mit heiserer Stimme nach einem kurzen Zögern und bekam dabei rote Flecken am Hals.

»Und deswegen gehst du auf seine Trauerfeier?«, fragte Kassi, der die Veränderung gleich aufgefallen war, ungläubig.

Viktor schien die ganze Situation überaus unangenehm.

»Kassi, mehr kann ich dazu nicht sagen. Aber vielleicht können wir uns mal auf einen Kaffee treffen, dann kann ich dir etwas mehr erzählen«, wagte er einen mutigen Vorstoß und sah sie dabei verschwörerisch an. Er war dicht an sie herangetreten, hatte die Stimme gesenkt und sich prüfend umgesehen, als würden sie in dem einsamen Büro von einer anderen Person belauscht.

Kassi war von dieser Nähe und seinem Angebot komplett überrascht, stimmte einem Treffen aber zu, da sie mehr über diese Geschäftsbeziehung zwischen Sascha und Viktor wissen wollte – zwei Einzelgänger, über die sie so gut wie nichts wusste. Sie verabredeten sich für einen anderen Tag im Stadtcafé. Viktor hatte zwar eine Bar vorgeschlagen, das war Kassi aber zu sehr wie eine intime Verabredung vorgekommen. Als sie Viktors Büro über die Galerie verließ, wusste sie ihn am Fenster und spürte seinen bohrenden Blick auf ihrem ganzen Körper.

Sie ging hinunter in die Kaffee-Ecke, um Lilia zu treffen. Ihr war klar, dass es bei den Produktionsleuten außerhalb der richtigen Pausen immer nur kurze Zeitfenster gab. Lilia lief gerade auf den Automaten zu, der sowohl Kaffee als auch Zitronentee, heiße Schokolade und Tomatensuppe ausgab. Wenn man Glück hatte, schmeckte der Kaffee annähernd nach Kaffee, er konnte aber auch einen

Beigeschmack von Schokolade, Zitrone oder eben Tomate haben, wenn es ganz blöd lief. Kassi hatte ihren Kaffee schon herausgelassen und fragte Lilia, wie sie ihren wolle. Lilia bedankte sich für die Einladung. Es waren, wie so oft, diese kleinen Gesten, die ein gutes Miteinander beförderten.

»Habt ihr die Linie wieder am Laufen?«, fragte Kassi.

»Ja, im Moment geht's. Aber sie hört sich heute anders an. Irgendwas stimmt da immer noch nicht.«

Die langjährigen Beschäftigten waren echte Phänomene. Die konnten schon an der Vibration, an Geräuschen oder am Geruch erkennen, wann eine Anlage oder Maschine stehen würde, bevor sie wirklich stand.

»Lilia, kannst du mir erzählen, was du gesehen hast, als das passiert ist?«, fragte Kassi vorsichtig nach. »Weißt du, sie legen mir den Bericht vor, und da wäre es gut, wenn ich bestätigen könnte, was dort steht oder ich gezielter nachfragen kann.«

»Ja sicher, Kassi, das verstehe ich. Ich wollte mich auch noch für meinen Ausbruch bei dir im Büro entschuldigen. Es sah einfach so furchtbar aus«, sagte Lilia immer noch ehrlich betroffen.

Kassi legte ihr kurz freundschaftlich die Hand auf den Arm, mehr war dazu nicht zu sagen, das war beiden klar.

Lilia seufzte tief, und dann sprudelten die Worte nur so aus ihr heraus: »Murad ist erst wenige Monate da. Er ist sehr ruhig und freundlich. Vor allem sehr fleißig. Wir sollten schauen, dass wir ihn hierbehalten. Er ist offenbar auch vom Fach, zumindest weiß er immer gleich, wovon man redet. Das sagen auch die anderen. Der ist also mit einer Teilekiste vom Oleg rauf zu Viktor in den Einkauf.

Oben ist er dann auf dem Gang dem Sascha begegnet, und beide haben sich irgendwie aneinander vorbeigedrückt. Und dabei ist der obere Handlauf vom Geländer aufgegangen und der Sascha abgestürzt. Murad konnte da wirklich gar nichts machen, der hatte ja die Hände voll. Und so schnell konnte der die Box auch nicht abstellen, um Sascha eine Hand zu reichen. Der hat sich dann noch über das Geländer gebeugt, als er die Kiste abgestellt hatte, um nach Sascha zu schauen. Sah irgendwie komisch aus. Aber ich denke, das hat der sicher auch im Schock gemacht. Ich würde mich wundern, wenn der sich daran überhaupt erinnern kann. Hast du schon mit Viktor gesprochen, oben im Einkauf? Der hat doch bestimmt auch wieder am Fenster gestanden und uns observiert«, schloss Lilia ihren Bericht ab.

»Ja«, sagte Kassi, »bei dem war ich gerade eben auch schon. Aber der ist ja verstockt wie ein Gartenklappstuhl.«

Lilia musste lachen. »Ja, da sagst du was. Das muss doch voll nervig sein, aus dem was rauszubekommen.«

»Das war es auch«, grinste Kassi. Sie hatte bemerkt, dass Lilia hinter ihr auf die Hallenuhr geblickt hatte, die Zeit war um. »Danke, Lilia, du hast mir schon sehr geholfen«, sagte sie also und drückte erneut Lilias Arm als Zeichen ihrer Wertschätzung.

»Komm gern noch mal vorbei, wenn du noch was brauchst«, bot Lilia im Gehen an und war dann schon wieder zwischen den lärmenden Maschinen verschwunden.

MURAD

Es war Wochenende nach dem Vorfall im Betrieb, und wie so oft wusste Murad mit seiner freien Zeit nicht viel anzufangen. Er hatte lang geschlafen und dann zu Hause etwas mit den Hanteln trainiert. Er fühlte sich gut heute, irgendwie fast wie befreit. Er hatte gute Laune, war nur etwas unschlüssig, wohin mit dieser ungewöhnlichen Energie.

Nach dem Duschen zog er sich an und beschloss zum Mittagessen zu Mohammed zu gehen. Mohammed Hamoud hatte einen kleinen Dönerladen, ganz in der Nähe vom Murads Wohnung.

Murad kannte Mohammed aus seiner Ausbildungszeit in Syrien. Sie hatten beide zusammen bei Murads Onkel in der Firma gearbeitet, einer kleinen Metallwerkstatt. Murad hatte dort nach dem Schulabschluss mit achtzehn Jahren erst einmal eine Ausbildung angefangen, und Mohammed brachte ihm die Grundlagen der Metallbearbeitung bei. Die Männer mochten und vertrauten sich, damals und auch heute. Die Familien kannten sich gut und verbrachten so manche Feier zusammen. Sie hatten sich aus den Augen verloren, als Murad zum Studieren nach Damaskus gegangen war und danach die Firma gewechselt hatte. Die später beginnenden Kriegswirren und Ereignisse taten ein Übriges.

Es war ein großer Zufall und glücklicher Umstand, dass

Murad ihn vor drei Jahren ausgerechnet hier in Gommerstadt wiedergetroffen hatte. Die beiden Männer hatten sich weinend in den Armen gelegen vor Freude und auch vor Trauer um die verlorenen Träume, die Heimat und die Angehörigen. Murad war danach regelmäßig in den Dönerladen gekommen, weil er endlich jemanden gefunden hatte, mit dem er offen sprechen konnte, der verstand, was in ihm vorging. So hatten sie manchen Abend vor dem Dönerladen gesessen und geredet oder gemeinsam geschwiegen. Das waren Abende mit schweren Erinnerungen, großen Schmerzen, aber auch mit Geschichten über große Glücksmomente.

Heute wollte Murad nur zum Essen vorbeischauen und etwas plaudern. Mohammed begrüßte ihn freudig und zeigte auf den einzigen leeren Tisch ganz hinten in dem kleinen Imbiss. Alle Stammgäste wussten, dass dieser Tisch Mohammed selbst vorbehalten war. Dort lagen sein Handy und seine Zigaretten zum Zeichen, dass dies sein Revier war. Murad setzte sich und bekam sogleich einen dampfenden Tee serviert.

»Ist grad viel los«, entschuldigte sich Mohammed für die knappe Begrüßung. »Was willst du essen?«

»Ich habe es nicht eilig. Ich warte, bis die Mittagszeit rum ist. Dann können wir vielleicht zusammen etwas essen«, schlug Murad vor.

Mohammed nickte freundlich und wandte sich dem nächsten wartenden Gast zu. Wenn die Männer unter sich waren, sprachen sie arabisch. Nicht, dass sie etwas zu verbergen hatten, aber es war ihre Muttersprache, und es gab selten genug Gelegenheit, sie zu benutzen.

Murad gefiel es, die Gäste zu beobachten. Einige hatten

es eilig, andere brauchten viel Zeit, um sich für ein Essen zu entscheiden, und wieder andere machten den Eindruck, als wären sie mit Mohammed eng befreundet. Als ein deutscher Soldat in Tarnuniform den Laden betrat, um telefonisch bestelltes Essen abzuholen, dachte Murad daran, welcher Gefahr er vor einigen Jahren selbst im letzten Moment entkommen war. Das syrische Militär hatte ihn eingezogen, und Murad war damals klar gewesen, dass er nie in diesem Krieg hätte kämpfen können. Für wen auch und für was? Dieser Krieg war nie seiner gewesen, sinnierte er düster vor sich hin. Am Tag nach der Einberufung hatte er seine wenigen Habseligkeiten gepackt und sich auf den Weg gemacht, seine Heimat zu verlassen. Er wusste, dass die Armee eine Verweigerung empfindlich bestrafte, zumindest mit schwerer Folter, wenn nicht sogar – wegen Verrats – mit dem Tod. Und er hatte nichts mehr zu verlieren, also hatte er damals den schweren Weg in eine fremde Welt, in ein neues Leben, in Richtung Europa angetreten.

»Plötzlich so düster?«, stieß Mohammed ihn grinsend an. Murad schrak hoch, so sehr war er in Gedanken versunken. Als er Mohammeds Lachen sah, verflogen die Gedanken, und seine Stimmung hellte sich wieder auf.

»Ich gehe jetzt eine Zigarette rauchen, und dann sagst du mir, was du essen möchtest. Jetzt habe ich dich lange genug warten lassen. Du bist bestimmt hungrig. Kannst dir ja schon mal etwas zu trinken nehmen«, bot der Ladenbesitzer an, griff nach der Zigarettenschachtel und verließ den Imbiss durch eine kleine, etwas versteckte Hintertür.

Murad stand auf, nahm sich eine Cola aus dem großen, laut brummenden Kühlschrank und setzte sich wieder.

Keine fünfzehn Minuten später stand ein Teller mit dampfendem Reis, Falafel, Fleisch und frischem Salat vor ihm. Murad liebte dieses Essen, auch wenn es mit den würzigen Gerichten und der ausufernden Vielfalt in seiner Heimat nichts gemeinsam hatte. Im Imbiss wurde es ruhig, und Mohammed setzte sich zu ihm an den kleinen Tisch, nachdem er das Geschirr aufgeräumt hatte.

»Murad, wie geht es dir?«, fragte er und rührte in seinem Tee.

Murad sah lange auf die Tischplatte und hob dann den Blick. »Alles ist gut«, antwortete er vielsagend.

Mohammed drängte nicht. Sie kannten sich lange genug, um zu wissen, dass manche Themen Zeit brauchten. Zeit, um den Weg vom Herzen über den Kopf auf die Zunge zu finden. So schwiegen sie eine Weile.

»Es gab einen Unfall«, eröffnete Murad das Gespräch erneut. »Der Kollege ist vom oberen Stock heruntergestürzt und gestorben.« Er berichtete, was er in der Woche erlebt hatte. Er berichtete auch von Kassi, und es war das erste Mal, dass er Mohammed gegenüber den Namen einer Frau erwähnte. Mohammed nickte freundlich, als Murad von seinem Gespräch mit dieser Kollegin bei der Betriebsärztin erzählte. Und auch wenn dieser sich bemühte, seine Worte so neutral wie möglich zu wählen, konnte selbst ein unbeteiligter Zuhörer die emotionale Bedeutung dahinter erkennen.

Als Murad fertig war, saßen sie wieder schweigend. Mit einem Glockenspiel wurde ein neuer Gast, der gerade zur Tür hereinkam, im Imbiss angekündigt. Mohammed stand auf, legte Murad seine Hand schwer auf die Schulter und drückte diese.

SASCHA

Kurz nach dem Millenniums-Jahreswechsel absolvierte Sascha als Zweiundzwanzigjähriger seinen mehr oder weniger erfolgreichen Bachelor-Abschluss als MBA und konnte von seinem Vater in eine große Versicherung als Sachbearbeiter vermittelt werden. Dort blieb er ein Außenseiter und Fremdkörper im Kollegenkreis. Er fand keine Freunde und auch keine Frau für sich. Seine Abende verbrachte er wahlweise zu Hause vor dem Fernseher oder in einer kleinen Kneipe, die in der Nähe seiner Wohnung lag. An der Theke traf er immer wieder auf Menschen, denen es ähnlich ging und die sich vom Leben vernachlässigt fühlten. Mit ihnen konnte er sich gut unterhalten, fühlte sich verstanden und gleichwertig. Zwei dieser Gleichgesinnten waren Thomas Görlitzer und Achim Langenhans, die er häufiger traf und sich etwas mit ihnen anfreundete. Nach solchen Abenden wankte er meist ziemlich betrunken, aber energiegeladen in seine kleine Wohnung zurück. Er würde sich das alles nicht mehr lange so gefallen lassen. Schließlich hatte er etwas Besseres verdient. Sascha entdeckte, dass er im Internet seinen ganzen Ärger und Frust ablassen konnte, ohne ein Blatt vor den Mund zu nehmen. Das erschien ihm einfach und bequem und ließ sich, insbesondere mit einem anonymen Account, auch gut mit seiner beruflichen Funktion in der Versicherung vereinbaren. So wurde er Mitglied in verschiedenen Chatgruppen und fühlte sich aufgerufen, in den sozialen Medien andere Menschen zu politischen, sozialen und gesellschaftlichen Themen mit unverhohlener Abneigung, Hassbotschaften, Beleidigungen und Drohungen zu überziehen.

Seine erste Anzeige aufgrund von Hasskommentaren bekam Sascha mit siebenundzwanzig Jahren. Das Verfahren wurde zwar wegen Geringfügigkeit und Zahlung einer Geldstrafe an eine Hilfsorganisation für Geflüchtete eingestellt, dennoch verlor er seinen Job. In seinen Chatgruppen und Foren, aber auch bei seinen Verbindungskameraden, wurde Sascha zum ersten Mal als aufrechter und unbeugsamer Kämpfer gefeiert, der endlich einmal das ausgesprochen hatte, was sie alle dachten. Sie hatten sogar zusammengelegt, damit ein langjähriges Mitglied der Verbindung und spezialisierter Rechtsanwalt für Internetkriminalität ihn im Gerichtsverfahren vertreten konnte. Sascha spürte, dass er etwas Besonderes getan hatte, das ihm Anerkennung und Aufmerksamkeit einbrachte. Es tat ihm gut, und er fühlte sich wohl dabei. Er fand nun auch, dass es Zeit war, die abgehalfterte und bedauernswerte Saskia hinter sich zu lassen und eine Frau ganz allein für sich zu beanspruchen.

Im Alter von dreißig Jahren war Sascha mit Hanh verheiratet, einer zarten Einundzwanzigjährigen aus einem einfachen Dorf in Nord-Vietnam, mit langen, schwarzen Haaren, mandelbraunen Augen und einem herzförmigen Gesicht, die er über eine spezielle Vermittlungsagentur kennengelernt hatte. Sie schien bei allem sehr unsicher, konnte ihn kaum verstehen, was Sascha anfänglich amüsierte. Er trieb allerlei Scherze mit ihr, die sie zu Beginn mit einem freundlichen Lächeln quittierte. Als die Scherze derb und auch die Wortwahl offenkundig unfreundlich wurden, weil Sascha sich zunehmend über ihr sprachliches Unvermögen ärgerte, wurde das Leben in der kleinen Wohnung am Stadtrand für Hanh zur Qual. Allerdings führte es auch dazu, dass ihre Unsicherheit ihn stärker erscheinen ließ, als er sich bisher gefühlt hatte. Er entdeckte dominante Züge an sich, und es fühlte sich gut an.

Hanh erfüllte Saschas Wünsche, im Bett und auch im Haushalt, soweit sie verstand, was er wollte. Lag sie mit ihrer Interpretation daneben, entwickelte Sascha schnell mehr oder weniger harte Strafen, um sie auf die richtige Spur zu setzen. Er zog sie an den Haaren, warf das von ihr gekochte Essen mit dem Teller krachend in die Spüle, wenn es ihm nicht schmeckte, oder packte sie grob an den Handgelenken. Einmal schnitt er ihr sogar ein ziemlich langes Stück von ihrem Haarzopf ab. Anschließend sprach sie über Tage nicht mit ihm und weinte viel. Ihre Haare bedeuteten ihr sehr viel – und das wusste er. Allein aufgrund seiner Körperfülle konnte sie ihm nur wenig entgegensetzen, und so fügte sie sich meist schnell in die Situation.

Sascha verstand, dass man asiatische Frauen hart rannehmen musste, damit sie in der anspruchsvollen Welt eines deutschen Mannes Schritt halten konnten. Und er war bereit, seiner Frau diese Erziehung zu ihrem Besten angedeihen zu lassen. Ihm gefiel das sehr. So hatte er doch einerseits den Eindruck, dass sie schnell lernte, andererseits hatte er das Sagen zu Hause. Hier wurde er nicht herumgeschubst, hier war nicht er der Loser, über den man sich lustig machte. Er befand, man dürfte ihn künftig gar nicht mehr herumschubsen oder sich über ihn lustig machen.

Da er ein Jahr nach seinem Rauswurf bei der Versicherung immer noch ohne Arbeit war, hatte er Zeit, sein Boxtraining in einem Fitness-Studio wiederaufzunehmen. Er wollte auch körperlich in Form kommen, wenn er sich nun neu erfand. Nach dem Training traf er sich dann mit Freunden auf ein Bier in einer Kneipe um die Ecke des Fitness-Studios im Stadtzentrum.

Sein Freundeskreis hatte sich zwischenzeitlich etwas verändert. Zu seinen Verbindungskameraden hatte er nur noch selten Kontakt. Sie waren zwar politisch in Ordnung, in seinen Augen aber inzwischen alle Snobs, Angeber und Wichtigtuer geworden. Sie gaben ihm das Gefühl, es zu nichts gebracht zu haben und sein Leben nutzlos zu vertrödeln. Thomas und Achim aus der Kneipe waren da anders. Sie teilten sein Weltbild und verurteilten ihn nicht für seine Arbeitslosigkeit. Er hatte sie zu seiner Hochzeit eingeladen, sie nahmen ihn hin und wieder mit ins Stadion, obwohl er von Fußball gar keine Ahnung hatte, und berieten ihn in Ehefragen. Sie waren etwa gleich alt wie er und die guten Kumpel, die Sascha vorher nie gehabt hatte. Er vertraute ihnen und wusste, dass sie gemeinsam durch dick und dünn gehen würden.

Nach seinen Abenden in der Kneipe war er meist in guter Stimmung und freute sich auf Hanh, mit der er sich dann noch mal vergnügen würde. Ob es ihr auch gefiel, konnte er nicht erkennen. Abgesehen davon interessierte es ihn auch nicht sonderlich. An einem Abend mit besonders viel Alkohol konnte Hanh ihm nichts recht machen. Er beschimpfte sie aufs Übelste und warf Gegenstände nach ihr. Als sie sich wehrte, schlug er sie zum ersten Mal mit der Hand grob ins Gesicht. Doch dabei blieb es nicht. Nach einer Dreiviertelstunde klingelte die Polizei. Nachbarn hatten sich wegen anhaltenden ruhestörenden Lärms belästigt gefühlt.

KASSI

Völlig überraschend hatte sich Charlotta Zurawski eine Woche nach der Trauerfeier telefonisch bei Kassi gemeldet und mit weinerlicher Stimme nachgefragt, ob ihr Hilfsangebot bei der Wohnungsauflösung noch gelte. Kassi hatte erneut ihre Unterstützung zugesagt. Die Frauen hatten sich für den nächsten Nachmittag in Saschas Wohnung verabredet. Die Wohnung war heruntergekommen und voll gemüllt.

Sascha war ein Messi, dachte Kassi angewidert, als sie durch die kleine Wohnung ging. Es roch nach abgestandener Luft, kaltem Zigarettenrauch und ungewaschener Kleidung. Sie war froh, dass sie sich Handschuhe eingesteckt und alte Klamotten angezogen hatte. Nach dem Besuch hier war eine lange Dusche fällig, und die Klamotten müsste sie vielleicht sogar wegwerfen. Auf keinen Fall wollte sie sich Ungeziefer in die eigene Wohnung einschleppen. Und Kassi hätte darauf gewettet, dass sie Maden und anderen Viechern begegnen würde, sobald sie auch nur ein Teil in dieser Wohnung hochhob. Saschas Mutter war auf dieses Bild gar nicht vorbereitet gewesen, sie schlug sich immer wieder die Hand vor den aufgerissenen Mund und stieß entsetzte Rufe aus. Als ihr schwindelig wurde, machte Kassi ein Fenster auf und räumte einen Küchenstuhl frei, damit sich die ältere Frau setzen konnte, doch diese lehnte sich lediglich in den ge-öffneten Fensterrahmen, vermutlich weil es ihr zuwider war, sich mit ihrer sauberen, teuren Kleidung auf diesen schmutzigen Stuhl zu setzen.

»Ich schau mal, ob ich Müllsäcke finde, dann kann ich ja den gröbsten Dreck mal einpacken. Vielleicht finde ich auch noch Putzmittel. Was wollen Sie mit den Möbeln machen?«, fragte Kassi.

Saschas Mutter sah sie verständnislos an. »Was denken denn Sie, was man mit diesen Möbeln noch machen kann, außer sie in den Sperrmüll zu werfen?«, fragte sie fast hysterisch. »Am liebsten würde ich eine Firma beauftragen, die hier alles rausräumt, und fertig.«

»Dann machen Sie das doch. Aber vielleicht wollen Sie ja vorher noch nach Wertsachen oder Erinnerungsstücken schauen«, riet Kassi.

»Wertsachen und Erinnerungsstücke?«, lachte Charlotta Zurawski etwas zu laut auf. »Sie dürfen sich gern umsehen und alles behalten, was Ihnen hier gefällt. Ich für mein Teil werde diesen Dreck nicht durchwühlen. Ziehen Sie einfach die Tür hinter sich zu, wenn Sie gehen«, sagte sie dann unvermittelt, stieß sich vom Fensterrahmen ab und verließ ohne jeden weiteren Gruß leicht schwankend die Wohnung.

Kassi blieb völlig überrascht in der Küche zurück. Nun war es ganz still in der kleinen Wohnung, und sie versuchte sich vorzustellen, wie Sascha hier gelebt hatte. Sie ging langsam durch die wenigen Räume, betrachtete die Einrichtung und die vereinzelten Fotos an den Wänden und öffnete die Schränke und Schubladen. Auf dem Küchentisch und in der Spüle stapelte sich schmutziges

Geschirr mit angetrockneten Essensresten neben leeren Pizzaschachteln und Dosen Billigbier. Trocken würgen musste Kassi, als sie einen Blick in das Badezimmer warf. Es war widerlich. Die Badewanne war unter schmutzigen Kleidungsstücken begraben. Dusche und Waschbecken waren braun vergilbt vor Schmutz, von der Toilettenschüssel ganz zu schweigen. Kassi beschloss, nicht einen Fuß über diese Türschwelle zu setzen, und fragte sich besorgt, ob es auch Krankheiten gab, die sich ähnlich wie Flugrost einfach an eine Person anklammerten.

Zurück im Wohnzimmer, sah sie sich genauer um. Ein auf den alten Fernseher ausgerichteter, abgenutzter Ledersessel mit tiefer Sitzmulde musste wohl Saschas Lieblingsplatz gewesen sein. Der Couchtisch war mit Asche, klebrigem Staub, geöffneten Chipstüten und zerknüllten Zigarettenschachteln übersät. Kassi sah, dass in zwei Schachteln hinter dem Zellophan jeweils ein Zettel mit einer Adresse in Gommerstadt klemmte. Darunter standen ein Tag, eine Uhrzeit und ein Stockwerk – allerdings kein Name. Eine Adresse kannte Kassi, das war das Wohnheim für Studis. Ein Riesenklotz mit ewig vielen Stockwerken und noch viel mehr kleinen Einzelbuden und WGs. Kassi hatte dort mal eine ehemalige Schulfreundin besucht. Die andere Adresse sagte ihr nichts. Aber da auf dem Zettel *6. Stock* stand, musste es ebenfalls ein großes Gebäude sein. Sah nach einer Verabredung aus, aber es fehlte ein Name, und die Uhrzeit war jeweils spät in der Nacht oder früh am Morgen. Sie nahm die Zettel aus den leeren Verpackungen und steckte sie ein. Kassi war sich unsicher, ob sie noch weitersuchen oder nicht besser auch gleich gehen sollte. Sie wusste, dass alle Wertgegenstände, die sie jetzt nicht mitnehmen würde, von einer Entrümpelungsfirma selbst verwertet würden. Sie hatte in der Küche eine Plastikbox mit Altpapier gesehen. Die würde sie ausleeren und alles für die Mutter einsammeln, was nach Wertsachen oder Erinnerungsstücken aussah.

Zu ihrer Überraschung fand sie im Schlafzimmer neben dem Bett unter einem benutzten T-Shirt eine sehr wertvoll aussehende Panzerhalskette. Sie war goldfarben und ziemlich schwer. Kassi nahm sie mit zum Fenster und sah den schweren Karabinerverschluss genauer an. Sie konnte einen Stempel mit der Zahl *750* erkennen. Sie konnte es kaum glauben, diese Kette musste ein Vermögen wert sein. Sie ging in die Küche, um nach einer Küchenwaage zu suchen. Ein hoffnungsloses Unterfangen, lachte sie sich für diesen Gedanken selbst aus. Also ob jemand wie Sascha Zurawski je etwas in der Küche abgewogen hätte. Sie fragte sich, wie lang die Kette wohl sein mochte, und wog sie prüfend in der Hand. Wenn dieses Schmuckstück echt war, konnte es weit über zehntausend Euro wert sein, stellte sie nach einer kurzen Suche im Handy fest. Sie sah sich weiter um und erinnerte sich, dass sie Reste einer Uhrenverpackung im Altpapier gesehen hatte. Sie ging in die Küche zurück und suchte danach. Tatsächlich, da war sie. Kassi suchte nach der Uhr im Internet und fand sie zu einem Preis von über zweitausend Euro. »Zwölftausend Euro!«, rief Kassi laut aus. So viel Geld für eine Armbanduhr und eine goldene Halskette? Sie wusste etwa, wie viel Sascha bei LTS verdiente, und sicher hatte er mit dieser günstigen Wohnung wenig Ausgaben. Aber so viel Geld für eine Uhr und ein Schmuckstück kam ihr eigenartig vor. Sie suchte im Altpapier weitere Hinweise auf kürzliche

Einkäufe und fand Verpackungen von teuren Business-
hemden und einen aufgerissenen Schuhkarton. Als sie den
Preis für die handgenähten Lederschuhe sah, konnte sie es
kaum glauben. Sie erinnerte sich, dass Sascha immer eher
schmuddelig und heruntergekommen ausgesehen hatte.
Sie würde Saschas Mutter fragen, ob er vielleicht kürzlich
zu Geld gekommen war, denn alle Verpackungen lagen auf
dem Altpapierstapel ganz oben.

Auf der Kommode im kleinen Flur türmten sich Werbe-
prospekte, ungeöffnete Briefe und alte Zeitungen. In einer
Klarsichthülle fand Kassi einige Farbausdrucke von ausländischen Dienstleitern, die erotische Massagen für Gäste
einer internationalen Hotelkette anboten. Sie kannte diese
Hotelkette, da die Monteure und Außendiensttechniker
der LTS dort auch immer mal wieder untergebracht waren.
Sascha war aber kein Monteur oder Außendiensttechniker
gewesen, dachte sie sich. Vielleicht waren dies aber auch
einfach nur Urlaubsvergnügen gewesen, und offensichtlich hatte es sich Sascha ja leisten können. Sie stopfte die
Ausdrucke in ihre Handtasche.

In der Ablage unter dem Couchtisch fand Kassi neben
Porno-CDs und zwei leeren Wodkaflaschen ein Foto, das
wohl mit einem Handy aufgenommen und ausgedruckt
worden war. Es zeigte einen Ausschnitt aus einem Fern-
sehfilm. Dabei saß eine nackte Frau gefesselt und mit ver-
bundenen Augen auf einem ebenfalls nackten Mann, der
wie eine Sitzbank kniete und eine Lederhaube über dem
Kopf hatte. Bei genauer Betrachtung konnte sie erkennen,
dass der Mann auf dem Foto schlimme Narben auf dem
Rücken hatte, wie Kassis es von Bildern nach Folterhand-
lungen kannte. Und die Frau blutete aus zahlreichen

Verletzungen. Je länger Kassi das Foto ansah, umso verstörender fand sie es. Warum lag hier so ein schreckliches Foto herum? Ihr war nicht klar, warum jemand aus einem gewalttätigen Pornofilm so ein Foto mit der Handykamera machen sollte. Eigentlich doch nur, um es jemandem zu zeigen. »Aber warum?«, murmelte sie leise vor sich hin. Jemand, der den Film empfehlen wollte, hätte den Titel fotografiert. Jemand, der den Film als Vorlage zur Selbstbefriedigung wollte, hätte sicher eine andere Einstellung gewählt. Vielleicht ging es um die Personen auf dem Bild? Kassi sah sich das Foto nochmals genau an. Da der Mann eine Ledermaske übergezogen hatte, konnte man sein Gesicht nicht erkennen. Die Frau hatte den Kopf leicht abgewandt, sodass man nur einen kleinen Teil des Gesichts und den Hinterkopf sehen konnte. Dann lief es ihr eiskalt den Rücken runter. Sie hatte ähnliche Bilder in einer Reportage über die Foltermethoden einiger US-Soldaten im Guantanamo-Gefängnis gesehen. Könnte das ein solches Bild sein? Aber auch da fragte sie sich, warum man so etwas aus einem Film oder einer Sendung abfotografieren sollte.

»Murad«, schlug es ihr wie ein Blitz in den Kopf.

Konnte das Murad sein? Sie betrachtete das Foto erneut genau, konnte ihn aber nicht eindeutig erkennen. Sie hatte ja schon vorher das Gefühl gehabt, dass es zwischen Murad und Sascha eine Verbindung gab. Hatte dieses Foto etwas damit zu tun? Murad kam aus Syrien und könnte durchaus ein Folteropfer mit solchen Narben sein. Und ganz sicher würde ihn ein solches Foto mehr als entwürdigen, da war sich Kassi sicher. Dieser Sache würde sie auf den Grund gehen.

Sie hatte genug gesehen und zog die Tür hinter sich und Saschas traurigem Leben ins Schloss.

MURAD

Erst als sie in Deutschland ankamen, sollten sie den Begriff »Balkanroute« kennenlernen. Murad erinnerte sich genau. Es war ein kalter grauer Februartag des Jahres 2018. Er hatte nur ein T-Shirt und eine dünne Jacke und Sandalen ohne Socken an und fror erbärmlich. Immer wieder mussten sie tageweise pausieren, damit sein Bruder Sultan sich von den Strapazen erholen konnte. Murad hatte ihn nicht in Syrien zurücklassen können, also traten sie die gefährliche Flucht zusammen an. Insbesondere die langen Fußmärsche brachten Sultan immer schnell an seine körperlichen Grenzen. Seine Lunge hatte sich nach der schweren Verletzung durch eine Detonation nicht wieder erholt und gestattete ihm jetzt nur noch geringe Anstrengungen. So konnte er kein Gepäck tragen und musste sich immer wieder setzen, um zu Atem zu kommen. Sie kamen nur langsam voran, und Murad konnte seine Ungeduld schwer zügeln. Er hatte Mitleid mit seinem Bruder, war aber selbst auch oft zu erschöpft, um die Kraft für sie beide aufzubringen.

Nach Wochen unterwegs fanden sie sich in einer Kleinstadt im Süden Deutschlands in einer Sammelunterkunft für geflüchtete Menschen wieder. Gommerstadt hatte 62.000 Einwohner und war damit nur unwesentlich größer als ihre Heimatstadt, die sie hinter sich gelassen hatten.

In der Unterkunft hatten sie das Glück, zusammen ein eigenes Zimmer bewohnen zu können. Die Küche, die Toiletten und Duschen teilten sie sich mit allen anderen Menschen, die hier aus unterschiedlichen Ländern und aus unterschiedlichen Beweggründen heimatlos gestrandet waren. Alle waren erschöpft, die meisten schwer traumatisiert und wollten nichts weiter als Frieden. Frieden mit sich selbst, Frieden mit den Erlebnissen, die hinter ihnen lagen und die sie auf diesen Weg gezwungen hatten, und Frieden für die zurückgelassenen Menschen, die hofften, ihr »Entsandter« nach Deutschland würde nicht nur lebend ankommen, sondern auch zu einer besseren Situation für sie beitragen können.

Um fast alles entstand Streit, wem gehörte das Fahrrad, wer durfte die Küche wann benutzen, wer hatte das Bad so hinterlassen, wessen Kinder waren zu laut, und wer hörte die falsche Musik. Es waren zu viele Menschen mit zu vielen Problemen auf zu kleinem Raum.

Sie mussten hier raus, das verstand Murad schnell. Denn Sultan verließ das Zimmer fast gar nicht mehr und döste trübsinnig vor sich hin. Auch die ständigen Auseinandersetzungen mit den anderen Mitbewohnern zermürbten Murad. Er hatte ständig das Gefühl, auf einem Pulverfass zu sitzen. Das würde nicht lange gut gehen.

Es war Murad gelungen, sich und Sultan zu einem Deutschkurs anzumelden. Sie würden längere Zeit hier in Deutschland bleiben, und das würde nur funktionieren, wenn sie sich hier verständigen konnten. Im Kurs hatte sich Murad mit Bernd, einem der freiwilligen Helfer, angefreundet, der nach dem Unterricht immer noch für Fragen zu allen möglichen Themen des Alltags zur Verfügung stand. Bernd wusste nur wenig von Murad und Sultan und fragte nicht weiter nach, wollte nicht bohren und heilende Wunden aufreißen. Er gab daher nur hier und da einen Tipp und half dabei, für Murad und Sultan außerhalb der Gemeinschaftsunterkunft eine kleine, etwas herunter-gekommene Einzimmerwohnung zu finden.

Sultan blieb auch dort weitgehend lethargisch und gab sich seinen finsteren Gedanken hin. Murad freute sich über jeden noch so geringen Fortschritt seines kleinen Bruders. Und wann immer es ihm möglich war und ihre finanzielle Lage es zuließ, unternahmen sie etwas zusammen. Jedes Lächeln auf Sultans Gesicht, jeder Moment, in dem sein Kopf nicht um die Vergangenheit kreiste, war für Murad ein Glücksfall. Er liebte seinen Bruder und war froh, we-nigstens ihn an seiner Seite zu haben. Sultan gab seinem Leben Inhalt und Sinn. Er war sein Hafen und seine Ver-bindung zu einer glücklichen Vergangenheit, die ihm immer mehr wie aus einem anderen Leben vorkam.

In Gommerstadt gab es ein libanesisches Restaurant, und eines Abends auf dem Weg zurück in die Wohnung traute sich Murad, an den Hintereingang zu klopfen, um nach Arbeit zu fragen. So kam es, dass er mit Beginn der neuen Woche eine stundenweise Anstellung als Reinigungskraft in diesem Restaurant bekam. Murad wusste nichts von Mindestlohn, geringfügiger Beschäftigung oder Kranken-versicherung. Er wusste nur, dass er am Ende einer jeden Woche Geld bar auf die Hand bekam und er abends, wenn das Restaurant geschlossen wurde, dort noch eine kosten-lose warme Mahlzeit bekam, die ihn hin und wieder an eine weit entfernte, frühere Zeit aus einer anderen Welt erinnerte.

Seine Chefin fragte nicht viel, bekam aber bald mit, dass Murad von seinem Essen heimlich immer etwas einpackte. So erfuhr sie von Sultan und bot an, dass dieser abends ebenfalls zum Essen kommen könnte. Jeden Abend kamen also beide nach der Öffnungszeit zum Essen, und Sultan ging dann nach Hause, während Murad sich an die Arbeit machte. Es entwickelte sich so etwas wie Normalität, und die innere Anspannung in Murad legte sich ein wenig. Sultan nahm etwas zu, und die Blässe und tiefen Augenringe verschwanden aus seinem Gesicht. Jasmin war freundlich, zuverlässig und drängte sich nicht auf. Sie erwartete gute und ordentliche Arbeit und war bereit, dafür zu bezahlen. Keiner stellte Fragen.

KASSI

»Warum bist du zu der Trauerfeier gegangen?«, fragte Kassi Murad unumwunden, nachdem sie diesen zu einer Sprechstunde ins Betriebsratsbüro geholt hatte.

Sie hatte mit Martin, dem Abteilungsleiter der Montage, gesprochen, dass sie sich gern noch mal in Ruhe mit Murad unterhalten wollte. In so einem Fall war es üblich, dass die Kollegen in die Sprechstunde des Betriebsrats gingen, die täglich eine Stunde vor Feierabend war. In der Zeit war das BR-Büro immer besetzt und konnte von den Beschäftigten für Beratungen oder Beschwerden aufgesucht werden. Kassi und Helmut nutzten diese Zeit mitunter auch andersherum und luden sich Kolleginnen und Kollegen zu Einzel- oder Gruppengesprächen ein. Kassi hatte Murad in der Abteilung abgeholt, da sie nicht sicher war, ob er das BR-Büro finden würde.

Murad hatte ein Glas Wasser und einen Kaffee angeboten bekommen, und die allgemein üblichen Fragen zum Befinden waren ausgetauscht worden. Es war eine kurze Gesprächspause entstanden, und Murad machte den Eindruck, dass er auf etwas Unerwartetes lauerte. Kassis Frage nach der Trauerfeier war so etwas Unerwartetes. »Ich nicht verstehe«, sagte er unsicher und machte einen ertappten Eindruck.

»Ich habe dich auf Saschas Trauerfeier gesehen. Du hast

ganz hinten gesessen. Warum bist du dahin gegangen? Das war doch bestimmt nicht leicht für dich, und du kanntest den ja sicher kaum.«

»Ja, nicht wissen, warum«, sagte Murad ausweichend. Er hielt den Blick gesenkt auf seine Hände, die er nervös knetete. »Ich denken, ich muss gehen. So ist Sache fertig für mich. Und war auch interessant. Ich noch nie in Kirche. Aber ich die Kollegen fragen. Sie sagen, alle kann gehen, wer verabschieden will.«

Seine letzten Worte klangen fast etwas bockig, stellte Kassi überrascht fest. »Ja, so etwas Ähnliches habe ich mir schon gedacht«, sagte sie. »Das war ein netter Zug von dir, vor allem weil so gut wie niemand von Saschas Kollegen gekommen ist. Echt traurig eigentlich. Aber er war wohl nicht so sehr beliebt in seiner Abteilung. Darum habe ich mich gewundert, dass ich dich da gesehen habe. Kanntest du die beiden anderen Männer, die in der Kirche saßen?«, fragte sie dann, obwohl sie nicht davon ausging.

»Ich sitzen hinten, nicht richtig sehen«, wich Murad aus.

Kassi horchte auf. Sie hatte ein eindeutiges Nein erwartet. Murad schloss also ein Ja nicht komplett aus, wollte sich aber entweder nicht festlegen oder sie nicht anlügen.

»Aber anderer Mann in Kirche, Viktor, auch von LTS. »Arbeiten oben in Montage in Büro. Immer gucken aus Fenster und beobachten«, merkte Murad mit einem Unterton an, als wäre das ein Geheimnis.

»Ja, das haben mir auch schon andere Kollegen und Kolleginnen berichtet«, bestätigte Kassi.

»Und nach Kirche er hinter Frau Kassi gegangen«, ergänzte Murad.

»Was sagst du?«, fragte Kassi jetzt ehrlich überrascht.

»Ja, er gegangen bis zum großen Busauto von Frau Kassi. Du nicht gesehen, weil er immer gut verstecken«, sagte Murad. Kassi hatte sich vor fünf Jahren einen matt-schwarz lackierten T3 Bulli gekauft. Der diente ihr als Transporter und Sammeltaxi für Freunde oder auch als Wohnmobil, wenn sie in Deutschland oder Europa zu den großen Festivals und Heavy-Metall-Konzerten reiste.

Merkwürdig, dachte Kassi, warum hätte Viktor ihr folgen sollen?

Doch ganz plötzlich wechselte Murad das Thema: »Ich nicht krank. Du denken, ich bleiben bei LTS?«

Kassi wusste, dass diese Frage alle Leiharbeiter umtrieb, und sie konnte das so gut nachvollziehen. »Ja, ich habe mit Frau Junker aus dem Personalbüro gesprochen. Sie meinte, du bleibst erst mal als Leiharbeiter bei der LTS. Du musst dir also keine Sorgen machen.«

Murad hörte aufmerksam zu, und in seine Augen kam ein kleines Leuchten, als er die guten Neuigkeiten hörte. »Danke, Frau Kassi«, gab er erfreut, wenn auch nicht über-schwänglich zurück.

»Kann ich dich noch etwas zu Saschas Sturz fragen?«, versuchte Kassi das Gespräch wieder auf das vorherige Thema zurückzubringen.

Murad nickte, aber er machte einen unwilligen Eindruck.

»Zwei Kollegen haben berichtet, du hättest dich nach dem Sturz noch über das Geländer gebeugt. Stimmt das?«, fragte Kassi.

»Ich nicht mehr erinnern. Alles so schnell passieren. Viktor hat gesagt?«, wich Murad ihr nun schon zum zweiten Mal in diesem Gespräch aus und knetete wieder seine Finger. Es schien, als wäre er mit dieser Beobachtung der Kollegen bei etwas ertappt worden, interpretierte Kassi, wohl wissend, dass sie auch hier wieder völlig falsch liegen konnte. Vielleicht sollte sie sich auch in Murads Umfeld mal etwas genauer umsehen, beschloss sie für sich. Ihr Gefühl sagte ihr, dass Murad aus irgendwelchen Gründen nicht ganz offen war. Ihr war aufgefallen, dass er immer wieder zu seinem Ringfinger griff, als wollte er einen Ring drehen, der nicht vorhanden war. Da war aber mal ein Ring gewesen, schoss es Kassi durch den Kopf.

»Hast du deinen Ring verloren?«, fragte sie und deutete auf seine Hand. Als wäre ein Stromschlag durch seine Finger gefahren, ließ er den Ringfinger sofort los und schob beide Hände in seine Hosentaschen. Ein barsches: »Nein«, war die Antwort. Kassi merkte gleich, dass er sich ertappt fühlte. Es bestärkte ihren Eindruck, dass er etwas zu verbergen hatte.

Als er gegangen war, suchte sie sich aus den Einstellungsunterlagen Murads Adresse heraus. Dort stand nichts von verheiratet oder Kindern. Sie könnte sich also durchaus täuschen. Murads Wohnung lag weit entfernt von Saschas Wohnung, wie sie schnell über den Internetstadtplan herausfand. Eine nachbarschaftliche Verbindung war hier also nicht erkennbar. Und eine gemeinsame Kameradschaft in der Studentenverbindung konnte Kassi schlicht ausschließen, dafür war Murad zum einen noch nicht lange genug in Deutschland und hatte zum anderen ausweislich seiner Unterlagen auch nicht in Deutschland studiert.

Wäre es denkbar, dass Murad der Absender dieser

Handynachricht war? Vielleicht wusste Sascha etwas über ihn, das seinen Aufenthaltsstatus in Deutschland gefährden würde. Dann müsste Murad mit Gefängnis oder vielleicht sogar mit einer Abschiebung rechnen, was einem Todesurteil gleichkommen konnte. Kassi erinnerte sich, dass die Nachricht in gutem Deutsch geschrieben war. Murads Deutsch war aber noch deutlich ausbaufähig, sofern er für eine so fehlerfreie Nachricht nicht ein Übersetzungsprogramm genutzt hatte, dachte sie bei sich. Falls Sascha tatsächlich etwas gegen Murad in der Hand hatte, würden sowohl die Drohung als auch Saschas Antwort Sinn ergeben.

Irgendetwas war da zwischen den beiden, das spürte Kassi ganz deutlich. Und dabei dachte sie nicht an den Unfall. Nach dem Foto, das sie in Saschas Wohnung gefunden hatte, hatte sie sich nicht zu fragen getraut. Falls es tatsächlich aus einer Foltersituation entstanden war, würde sie damit alte Wunden aufreißen, und das wollte sie auf keinen Fall. Vielleicht würde sich irgendwann zufällig eine geeignete Gelegenheit ergeben, das Thema anzusprechen.

VIKTOR

Kassi gefiel ihm sehr, schon immer. Kassi war mittelgroß und hatte durch die körperliche Arbeit eine schöne Figur. Sie hatte eine dominante Ausstrahlung, und ihre äußere Aufmachung erinnerte ihn an seine »Erzieherinnen«, die er seit seiner Berufsausbildung regelmäßig aufsuchte.

Nach seiner Abschlussprüfung hatte die Mutter Oberin ihm eine Anstellung im Einkauf der Maschinenfabrik Lahn Technology Solution in Gommerstadt besorgt. Für Viktor war der Umzug in seine kleine Einzimmerwohnung damals der große Schritt in die Freiheit gewesen. Vieles war ihm nach dem Klosterleben völlig unbekannt. Aber er fand sich bald zurecht. Halt gab ihm auch der Schachverein, in den er eingetreten war und den er regelmäßig aufsuchte. Ansonsten blieb er für sich allein. Er galt bei allen Menschen seines Umfelds als eigenbrötlerischer, aber höflicher und ungefährlicher Junggeselle. Er hatte kein Auto, fuhr nicht in den Urlaub und trug billige, unauffällige Kleidung. Wurde die Kleidung schäbig, ersetzte er sie durch die gleichen Kleidungsstücke neu.

Das Einzige, das er sich leistete, waren zunehmend kostspielige und lang anhaltende Bestrafungen bei dafür gut qualifizierten und einfallsreichen Frauen. Er ließ sich festbinden, an die Leine legen, alles Mögliche einführen, an allen Körperstellen schlagen, ließ alle nur denkbaren

Körpersekrete über sich ergehen, sah dabei zu, wie diese Prozeduren mit anderen gemacht wurden, oder wurde seinerseits dabei beobachtet. Er hatte sogar zugestimmt, dabei gefilmt zu werden, damit seine Bestrafung auch anderen wissbegierigen Sündern eine Lehre wäre. Diese Termine waren seine Höhepunkte der Woche.

Daran musste er immer denken, wenn er Kassi unten in ihrer meist schwarzen Kleidung, die oft mit Nieten oder Leder besetzt war, durch die Halle gehen sah. Er hatte sie immer beobachtet, wenn sie mit den Leuten sprach. Und einmal, nach einer Betriebsversammlung, bei der sie wegen der stockenden Tarifverhandlungen auf den Geiz der Arbeitgeberseite geschimpft hatte, war sie nachts in seinem Traum gewesen. Im Traum war Viktor nicht schwach und unterwürfig gewesen. Er hatte ihr Handschellen angelegt und sie dann angefasst. Sie konnte nichts dagegen machen. Es fühlte sich gut an. Am nächsten Morgen war es ihm unangenehm, auch wenn Kassi natürlich nichts davon wusste.

Auch wenn er sich in der Wirklichkeit der zurückhaltenden, ja fast schüchternen und unterwürfigen Rolle wohlfühlte, hatte er immer wieder Träume, in denen er die Rolle des devoten Zöglings verließ und selbst aktiv wurde. Die Frauen mussten sich dabei ihm unterwerfen und gehorchen. Er war dann derjenige, der züchtigte, und dabei ging es häufig nicht mehr nur um erregende Spiele, sondern zunehmend um echte Verletzungen. Mehrmals wachte Viktor nach so einem Traum schweißgebadet auf und fand nicht wieder in den Schlaf.

So etwas würde er mit Kassi auch gern einmal erleben. Es würde aber wohl daran scheitern, dass er sie nie würde darauf ansprechen können. Aber vielleicht konnte er ja bei ihrem geplanten Treffen einen ersten Schritt in diese Richtung machen. Immerhin hatte sie sich mit ihm verabredet. Er musste es langsam angehen und würde sie heranführen müssen.

Durch einen Film mit einem berühmten amerikanischen Schauspieler war er vor knapp drei Jahren darauf aufmerksam geworden, dass es Filme gab, in denen schlimme körperliche Bestrafungen, von leichten bis schweren Körperverletzungen oder gar Ermordungen, ziemlich realistisch nachgestellt wurden. Das gefiel Viktor, denn es schienen ihm Situationen aus dem wirklichen Leben zu sein. Das Angebot bei diesen sogenannten Snuff-Filmen war sehr vielfältig, wenngleich nur schwer zugänglich und zum Teil auch illegal. Und da gab es neben allgemeinen Folter- und Mordszenen auch ein weites Angebot an Vergewaltigungen von Menschen oder Tieren. »Es ist ja nur ein Film«, versicherte er sich immer wieder selbst, wenngleich die Szenen meist wirklich sehr realistisch waren.

Nachdem er das erste Mal von diesen Filmen gehört hatte, hatte er immer wieder kleine Filmausschnitte im Internet finden können. Erst einige Monate später war es ihm zum ersten Mal gelungen, die Kopie eines solchen Films in die Hände zu bekommen.

Er war unsicher. Vielleicht konnte er Kassi damit beeindrucken, vielleicht würde es sie aber auch abschrecken. Die Filmhandlung darin sah so realistisch aus, dass man sie von einer echten Handlung nicht mehr unterscheiden konnte. Viktor war von diesen Szenen angewidert, abgestoßen und in höchstem Maße erregt zugleich. Das war sein Himmelreich, sein Paradies.

KASSI

»Gar nicht so einfach, etwas herauszufinden«, sagte Helmut, »die Sache wurde damals ziemlich aus den Medien herausgehalten.«

»Welche Sache?«, fragte Kassi irritiert. Sie las gerade eine Abmahnung, die das Personalbüro ihr per E-Mail zur Kenntnis geschickt hatte. Schon wieder Lutz Häberlein, dachte sie sich. Sie hatte gehofft, dass diese Baustelle mit dem letzten Personalgespräch endlich zu Ende wäre, aber anscheinend hatte sie sich getäuscht. Schon wieder war er wegen seiner undurchsichtigen Spesenabrechnung aufgefallen. Immer wieder waren während seiner Einsätze für die Firma Positionen auf der Hotelabrechnung, die er nicht erklären konnte. Die Hotels gehörten zur gleichen Kette, wie Kassi sie auf den Ausdrucken in Saschas Wohnung gesehen hatte, stellte sie amüsiert fest. Vielleicht hatte sich der Kollege ja auch diese erotischen Massagen aufs Zimmer bestellt und versucht, sie über die Hotelrechnung der Firma aufs Auge zu drücken. Sie musste unwillkürlich grinsen, als sie sich das vorstellte. Lutz Häberlein war verheiratet und hatte drei Kinder. Das würde zu Hause sicher richtig Ärger geben und ihn hier den Job kosten, wenn es so wäre. Sie musste ihn einmal zu einem Gespräch einladen und nachfragen, was da nicht stimmte mit seiner Spesenabrechnung.

»Kassi, hörst du mir zu? Was ist so lustig?«, drängte sich Helmuts sonore Stimme wieder in ihre Gedanken.

»Entschuldige, Helmut, ich bin gerade nicht im Film, was meinst du mit den Medien?«, versuchte sie sich neu zu sortieren.

»Wegen des Gewaltdelikts vom Sascha habe ich mal recherchiert. Sascha war nach einem feucht-fröhlichen Kneipenbesuch mit ein paar weiteren Saufkumpeln in eine Schlägerei verwickelt gewesen. Das Opfer ist an den Folgen der Verletzungen gestorben. Blöde Sache. Und weil unser Sascha der einzige Sohn des ehemaligen Arbeitsamtsleiters war, hat man natürlich – unter Parteifreunden sozusagen – darum gebeten, die Sache nicht in den Medien hochzu-kochen.« Helmut machte verdrehte die Augen. Ihm waren solche Mauscheleien, insbesondere in der Politik, zuwider.

»Echt jetzt?«, fragte Kassi überrascht zurück, wobei Helmut nicht ganz klar war, worauf sich das bezog, auf die Vertuschung in den Medien oder den Sohn des Arbeits-amtsleiters oder einfach auf alle Informationen. »Das wusste ich alles gar nicht«, sagte sie. »Zum einen nicht, dass er der Sohn vom Arbeitsamts-Zurawski ist. Hätte ich aber drauf kommen können, so oft gibt es den Namen in unserem Kaff ja auch nicht. Und dass dann die Medien nicht darüber berichten, wenn Zurawskis Sohnemann wegen einer besoffenen Schlägerei in den Knast muss, kann ich mir hier bei uns nur zu gut vorstellen.« In dem Moment merkte Kassi peinlich berührt, wie sie über den verunglückten Kollegen gesprochen hatte. »Entschuldige, Helmut, so habe ich das nicht gemeint.«

»Schon gut, Kassi, in der Sache hast du trotzdem recht. Unrecht bleibt Unrecht, auch wenn der Kollege inzwischen selbst tot ist. Bei jedem anderen hätten sich die Medien vermutlich wie die Geier draufgestürzt. Aber der alte Zurawski muss da wohl ziemlich gute Beziehungen zu unserem Gommerstädter Käseblatt haben, weil alle Berichte nur in ganz kleinen Artikeln unter ›Ferner liefen‹ und stark anonymisiert veröffentlicht wurden. Man kann kaum einen Bezug zur Familie Zurawski oder gar zu Sascha herstellen. Das Gerichtsurteil konnte ich auch nicht besorgen. Du kannst ja mal deinen Bruder im Stadtarchiv fragen, der kennt doch Hinz und Kunz. Vielleicht kann er das besorgen oder zumindest mal einsehen, falls du noch tiefer graben möchtest«, empfahl Helmut, der Kassis Bruder schon bei verschiedenen Anlässen kennen und schätzen gelernt hatte. Dieser hatte den akademischen Weg eingeschlagen und Geschichte und Politik studiert. Nach seiner Promotion war ihm die Leitung des Stadtarchivs übertragen worden.

»Ja, gute Idee, den werde ich mal fragen. Ich wollte mich sowieso mal wieder bei ihm melden. Weißt du denn, wo das alles passiert ist?«, fragte Kassi, schon fast wieder mit dem Kopf beim Kollegen Lutz.

»Muss wohl irgendwo in einer Seitenstraße in der Nähe des Busbahnhofs gewesen sein«, gab Helmut vage zurück.

»In der Gegend wohne ich auch. Weißt du, wo genau? Hast du eine Straße?«, fragte sie, jetzt wieder ganz bei der Sache.

»Nein, leider nicht«, sagte Helmut, dem Kassis plötzliche Aufmerksamkeit nicht entgangen war, überrascht. »Ich schätze mal, das würde sich sicher aus dem Urteil ergeben, wenn du das bekommst«, sagte er schulterzuckend.

»Und, letzte Frage«, grinste Kassi entschuldigend.

»Weißt du, was aus den anderen Beteiligten der Schlägerei geworden ist?«

»Soweit ich es jetzt nachlesen konnte, waren es wohl zwei weitere, und die sind auch verknackt worden. Zwar nicht so hoch, aber auch mit Knast oder Bewährung, irgendwie so«, berichtete Helmut, was er herausgefunden hatte.

Vielleicht sind das die beiden Typen aus der Kirche. Die Kreise werden enger, dachte Kassi bei sich.

SASCHA

Sascha war nun gut zwei Jahre mit Hanh verheiratet, und sein inzwischen pensionierter Vater hatte ihm mit seinen Kontakten im Kundendienst der örtlichen Stadtreinigung einen Job verschafft. Hanh erwartete ihr zweites Kind, und sie waren vor drei Monaten nach langer Suche und vielen Bewerbungen in eine größere Wohnung umgezogen. Ihm war der Zufall zu Hilfe gekommen, als er erfuhr, dass ein früherer Verbindungskamerad aus der Studienzeit eine freie Wohnung in einem Wohnblock hatte, die er zur ortsüblichen Miete unter der Hand bekommen könnte. So war es ihnen gelungen, in eine solche bessere Wohnung in die Nähe des Stadtzentrums von Gommerstadt umzuziehen. Damit konnte er sich auch weiterhin mit Thomas und Achim, seinen inzwischen besten Kumpeln aus der Kneipe, treffen und in seinem Fitness-Club trainieren.

Seine Arbeit im Kundendienst machte ihn immer wieder zum Prellbock für unzufriedene Bürger. Bei den einen waren die Mülltonnen nicht oder nicht rechtzeitig abgeholt worden. Bei anderen wurde der Gartenschnitt oder Sperrmüll nicht mitgenommen, weil alle möglichen Nachbarn zusätzlichen, nicht angemeldeten Schrott dazugestellt hatten. Er konnte seinen Job einfach nicht leiden und hasste die bescheuerten Leute, die bei ihm anriefen, allesamt. Dabei wurde er mit einem durchschnittlichen

Gehalt abgespeist, das kaum für ein bescheidenes Leben mit seiner Familie reichte. Es kostete ihn Mühe, am Telefon und in seinen Schreiben höflich und professionell zu bleiben, insbesondere wenn ihn Kunden mit starkem Akzent und eingeschränktem Sprachvermögen kontaktierten. Oft tat er dann so, als verstünde er sie gar nicht, bis diese frustriert aufgaben. Er hatte sich diese Strategie zugelegt, nachdem er eine Abmahnung erhalten hatte, weil er einen Anrufer barsch angeschnauzt hatte, er solle erst mal richtig Deutsch lernen, bevor er sich über die deutsche Straßenreinigung beschwere. Eine italienische Arbeitskollegin hatte das gehört und ihn bei seinem Vorgesetzten angeschwärzt. Zumindest im Job musste er also künftig besser aufpassen.

An einem regennassen Dienstag im Oktober 2018 war wieder einer der besonders miesen Tage gewesen. Sascha hatte schlecht geschlafen, weil der kleine Anton die ganze Nacht geschrien hatte. Zwar hatte sich Hanh wie immer darum gekümmert, aber sie hatte das Baby nicht beruhigen können. So war er gerädert aufgestanden und nach einem mürrischen Frühstück zur Arbeit gefahren. Er musste zwischen den Anrufen von lauter Idioten die nutzlosen Kundenanschreiben mit den noch nutzloseren Gutscheinheftchen für irgendwelche Vergnügungsparks, Restaurants oder Zeitschriften-Abos fertigmachen. Tiefpunkt des Tages war jedoch, als er bemerkte, dass die Kolleginnen und Kollegen aus seiner Abteilung anlässlich eines Geburtstags ihn als Einzigen »vergessen« hatten zum Umtrunk in die Kaffeeküche einzuladen. Da tat es gut, sich nach der Arbeit im Fitness-Studio an den Sandsäcken abzureagieren. Inzwischen war er wieder ganz gut in Form,

auch wenn er, aufgrund der regelmäßigen Kneipen-
besuche, weit entfernt von einer athletischen Figur war.
Aber Sascha war zufrieden, wenn er in den Spiegel sah.
Ein großer, kräftiger und vor allem deutscher Mann in
den besten Jahren.

Einigermaßen abreagiert und energiegeladen, traf er
sich wie üblich am Abend nach dem Training mit Thomas und Achim in der Kneipe. Der Stammtisch war inzwischen zu seinem zweiten Wohnzimmer geworden.
Hier hatte er seine Ruhe. Kein Kindergeschrei, das ihn
beim Fernsehen störte, und niemand nörgelte, dass der
Schrank kaputt und eine neue Winterjacke für den Sohn
fällig sei. Allein das Essen war zu Hause besser als in der
Kneipe, einer der wenigen Gründe – neben dem kostenlosen Sex –, überhaupt noch nach Hause zu gehen.

Als er heute die Kneipe betrat, war schon eine heftige
Diskussion im Gange. Achim Görlitzer hatte die fristlose Kündigung seines Fußballvereins bekommen, weil
er einen Mitspieler aus dem Sudan als »Scheiß-Nigger«
bezeichnet hatte, nachdem dieser den entscheidenden
Elfmeter für den Sieg vergeigt hatte. Das war schon das
dritte Mal gewesen, dass der Affe in schwierigen Spiel-
situationen dem Druck nicht stand gehalten hatte und so
wichtige Punkte für die Mannschaft verloren gegangen
waren. Unerträglich, fand Achim, dass der überhaupt in
seinem Fußballverein mitspielen durfte. Schließlich hatte
der »Herr Neger« doch mit einer Schafsblase auf einem
Maisacker Fußball spielen gelernt, und nun wurde er,
Achim, wegen dieses Idioten aus dem Verein geworfen –
als Deutscher! Thomas Langenhans und Sascha stiegen
engagiert in die Diskussion ein. Beide hatten zahlreiche

eigene Erfahrungen von fehlgeschlagener Integration aus dem Job oder ihrer Freizeit beizutragen. Man konnte eben nichts zusammenpressen, was nicht zusammengehörte. Aber das konnte man den abgehobenen Idioten in der Politik, den Medien oder im Sport nicht klarmachen. Die Einzigen in der Politik, die das richtig erkannten, waren zwar auf dem Vormarsch, hatten aber noch nicht die erforderlichen Mehrheiten, um den linken, sozial-romantischen Saustall mal richtig aufzuräumen.

Kurz vor Mitternacht machten sich Achim, Sascha und Thomas an diesem Abend auf den Weg nach Hause. Sie waren von der Diskussion, dem dumpfen Gefühl, die ge-sellschaftlichen Verlierer zu sein, und von reichlich Bier und einigen Kurzen in explosiver Stimmung. Es reichte jetzt mal mit der Unterdrückung der Deutschen. Das wür-den sie sich einfach nicht länger bieten lassen! Es musste jetzt endlich was passieren! Irgendjemand müsste mal anfangen, aufzuräumen und den Dreck aus den Straßen kehren. Und wenn es niemand anders machte, mussten sie es eben selbst in die Hand nehmen.

Die Straße war fast menschenleer und ruhig, der Win-ter würde nicht mehr lange auf sich warten lassen. Nur ein schmächtiger, junger Mann mit dunklen, struppigen Haaren ging allein vor den drei betrunkenen, aufrechten Deutschen her. Sascha kam er bekannt vor. Er meinte sich mit benebeltem Kopf zu erinnern, dass er ganz in der Nähe in einem etwas heruntergekommenen Mietshaus wohnte. Konnte aber auch sein, dass er sich täuschte. War ihm aber letztlich auch egal. Auch Achim hatte ihn bemerkt und war sich sicher, einen dieser Sozialschmarotzer vor sich zu haben. Er eröffnete die Jagd als Erster. Er beschleunigte seinen Schritt und begann mit ersten Beschimpfungen. Der junge Mann, fast noch ein Junge, tat so, als hätte er es nicht gehört, und ging einfach weiter. Für Sascha war es völlig inakzeptabel, nein, eine Provokation, dass ein dahergelaufener Asylant auf die Ansprache eines Deutschen einfach nicht reagierte. Da kamen sie hierher nach Deutschland, belästigten die deutschen Frauen auf offener Straße, ließen sich hier von der Allgemeinheit durchfüttern und waren sich zu fein, sich mit anständigen Deutschen zu unterhalten. Sascha und Thomas waren nun wieder gleichauf mit Achim und fingen ihrerseits an, auf die »Scheiß-Asylanten« zu schimpfen. Der junge Mann drehte sich weder um noch beschleunigte er seinen Schritt. Sascha und Achim liefen inzwischen direkt rechts und links neben ihm. Sie grölten ihn an, ob er Arschloch nicht gehört habe, er »solle sich verpissen«, sonst müssten sie seine Schwester und seine Mutter »ficken«, wie er es immer mit seinen Ziegen mache. Offenkundig eingeschüchtert, hatte der junge Mann seinen Haustürschlüssel in die Hand genommen, als vermeintliches Zeichen, dass er gleich zu Hause angekommen wäre. Doch Sascha war sich sicher, dass das nicht stimmte. Sie waren in der Überzahl, und es war endlich die Gelegenheit, mal exemplarisch mit diesem Dreckspack abzurechnen. Völlig unerwartet sprintete ihr Opfer los, als sie sich gerade gegenseitig auf die Schulter schlugen über den gelungenen Spaß, man werde ihm einen Schweinekopf aus dem Schlachthaus vor die Haustür legen, denn man wisse ja, wo er wohne. Es dauerte etwas, bis die drei betrunkenen verblüfften Kolosse sich in Bewegung setzten und ihrem Opfer folgten. Doch sie wurden belohnt, denn schon um die nächste Hausecke lag er plötzlich keuchend vor ihren Füßen in einer Tor-einfahrt. Ein erbärmlicher Anblick. Erst war es ein Spaß, als sie ihn mit dem Fuß stießen, um zu sehen, ob er wohl wieder aufstehen würde. Als das nicht der Fall war, wurden es Fußtritte zwischen die Beine, in den Bauch, gegen die Brust und, Sascha musste mit dem getrübten Blick eines Betrunkenen genau zielen, auch mitten ins Gesicht der zusammengekrümmten Gestalt. Diese gab keinen Laut mehr von sich, sodass eine weitere Behandlung keinen Spaß mehr machte. Sascha und Achim rotzten ihm zum Abschied noch ins blutverschmierte Gesicht und lach-ten sich kaputt, als dem Opfer der Glibber von der Nase tropfte. Sascha überlegte kurz, ob er sich bei seinen Freun-den noch besonders hervortun könnte, wenn er auf die leblose Gestalt pisste, ließ es dann aber besser sein. Die Ge-fahr war zu groß, dass er sich, betrunken wie er war, selbst vollpinkeln und so zum Gespött seiner Kumpels machen würde. Es würde also bei dieser Abreibung bleiben, der »Kameltreiber« hätte die Warnung sicher verstanden und würde sich nicht noch mal mit ihnen anlegen. Zu Hause angekommen, ließ er sich von Hanh befriedigen, bevor er in einen traumlosen Schlaf fiel.

Nach etwa zwei Wochen klingelte es bei Hanh an der Tür, und die Polizei fragte nach ihrem Mann. Sie war sehr erschrocken und wollte wissen, worum es denn gehe. Eine Beamtin erklärte ihr, er stehe unter dringendem Tatver-dacht, einen Menschen so verprügelt zu haben, dass dieser an den Folgen verstorben sei. Ob sie wisse, wo sich ihr Mann jetzt aufhalte. Hanh war sich sicher, dass er in der Kneipe bei seinen Kumpels war, und nannte der Polizei den Namen. Die Beamtin blieb bei Hanh, um sicherzugehen, dass sie Sascha nicht warnen und er dann abhauen würde. Sie konnte nicht ahnen, dass Hanh nichts ferner lag als das. Eine halbe Stunde später hatte die Polizei Sascha in Untersuchungshaft genommen.

Hanh hatte sich schon seit längerer Zeit untertags mit anderen vietnamesischen Frauen getroffen, die in Gommerstadt lebten. Mit Linh und ihrem Mann Chung, einem in der Stadt angesehenen Familienanwalt, hatte sie sich etwas näher angefreundet.

Bei ihrem ersten Besuch in der Untersuchungshaft war Hanh dank Chungs Hilfe gut vorbereitet und hatte alle Formulare und sämtliche Vollmachten mit. Sascha drehte fast durch, als sie ihn aufforderte, diese zu unterschreiben. Hanh blieb jedoch ruhig und erklärte, dass sie andernfalls kein Geld für sich oder die Kinder und schon gar nicht für ihn holen könne. Damit habe er keine einhundertzwanzig Euro Taschengeld im Monat zur Verfügung und könne sich im Knast nicht mal eine Packung Zigaretten oder eine Cola kaufen. Wenn das für ihn okay sei, dann nehme sie die Vollmachten wieder mit und beantrage Hartz IV für sich und die Kinder. Zähneknirschend unterschrieb Sascha alle Vollmachten.

Es dauerte zwei Tage, bis Hanh alles erledigt hatte. Sie hatte die Wohnung gekündigt und für drei Monate im Voraus bezahlt, eine Anwältin mit der Scheidung beauftragt, alle Konten leergeräumt, einen Flug nach Hanoi gebucht und das Land zusammen mit ihren Kindern für immer verlassen. Nie wieder würde sie einen Fuß auf deutschen Boden setzen!

KASSI

Die Welt der Studierenden war Kassi zwar nicht fremd, aber irgendwie fühlte sie sich da nie so richtig wohl. In ihren Augen waren zu viele Studierende zu abgehoben, zu theoretisch, zu elitär. Umso weniger zog es sie zu der Studentenverbindung, der Sascha anscheinend während seiner Studienzeit angehört hatte. Sie wollte sich trotzdem ein Bild machen und fuhr mit ihrem Bulli nach Feierabend zum städtischen Unigelände. Es gab hier wenige Studiengänge, und die wirklich talentierten und ehrgeizigen Studierenden wanderten in der Regel schnellstmöglich in die großen Städte zu den angesagten Unis oder gar gleich ins Ausland ab. Aber man wollte als Unistandort zumindest versuchen, mit den Großstädten mitzuhalten, und hatte auch immer wieder spendierfreudige Mäzene gefunden, die für einen Anbau oder eine Modernisierung der kleinen Uni Geld lockermachten. Dafür gab es dann eine ausschweifende Medienberichterstattung, beim Presseball einen Platz am Tisch des Bürgermeisters und natürlich die obligatorische Messingtafel mit dem Ausdruck ewiger Dankbarkeit. Kassi hatte im Unisekretariat nachgefragt, wo wohl die Studentenverbindungen zu finden seien. Die junge Büroangestellte hatte sie fragend angesehen und darauf hingewiesen, dass es mehrere gebe. »Welche denn genau?«, wollte sie dann wissen. »Es gibt drei mit ausschließlich männlichen Mitgliedern und eine nur für Frauen«, fügte sie ergänzend hinzu.

Da Kassi es nicht genau wusste, sagte sie mit einem unüberhörbar lästerlichen Unterton: »Die Verbindung, die für Ehre, Stolz und Patriotismus wirbt«, in der Hoffnung, dieser Hinweis würde bei der Angestellten gleich die richtige Zuordnung ermöglichen.

Und sie hatte Glück. »Oh, die Patrizia-Burschenschaft. Echt?« Offenbar war diese Verbindung gut bekannt. »Ich schreibe dir auf, wie du die findest«, sagte sie und war umstandslos zum Du übergegangen, wie Kassi amüsiert bemerkte.

Sie bedankte sich für die Auskunft und machte sich auf den Weg über das Unigelände zu dem einzigen Unigebäude, das auch nach Kassis Verständnis nach Uni aussah und nicht wie ein Lernbunker. Sie fand nach kurzer Zeit das Büro der gesuchten Verbindung und klopfte an die alte hölzerne Kassettentür, die nicht nur mit den Farben der Schärpe und dem Wappen der Verbindung dekoriert war, sondern auch mit der Devise *Ehre, Stolz, Patriotismus* in goldenen Fraktur-Lettern über dem Eingang. Kassi wurde ganz übel. Dieser Geisteshaltung konnte sie gar nichts abgewinnen.

Auf ihr Klopfen hin hörte sie von drinnen ein strenges: »Herein«, und öffnete selbstbewusst die Tür. Sie hatte einen anderen Anblick erwartet, modern, chaotisch, studentisch eben. Der Raum war unten dunkel getäfelt und oben dunkelgrün gestrichen. Es sah aus wie in einem Irish Pub. An einem überdimensionalen, reich verzierten Schreibtisch aus *Eiche brutal* saß ein eher schmächtiger, junger Mann mit weißem Hemd, schwarzer Krawatte und der gleichen Schärpe quer über dem Oberköper, wie Kassi sie an Saschas Arbeitsplatz gefunden hatte. An den Wänden waren Urkunden, Regale und Vitrinen gefüllt mit Pokalen und Abzeichen. In einem Regal aus schwerem Eichenholz standen ledergebundene Bücher. Alles sah sehr aufgeräumt und ordentlich aus.

»Bitte, was kann ich für Sie tun?«, fragte der junge Mann. Er war aus einem ledernen Chefsessel aufgestanden und wies mit der Hand auf die vor dem Schreibtisch stehenden Clubsessel. Dieses junge Bürschchen passte so gar nicht in den viel zu großen Chefsessel und hinter den alten Schreibtisch. Erst jetzt merkte Kassi, dass der junge Mann offenbar auf eine Antwort wartete. »Bitte setzen Sie sich doch«, versuchte er das Gespräch zu beginnen.

Kassi schätzte den jungen Mann auf Mitte zwanzig und kam sich selbst plötzlich sehr alt vor. Sie wurde selten gesiezt und fand das, abgesehen wenn es von ihrer Fabrikleitung kam, immer eher unangenehm. Aber sie wollte, insbesondere in diesem Umfeld, die Distanz wahren und blieb ihrerseits beim Sie.

»Ich bin Kassandra Hübner, die Betriebsratsvorsitzende der Firma Lahn Technology Solution.«

»Angenehm«, sagte der junge Mann, der sich seinerseits als Matthias Thoram, amtierender Vorsitzender der Verbindung, vorstellte und dabei eine gegelte Haarsträhne seines modischen Undercuts wieder an den Kopf klebte. Kassi wischte unwillkürlich ihre Hand an der Hose ab.

»Bitte setzen Sie sich«, wiederholte er. »Was kann ich für Sie tun?«, wiederholte er auch diese Frage.

»Wir hatten vor Kurzem im Betrieb einen tödlichen Unfall«, sagte Kassi, während sie sich in den Klubsessel setzte, mit fester, selbstbewusster Stimme. Sie wollte dem jungen Burschen nicht den Eindruck vermitteln, sie wäre irgendwie emotional angefasst oder wäre auf seine Hilfe angewiesen. Vielmehr wollte sie eine Situation schaffen, in der er auf sie angewiesen war. Allerdings wusste sie noch nicht so richtig, wie ihr das gelingen sollte.

»Das tut mir leid zu hören«, reagierte der Verbindungsmann etwas zu vorschnell, und es klang wie auswendig gelernt, fand Kassi.

»Danke. Es war ein früheres Mitglied Ihrer Verbindung, Sascha Zurawski«, fiel Kassi direkt mit der Tür ins Haus und beobachtete die Reaktion des Verbindungsvorsitzenden.

Er wurde leicht blass, sah sie verunsichert an und fragte ausweichend. »Warum glauben Sie das?«

»Zum einen hat der Kollege die gleiche Schärpe, wie Sie sie gerade tragen, an seinem Arbeitsplatz hängen gehabt. Zum anderen hat jemand bei der Trauerfeier diese Schärpe über den Sarg gelegt«, sagte sie mit offensichtlich amüsiertem Unterton. So als müsste man etwas eigentlich Selbstverständliches nochmals jemandem erklären, der schwer von Begriff war. »Couleur«, stellte Thoram richtig, »es heißt Couleur«, und fuhr mit der Hand zur Bestätigung über das Band auf seiner Brust.

»Wie auch immer, der Sascha Zurawski war also Mitglied in Ihrem Verein«, wiederholte Kassi zur Bestätigung und weniger als Frage. Bewusst hatte sie die Begriffe »Burschenschaft« oder »Studentenverbindung« vermieden. Es widerstrebte ihr, diesen Leuten noch mehr Bedeutung beizumessen, als sie sich ohnehin schon einbildeten.

Der schmächtige Vorsitzende ihr gegenüber überging das und tat, als erinnerte er sich. »Ah ja, genau, jetzt weiß ich, wen Sie meinen«, bestätigte er offensichtlich peinlich berührt, wobei er noch blasser geworden und noch mickriger in seinem Ledersessel zusammengesackt war.

Kassi merkte meist sehr schnell, wann jemand log, und ärgerte sich besonders über schlechte, lustlose Lügen. »Ja, dachte ich mir, dass Sie als Vorsitzender über alle Vorgänge in Ihrem Laden genau Bescheid wissen«, warf sie seiner Eitelkeit den ersten Brocken hin.

»Ja sicher«, sprang dieser Anfänger voll drauf an und reckte sich in seinem Sessel gleich etwas hoch. »Wir ehren immer auch unsere verstorbenen Burschen. Insbesondere die ›Alten Herren‹. Die Mitglieder, die das Studium bereits abgeschlossen haben und erfolgreich im Berufsleben stehen«, erläuterte er auf Kassis fragenden Blick. Erfolgreich im Berufsleben, fast hätte sie laut losgeprustet. Aber sie konnte sich beherrschen. »Mitglied in unserer Verbindung ist man ein Leben lang«, klärte Matthias Thoram Kassi eine Spur zu überheblich auf.

»So viel Ehre wurde dem Kollegen aber gar nicht zuteil, denn von Ihrem Verein war ja nicht ein Einziger auf der Trauerfeier«, schlug Kassi das erste Mal leicht verbal zu.

Die gerade noch ausgestrahlte Bedeutung als Vorsitzender einer traditionsreichen Verbindung wurde jäh von der Realität überschattet. Das Bürschchen schien ertappt. Sein Blick ging suchend durch das Büro, als könnten ihm die stolz drapierten Pokale oder ledergebundenen Bücher behilflich sein.

»Hmm ja, ja, genau, ich erinnere mich«, stotterte er unsicher vor sich hin. »Es gab ein großes Verbindungstreffen, und es war kaum jemand in der Stadt«, versuchte er eine lahme Erklärung.

»Ja, das verstehe ich natürlich«, sagte Kassi so geheuchelt, als spräche sie mit einem Kind.

Matthias Thoram bemerkte es nicht, denn er blickte sie dankbar an, in der Annahme, damit wäre die Angelegenheit erledigt. Doch er sah sich getäuscht.

»Da muss man Prioritäten setzen, eine halbe Stunde Ehre für einen tödlich verunglückten Verbindungskameraden oder ein Wochenende mit allerhand Amüsement und Netzwerken, bis der Arzt kommt«, höhnte Kassi jetzt ganz offen.

»Weswegen sind Sie denn jetzt genau hier?«, fragte er nun barsch und wollte das Gespräch endlich auf den Punkt bringen.

»Genau genommen weiß ich schon, was ich wissen wollte«, sagte Kassi.

Thoram sah sie irritiert an.

»Mich hat nur interessiert, warum unser Kollege so eine schäbige Trauerfeier hatte. Weil Läden wie Ihrer zwar immer große Reden führen, aber im Grunde auch nur erbärmlich sind«, sagte sie und stand auf, um zu gehen.

Thoram blieb wie festgeklebt in seinem Sessel sitzen, unfähig, sich zu bewegen. Hatte diese Frau ihn tatsächlich hier in diesen Räumen derart herablassend behandelt? Er konnte es nicht fassen.

Kassi beobachtete das Szenario und konnte sich nicht zusammenreißen. Sie musste noch einen draufsetzen: »Da sind ja sogar seine früheren Saufkumpane bessere Freunde als Ihre Verbindung. Die waren wenigstens da, um sich zu verabschieden«, schoss sie den Pfeil einfach mal los. Sie hatte keine Ahnung, ob die beiden anderen Trauergäste Zurawskis Saufkumpane, frühere Schulfreunde oder einfach nur Nachbarn gewesen waren. Aber irgendwie musste sie versuchen, die losen Fäden zusammenzuknüpfen. Und das hier war ein Versuch wert.

Doch für den Verbindungsvorsitzenden Matthias Thoram war es jetzt genug. Er sprang aus dem Sessel hoch, stützte sich mit seinen dürren Ärmchen auf dem alten Schreibtisch ab und bekam einen hochroten Kopf. »Sascha war ein heruntergekommener Knacki, der hat überhaupt nicht zu uns gepasst. Der wurde damals nur aufgenommen, weil sein Alter früher der Boss vom Arbeitsamt war. Schon als Fuchs hat er die Probezeit und Prüfung nur mit Ach und Krach überstanden. Zu faul und zu fett zum Fechten war er auch. Und glaub mal nicht, dass er die Patrizia später auch nur mit einem Penny unterstützt hat. Ein Schmarotzer durch und durch«, platzte es aus dem Vorsitzenden heraus. Seine Stimme überschlug sich, und es verteilten sich feine Spucketropfen über den Schreibtisch, als er Kassi anschrie. Thoram sah gerade die Ehre seines ganzen Vereins massiv im Dreck liegen. Das konnte er nicht durchgehen lassen. »Sascha war bei den beiden Schnapsnasen genau richtig aufgehoben. Kein Anstand, der Typ. Außer Saufen, Prügeln und Ficken konnte der doch nichts«, blaffte Thoram.

Kassi hatte nicht vor, ihn zu bremsen, und blickte ihn nur süffisant lächelnd an.

Was ihn nur weiterprovozierte. »Ich hätte ihn längst rausgeschmissen. So jemanden brauchen und wollen wir hier nicht. Abschaum ist der. So peinlich der Typ. Der war bei den beiden anderen Affen, die mit ihm verknackt worden sind, genau richtig aufgehoben«, resümierte das Bürschchen inzwischen wieder etwas kontrollierter.

»Kannten Sie die beiden Kumpel von Sascha?«, versuchte Kassi ihr Glück.

Thoram sah sie ungläubig an. »Haben Sie nicht gehört, was ich gerade gesagt habe?«, fuhr er sie pampig an. »Wir pflegen hier mit solchem Abschaum keinen Umgang. Nein, ich kannte die nicht.«

»Wissen Sie, ob Sascha vor Kurzem zu Geld gekommen war?«, ließ sie nicht locker.

Der Verbindungsmann horchte auf. »Kann ich mir bei Sascha nicht vorstellen. Der hat sich überall nur durchgeschnorrt oder sich mit miesen Tricks an anderen bereichert. Wenn der zu Geld gekommen ist, dann ganz sicher nicht durch seine eigene Arbeit. Als wir den hier zum letzten Mal gesehen haben, waren noch zahlreiche Getränkerechnungen von ihm offen. Ach, was soll's, ist ja jetzt eh erledigt. Seine lebenslängliche Mitgliedschaft ist ja jetzt glücklicherweise zu Ende«, sagte er und hatte sein emotionales Pulver verschossen.

»Wie egal das ist, wird sich zeigen«, sagte Kassi, die sich die Tiraden auf den verstorbenen Kollegen ungerührt angehört hatte. Sie fand Sascha Zurawski nicht sympathischer nach dem Gehörten, befand aber dennoch, dass man über Tote nicht in dieser Art sprechen sollte. Und diesen jämmerlichen Verbindungsfutzi konnte sie gleich gar nicht leiden. »Die Presse wird mich sicher nach seiner Mitgliedschaft in Ihrem Verein fragen. Ich kann denen dann gern mitteilen, was Sie grad gesagt haben«, setzte sie zum finalen K.o. an. Damit wandte sie sich zum Gehen, nicht ohne vorher noch befriedigt zur Kenntnis genommen zu haben,

wie der junge Mann, nun wieder bleich und mit Schweiß-
perlen auf der Stirn, im Sessel zusammengesackt war.

Schwungvoll warf sie die alte Holztür hinter sich ins
Schloss.

SASCHA

Nach sechs Monaten im Knast bewarb er sich auf eine Stelle in der Gefängnisverwaltung, damit er später nicht zu große und auffällige Lücken im Lebenslauf haben würde. Nach einer Haftstrafe war es schwierig genug, mit Mitte vierzig beruflich wieder neu anzufangen. Er bewarb sich auch um die Teilnahme an einem Anti-Gewalt-Training, nicht weil er davon wirklich überzeugt war, sondern damit er das später als »ernsthaftes Bemühen« um einen Neuanfang vorweisen könnte.

Wie er schnell feststellte, saßen in dem Kurs nur Trottel, die sich nicht unter Kontrolle hatten und mit denen er so gar nichts gemein hatte. Er wiederholte aber brav, was ihm abverlangt wurde, und erhielt sein Zertifikat. Der Job in der Gefängnisverwaltung ließ die Tage schneller herumgehen, und die Struktur erleichterte Sascha den Einstieg in einen fast berufsähnlichen, systematischen Tagesablauf. Auch wenn die Arbeiten dort für ihn als studierten BWLer weit unter seinem Niveau und die Bezahlung kaum der Rede wert waren, so war er dennoch froh, dass er genommen worden war. Viele im Knast vegetierten die ganze Zeit vor sich hin, dachten über ihre Vergehen nach, fanden den Weg zu Gott oder zu homoerotischem Geschlechtsverkehr oder zu beidem. Sascha wollte nur seine Zeit absitzen. Er dachte nicht über seine Tat nach, verschwendete keinen Gedanken an das Opfer, er bekam nicht ein einziges Mal Besuch oder Post. Es war wie in einem zeit- und inhaltsleeren Universum, durch das man hindurchtauchen musste wie durch einen moderigen See, um an der anderen Seite das blühende Ufer zu erklimmen.

Das Ufer erreichte Sascha an einem Dienstag, seinem Tag der Entlassung aus der Haft. Man hatte ihm für den Anfang und die ersten Tage eine Adresse eines Männerwohnheims mitgegeben, damit er nicht obdachlos wäre. Dienstags war sonst immer der Tag, an dem er sich mit seinen Kumpels in der Kneipe getroffen hatte. Er sehnte sich nach dieser bekannten Vertrautheit, wie er jetzt merkte. Der muffige Geruch des Schankraums, die leise Musik im Hintergrund, das Flimmern des Fernsehers mit dem Sportkanal über ihnen und ein frisch gezapftes Bier vor sich. Fast wie magisch gesteuert fand Sascha den langen Weg von der Haftanstalt vor den Toren der Stadt bis zu seiner alten Kneipe. Ein Taxi oder den Bus wollte er nicht nehmen. Er hatte ohnehin kaum Ersparnisse von seinem kläglichen Knastlohn, und die wollte er wohlüberlegt ausgeben.

Es war ein großes Hallo, als Sascha die Kneipe betrat. Auch Achim und Thomas waren da und glotzten ihn ungläubig an, als er plötzlich grinsend vor ihnen stand.

»Ist die Zeit schon um?«, fragte Thomas.

Sascha nickte und setzte sich wortlos. Die Kneipenwirtin ließ für Sascha ein Bier springen und legte, als sie merkte, wie hungrig er war, noch eine Bockwurst mit Brot obendrauf. Sascha fand, es war eines der köstlichsten Abendessen seit Langem.

»Und, wie war es im Knast?«, wollte Thomas nach einer Weile wissen. Er war von ihnen der Einzige, der aufgrund seiner Bewährungsstrafe keine eigene Hafterfahrung vorweisen konnte.

»War okay«, sagte Sascha und berichtete kurz über seinen Job, seine Kurse, seine Erfahrungen. Damit war das Kapitel abgeschlossen. Ohne dass es hätte ausgesprochen werden müssen, war für alle drei an diesem Tisch klar, dass nie wieder ein Wort über diesen ganzen Vorfall gesprochen werden würde, nicht die Haft, nicht der Grund für die Verurteilung und schon gar nicht über die betreffende Nacht.

»Die haben mir so eine Adresse für ein kirchliches Männerwohnheim gegeben. Kennt ihr das?«, fragte Sascha. »Meine Wohnung ist ja weg, ich weiß sonst gar nicht, wo ich erst mal schlafen soll.«

»Du kannst für ein paar Tage mit zu mir kommen«, sagte Achim. »Ich wohne allein und habe eine Schlafcouch im Wohnzimmer. Die kannst du erst mal haben. Du brauchst dich aber nicht häuslich einrichten, ist nur für ein paar Tage«, fügte er gleich hinzu. Sascha kannte Achims Wohnung nicht, wusste aber aus früheren Zeiten, dass es drei wesentliche Möbelstücke gab: ein Bett, ein Sofa und einen überdimensionalen Fernseher, auf dem rund um die Uhr Pornofilme liefen. Er war sich sicher, da würde er es eine Zeit lang gut aushalten.

Sie genehmigten sich an dem Abend noch einige Biere und brachten Sascha auf den aktuellen Stand in der Fußballwelt, bei wichtigen gesellschaftspolitischen Fragen und wie es in ihrem eigenen überschaubaren Privatleben so lief. Kurz vor Mitternacht machten sie sich auf den Heimweg. Am nächsten Tag würde für Sascha das neue alte Leben beginnen, mit der Suche nach bezahlbarem

Wohnraum, einem Job und was sich ein Mann sonst noch so wünschte.

Es dauerte dann doch fast drei Wochen, bis Sascha eine einfache Zweizimmerwohnung im vierten Stock eines Altbauhauses hinter dem Bahnhof anmieten konnte. Sie roch muffig, die Tapeten hingen von den Wänden, und der Linoleumboden warf schon Falten. Die Wände zu den Nachbarwohnungen waren ein besserer Sichtschutz, und durch die Fenster und Steckdosen zog der Wind. Es war nichts anderes zu bekommen gewesen, und Achim bestand darauf, dass er die Wohnung nahm, nicht zuletzt, um ihn loszuwerden. Also zog Sascha um, wenn man das Abstellen einer Sporttasche mit seinen persönlichen Habseligkeiten so nennen konnte. Er war vorher noch mit Achim im Sozialkaufhaus gewesen und hatte von seinem Knastlohn und dem Geld für die Erstausstattung einer Wohnung, das er beim Jobcenter beantragt hatte, eine gebrauchte Matratze und etwas Hausrat gekauft. Das Geld reichte für einen kleinen Tisch und zwei Stühle sowie eine Hängegarderobe. Sascha leuchtete ein, dass er sich eine Arbeit suchen musste, um wieder auf die Füße zu kommen. Aber erst mal würde er schauen, ob Saskia noch im Geschäft war. Vielleicht freute sie sich ja sogar über ein Wiedersehen.

Die Arbeitsagentur war so freundlich, ihm immer wieder verschiedene Jobangebote zu schicken, mit der eindeutigen Aufforderung, sich dort vorzustellen. Es waren Putzjobs oder Tätigkeiten als Küchenhilfe, Paketbote oder in Großwäschereien dabei. Alles unter Saschas Würde, wie er befand. Schließlich hatte er BWL studiert. Es schien ihm fast hoffnungslos, eine Arbeit zu finden, die ihn nicht umbringen und doch komfortabel ernähren würde.

Aber dann sah er in der kostenlosen Wochenzeitung die Anzeige einer Maschinenbaufirma, die einen Mitarbeiter für die Kundenbetreuung suchte. Es wurde eine Probearbeit angeboten, bei der man sich gegenseitig kennenlernen und prüfen konnte, ob eine längerfristige Zusammenarbeit passte. Kundenbetreuung kannte Sascha von seiner früheren Versicherungsfirma. Die Arbeit fand er zwar völlig sinnfrei, aber viele Firmen legten so viel Wert auf eine gute Kundenbeziehung, dass sie bereit waren, Menschen dafür einzustellen und zu bezahlen. Sascha wurde eingestellt.

Ihm gefiel die Idee, seinen neuen Lebensabschnitt mit einem Besuch bei Saskia zu krönen. Saskia sei inzwischen im Ruhestand, hieß es. Dabei war Sascha nicht ganz klar, wie Ruhestand bei Huren überhaupt aussah. Aber letztlich war es ihm auch egal, denn es gab viele neue, jüngere Saskias im Angebot, und er musste sich nur eine nach seinem Geschmack und seinen Vorlieben aussuchen. Sascha war diese Art von Freiheit auch ganz recht. Mit einer festen Bindung wollte er nichts mehr zu tun haben, seine Freunde in der Kneipe und die wenigen Kontakte im Betrieb reichten ihm als soziales Umfeld. Mehr brauchte und wollte er nicht. Für alles andere war er bereit zu bezahlen, wenn er dafür im Gegenzug zu nichts verpflichtet war.

Die eine oder andere gute Empfehlung erhielt er auch von Achim, der sich auf ein ähnliches Lebensmodell festgelegt hatte. Allerdings bevorzugte Achim eine sexuelle Gangart, wie Sascha aus den Pornofilmen in Achims Wohnung wusste, die ihm meist zu heftig war. Er mochte es zwar auch gern mal etwas härter, aber Blut, Schweiß und andere Körpersekrete waren nicht Bestandteile seiner

Fantasien. Einmal musste er Achim sogar auffordern, einen Film abzuschalten, als er ihn besuchte.

Achim hatte aus der Wohnungsauflösung einer verstorbenen Tante die Möglichkeit, Möbel und Hausrat kostenlos abzugreifen. Da er selbst einiges an seinem Mobiliar erneuern wollte und die klamme Finanzlage seines Freundes kannte, beschlossen sie, sich zusammen einen Transporter zu mieten, in die Wohnung der Tante zu fahren und nach Brauchbarem Ausschau zu halten. Als Sascha bei Achim eintraf, um ihn abzuholen, lief wieder einer dieser Hardcore-Filme im Hintergrund. Der Ton war ausgeschaltet. Sascha warf nur einen kurzen Blick hin und wandte sich dann angewidert ab.

»Musst du dir echt so einen Scheiß reinziehen?«, fragte er seinen Kumpel.

»Ich sehe mir das gar nicht so richtig an. Das läuft so nebenbei«, sagte dieser beiläufig. »Ich habe den Film von einem anderen Kumpel bekommen, als Empfehlung sozusagen. Ist der gut gemacht? Wenn der dich anmacht, kann ich ihn dir mal ausleihen.« Er blieb einen Moment vor dem Fernseher stehen. Zu sehen war eine Frau, die rittlings gefesselt und geknebelt auf einer Bank saß, die von einem nackten Mann mit einer Latexhaube dargestellt wurde. Die Frau sah übel zugerichtet aus, und offenbar war man in dem Film noch nicht fertig mit ihr. Sie blutete aus zahlreichen Wunden, und ihre Gliedmaßen sahen unnatürlich verdreht aus. Sie hatte einen Knebel im Mund, und aus ihren Augen sprach die blanke Todesangst.

»Das ist echt ekelhaft«, sagte Sascha. »Und guck dir mal diesen Typ als Sitzbank an, welcher Volltrottel spielt so eine Scheißrolle in so einem Scheißfilm? Ich mache den Scheiß jetzt aus«, sagte er und schaltete den Fernseher aus.

Achim zuckte gleichgültig mit den Achseln. Sie wollten ja ohnehin losfahren und keine intellektuelle Diskussion über Hardcore-Pornos führen.

KASSI

Nachdem Kassi die Uni hinter sich gelassen hatte, fuhr sie mit ihrem Bulli zum Haus der Zurawskis, um die Kiste mit den zusammengesammelten Wertsachen, die sie noch im Auto hatte, bei Saschas Eltern abzugeben. Sie hatte sich die Adresse aus dem Internet herausgesucht und erwartete ein konservatives Einfamilienhaus am Stadtrand. Was sie dann vor sich sah, überstieg ihre kühnsten Vorstellungen. Ein Haus aus den Siebzigerjahren war mit weißen Klinkersteinen, Säulen und durch An- und Umbauten zu einer Stadtvilla aufgewertet worden. Unfassbar pompös und unfassbar hässlich, wie Kassi befand. Neben der Eingangstür standen zwei hohe Blumenkübel mit Buchsbaumkugeln. Kassi verdrehte innerlich die Augen. Hier versuchten Saschas Eltern also auf Promi zu machen.

Sie fuhr mit ihrem Bulli die kleine Kiesauffahrt hinauf und blieb vor der Eingangstreppe stehen. Sie würde nicht lange bleiben und nur die Kiste abgeben.

Auf ihr Klingeln passierte erst mal nichts. Erst nach erneutem Klingeln bemerkte sie hinter der Milchglasscheibe der Eingangstür Aktivitäten.

»Ja bitte, wer ist da?«, leierte eine dünne Stimme durch die Sprechanlage neben der Tür.

»Kassandra Hübner, von LTS, ich bringe ein paar Sachen vorbei«, rief Kassi in die Anlage.

Es wurden drei Schlösser umständlich von innen aufgeschlossen, bis sich die Tür einen Spalt weit öffnete. Kassi konnte den unfrisierten Kopf und das nicht geschminkte Gesicht von Charlotta Zurawski kaum erkennen. Die grauen Haare standen zu allen Seiten wie sprödes Stroh ab, und die Haut im Gesicht war fahl und faltig. So hatte sie Saschas Mutter nicht in Erinnerung gehabt.

»Hallo, Frau Zurawski, bitte entschuldigen Sie, dass ich so reinplatze. Ich habe in Saschas Wohnung einige sehr wertvolle Gegenstände gefunden und dachte, dass Sie die sicher gern hätten, bevor eine Entrümpelungsfirma die verwertet.«

»Wertvolle Sachen?«, lachte Charlotta Zurawski zynisch auf, »kann ich mir bei Sascha kaum vorstellen.« Sie lallte unverkennbar. »Was sollte das denn wohl sein?«, fragte sie dann aber doch neugierig.

Kassi nahm die Halskette aus der Box und zeigte sie im Türspalt, der sich bisher nicht wesentlich vergrößert hatte. »Zum Beispiel diese Kette. Und dann hat Sascha wohl erst vor Kurzem eine Uhr für über zweitausend Euro gekauft.«

Blitzschnell steckte Saschas Mutter die dürre Hand durch den Türspalt und grapschte nach der goldenen Halskette. »Geben Sie sie mir«, befahl sie Kassi mit gierigem Blick. Kassi war von der Verwandlung so perplex, dass sie das Schmuckstück hergab.

»Was haben Sie noch gefunden?«, wollte die alte Frau wissen und schien nun hellwach.

Kassi wusste, dass sie aus der Alten nichts mehr herausbekommen würde, wenn sie die Kiste erst mal abgegeben hatte. Also musste sie ihre Fragen jetzt stellen. »Ist Sascha vor Kurzem zu Geld gekommen?«, fragte sie durch den Türspalt.

»Woher soll ich das wissen?«, gab seine Mutter barsch zurück. »Wie ich schon sagte, hatte ich keinen Kontakt zu ihm. Und woher er sein Geld hatte, will ich gar nicht wissen.«

»Könnte sein Vater ihn finanziell unterstützt haben?«, hakte Kassi nach.

Frau Zurawski lachte erneut auf, und darin lag die ganze Bitterkeit eines enttäuschten Lebens. »Saschas Vater verwendet sein ganzes Geld für sich und seine Flittchen. Stellen Sie die Kiste mit den Sachen einfach ab oder nehmen Sie sie mit. Ist mir eigentlich egal«, lallte sie kraftlos und schloss die Tür.

Kassi blieb noch einen kurzen Moment ratlos vor der geschlossenen Tür stehen, stellte dann aber die Kiste ab, nachdem nichts weiter passierte. Als sie in ihren Bulli stieg, bedankte sie sich in Gedanken für ihre eigene tolle, fürsorgliche Familie und beschloss, am Abend ihre Eltern anzurufen.

Aber nun hatte sie noch das Treffen mit Viktor im Stadtcafé vor sich. Eigentlich hatte sie darauf jetzt gar keine Lust mehr. Aber zugesagt war zugesagt. Und da sie keine Telefonnummer von ihm hatte, konnte sie auch nicht mehr absagen. Sie würde das Treffen auf einen schnellen Cappuccino beschränken und sich dann wieder verabschieden. Sie hatte ihr Auto zu Hause abgestellt und war zu Fuß zum Stadtcafé gelaufen.

Kassi sah ihn zuerst gar nicht. Viktor hatte sich in die hinterste Ecke des Cafés gesetzt, wo die Sonnenschirme lagerten, wenn sie draußen wegen schlechten Wetters nicht gebraucht wurden. Alle anderen Gäste saßen vorn im lichtdurchfluteten Wintergarten. Kassi war irritiert und fragte sich, warum er sich hier hinten regelrecht versteckte. Vor allem würde die Kellnerin sie ständig übersehen.

Genervt ging Kassi an den Tisch und begrüßte Viktor. »Hallo Viktor, waren deine Vorfahren Vampire oder warum sitzt du hier in der Dunkelheit?«, versuchte sie einen Scherz.

»Ich wollte in Ruhe mit dir reden«, sagte er ausweichend und fixierte sie mit einem stechenden Blick. »Bitte setz dich«, sagte er und rückte ihr den Stuhl zurecht, auf dem sie dann mit dem Rücken zum Lokal sitzen würde. Das war ihr gar nicht recht, denn sie hatte lieber den Überblick. Außerdem war es ihr zuwider, wenn andere Menschen und insbesondere Männer über sie bestimmen wollten. Andererseits kam es auf diese zwanzig Minuten auch nicht an, also setzte sie sich auf den zugewiesenen Stuhl. Sie sah sich um, ob es einen Spiegel oder eine Glasscheibe gab, wo sie beobachten konnte, was hinter ihr geschah. Viktor bemerkte ihren Blick und fragte lakonisch: »Fühlst du dich unwohl, Kassi? Ist es dir unangenehm mit mir?«

»Nein«, log Kassi etwas zu eifrig und ärgerte sich, weil er sie ertappt hatte.

»Danke, dass du gekommen bist«, sagte Viktor mit kehliger Stimme und berührte dabei Kassis Hand, die auf dem Tisch lag und das Handy umschlossen hatte. Als hätte sie sich die Hand verbrannt, zuckte sie zurück.

Viktor lachte leise auf und lehnte sich zurück. Er winkte der Bedienung und bestellte »zwei Prosecco für einen besonderen Anlass«.

»Nein, ich möchte bitte nur einen Cappuccino«,

stornierte Kassi die Bestellung für sich. Sie fand die ganze Situation absurd. Sie war hier, um sich mit Viktor für ein paar Informationen über Sascha zu treffen, und nicht für eine intime Verabredung. »Hör mal, Viktor. Ich weiß nicht, was du denkst, was das hier wird. Wir treffen uns hier auf eine unverbindliche Tasse Kaffee unter Kollegen. Du wolltest mir etwas über deine Geschäftsbeziehung zu Sascha erzählen. Und mehr wird das hier auch nicht.«

»Ja natürlich«, stimmte Viktor eifrig zu und lächelte gierig.

Seine kleinen Augen musterten Kassi, und sie fühlte sich an den Blick einer Ratte erinnert. »Also dann erzähl mal«, forderte sie ihn ohne Umschweife auf.

»Wohnst du hier in der Nähe?«, ignorierte Viktor ihre Aufforderung.

»Okay, Viktor, wenn du nicht mit mir sprechen willst, dann sind wir hier fertig«, sagte sie verärgert, nahm ihre Jacke und stand auf.

»Nein, warte, Kassi. Ich habe mich nur gewundert, dass du zu Fuß gekommen bist und keinen Autoschlüssel in der Hand hast. Daher vermute ich, dass du hier irgendwo wohnst. Schön zentral. Das ist sicher praktisch«, versuchte Viktor wieder mit ihr ins Gespräch zu kommen.

Murad hatte recht gehabt. Viktor war ihr nach der Trauerfeier nicht nur zum Auto gefolgt, sondern er spionierte ihr hinterher. »Ja, etwa drei Straßen weiter«, gab sie kurz zurück, setzte sich wieder und fragte dann: »Wusstest du, dass Sascha auch hier im Zentrum wohnte? Hinter dem Bahnhof.«

»Eine üble Gegend«, antwortete ihr Gegenüber und ließ sie keinen Moment aus den Augen.

»Welche Geschäftsbeziehung hattest du denn mit Sascha?«

»Na ja, bei LTS hatten wir hin und wieder mal miteinander zu tun. Sascha war aber ein fauler Kerl, der jede Arbeit zu vermeiden wusste. Und dumm war er noch dazu«, beantwortete Viktor die Frage lapidar.

»Ja, und mehr nicht?«, fragte Kassi fast entrüstet.

»Was hast du denn erwartet?«, fragte Viktor bohrend zurück.

Kassi, die nun richtig sauer war, weil sie ihre wertvolle Zeit auf diesen Schwachsinn verschwendete, gab heftiger zurück als beabsichtigt: »Vielleicht, dass du mir sagen kannst, was es damit auf sich hat«, und knallte ihm die Ausdrucke der erotischen Massagen auf den Tisch, die sie in Saschas Wohnung gefunden hatte. »Du bist doch im Einkauf und weißt alles über jeden.«

Viktor nahm die Blätter und sah sie durch.

»Ja, das kommt mir bekannt vor. Diese Hotels buchen wir auch in diesen Städten. Aber ob und wer diese Dienstleistungen in Anspruch nimmt, kann ich dir nicht sagen, die müssen dann ja wohl auch privat bezahlt werden, sofern man nicht bei der Spesenabrechnung bescheißt«, antwortete er etwas zu süffisant.

In Kassis Kopf ging eine kleine Lampe an, irgendwo in den Tiefen ihrer Gehirnwindungen hatten sich zwei Nervenbahnen gekreuzt. Sie konnte es nur noch nicht genau benennen.

»Wer wird von der LTS in diesen Hotels einquartiert? Die sind ja nicht gerade günstig«, hakte sie nach.

»Das kann ich dir so genau nicht sagen. Der Außendienst und die Vertriebler. Die Monteure sind meistens in günstigeren Unterkünften«, erklärte Viktor. »War es das jetzt mit geschäftlich?«

»Nein«, antwortete Kassi so bestimmt, dass Widerstand zwecklos schien. Lutz Häberlein, schoss es ihr durch den Kopf. Er hatte eine Abmahnung bekommen, wegen Unregelmäßigkeiten bei seiner Spesenabrechnung. Könnte er der Absender der Drohung auf Saschas Handy sein? Wenn Sascha den Betrug nun herausgefunden hatte und ihn damit erpresste, es bekannt zu machen? Das hätte weitreichende private und berufliche Folgen für Häberlein. Aber war der dann auch zu einem Mord fähig? Andererseits, Menschen hatten sicher schon für weniger getötet.

»Woher hatte Sascha in letzter Zeit so viel Geld?« Schlagartig spürte sie die Eiseskälte, fast so, als hätte jemand die Hintertür geöffnet und die kalte Luft hereingelassen. Viktors Augen hatten sich zu schmalen Schlitzen verändert, und er bekam wieder die roten Flecken am Hals. Touché, dachte Kassi.

»Nein, dazu kann ich dir nichts sagen«, gab er zurück.

»Das bedeutet aber nicht, dass du darüber nichts weißt«, setzte sie nach. Dann fiel ihr siedend heiß ein, dass sie noch das Foto aus Saschas Wohnung in der Jackentasche hatte. Sie zog es hervor und legte es vor Viktor hin. »Und darüber kannst du mir vermutlich auch nichts sagen, oder?«, fragte sie in einem möglichst beiläufigen Tonfall.

»Woher hast du das?«, stieß Viktor heiser aus und war dabei so plötzlich aufgesprungen, dass der Stuhl polternd umfiel. Die Gäste an den vorderen Tischen drehten sich um und tuschelten.

»Das habe ich in Saschas Wohnung gefunden«, antwortete sie ruhig und fragte: »Warum regst du dich so auf?«

Viktor, der bemerkte, dass eine so heftige Reaktion erklärungsbedürftig war, setzte sich wieder und spie ihr die Antwort regelrecht entgegen. »Ich habe mit so einem Dreck nichts zu tun.« Er griff nach dem Foto, aber Kassi war schneller. Sie steckte es in ihre Jackentasche zurück.

»Tut mir leid, wenn ich dich aufgeregt habe. Das war nicht meine Absicht. Weißt du, wer das ist oder wo das aufgenommen wurde?«

Auf Viktors Stirn bildeten sich Schweißtropfen, und am Hals stand eine Ader hervor. »Nein«, beantwortete er beide Fragen mit äußerster Beherrschung.

Kassi war von seiner Verwandlung überrascht und erschrocken. So einen Vulkan hatte sie hinter der bisher unscheinbaren Fassade nicht erwartet. Sie wollte das Treffen jetzt schnellstmöglich beenden. »Ich muss dann auch wieder«, sagte sie eilig, legte fünf Euro auf den Tisch als Bezahlung für ihren Cappuccino und verabschiedete sich von einem sichtlich mitgenommenen Viktor.

Den ganzen Fußweg zurück in ihre Wohnung ging ihr das Treffen nicht aus dem Kopf. Sie musste schnellstmöglich mit Lutz Häberlein sprechen. Und Viktor wusste etwas über Saschas plötzlichen Geldsegen, und ihm sagte auch das Foto etwas. Das hatten seine Reaktionen eindeutig gezeigt. Kassi glaubte ihm nicht, dass er das Foto einfach nur widerlich fand. Aber was war die Verbindung? Irgendwas an dem Foto war so eindeutig, dass Viktor es scheinbar sofort einer Person oder einem speziellen Film zuordnen konnte. Aber was war es? Sie konnte nichts Genaues im Hintergrund des Fotos erkennen. Der Fußboden war gefliest, und rund um die beiden Personen war es entweder dunkel oder sah nach einer ausgelegten Plane aus.

Es musste also um die Menschen gehen und um das, was sie dort machten. Damit würde aber eine Verbindung zwischen dem Foto und Murad ausscheiden. Oder gab es da ein Geheimnis zwischen Viktor und Murad? Immerhin hatten sie häufiger im Betrieb miteinander zu tun. Es waren auch beide bei der Trauerfeier für Sascha gewesen. Und beide waren aus irgendwelchen Gründen verstockt wie gefrorene Fische.

Kassi war auf ihrem Weg zurück in die Wohnung so in ihre Gedanken vertieft, dass sie die Gestalt nicht bemerkte, die ihr in einigem Abstand folgte. Und hätte sie zu späterer Stunde von ihrem Balkon auf die gegenüberliegende Straßenseite geschaut, wäre ihr sicher die dunkle Gestalt aufgefallen, die sie von dort aus durch die Fenster beobachtete.

MURAD

Es war ein Dienstag im Oktober 2018. Sie waren inzwischen ein halbes Jahr in diesem neuen Land. Die Abende waren schon kühl und dunkel. Es würde nicht mehr lange dauern, und die ersten leichten Nachtfröste würden den Winter ankündigen. Die Brüder hatten wie jeden Abend bei Jasmin in dem libanesischen Restaurant gegessen, Sultan zog seine Jacke eng um sich und machte sich nach einem kurzen Dank und Gruß auf den Weg nach Hause.

Es nieselte leicht, und es waren nur noch wenige Menschen unterwegs. Sultan hatte es nicht weit, und er kannte den Weg gut. So achtete er nicht weiter auf seine Umgebung und bemerkte nicht gleich die drei Männer, die aus der Bierkneipe an der Straßenecke kamen. Sie schienen angetrunken und wankten suchend auf die Straße. Ihm waren solche Menschen zuwider. Auch wenn er nicht übermäßig religiös war, hatte er die Regel, der zufolge man keinen Alkohol trinken sollte, doch immer beachtet. Er konnte sich die Wirkung von Alkohol nicht vorstellen, hatte aber während seiner Zeit in Deutschland oft genug beobachtet, wie betrunkene Menschen sich verhielten. Auch das war ihm Warnung genug, die Finger davon zu lassen. Besonders widerlich fand er betrunkene Frauen. Vor allem, wenn sie dann auch noch so hemmungslos wurden. Aber die drei Männer jetzt gingen ihn nichts an, und er wollte keinen Ärger. Also lief er einfach weiter seines Weges. Er versuchte die drei Betrunkenen auch dann noch zu ignorieren, als diese anfingen, ihm hinterherzugrölen. Auch wenn er nicht genau verstand, was sie riefen, gab es doch keinen Zweifel, dass sie auf Krawall aus waren und nicht lockerlassen würden. Die Situation wirkte bedrohlich, und in ihm kroch die Angst hoch. Er wäre den dreien hilflos ausgeliefert. Nicht nur, weil er allein in den nächtlichen Straßen unterwegs war, sondern weil sich auch auf belebten Straßen kaum jemand für einen arabischen Geflüchteten gegen drei betrunkene Schläger einsetzen würde. Sultan wusste, dass es langsam brenzlig wurde und er sich in Sicherheit bringen musste.

Und plötzlich war sie wieder da, die alles bestimmende Panik um sein Leben. Er hatte gehofft, sie hier im sicheren Deutschland besiegen zu können. Diese Erinnerungen an die letzten Momente unter den schweren Steinbrocken, als sein Zuhause über ihm zusammengebrochen war, schnürten ihm die Brust zu. Er bekam nur schwer Luft. Lichtpunkte tanzten vor seinen Augen. Sultan beschleunigte seinen Schritt und versuchte tiefer zu atmen. Sein ganzer Körper war auf Flucht eingestellt, ihm wurde schwindelig. Die massigen Männer holten auf und brüllten ihn von allen Seiten an. »Murad«, rief er leise, wie hilfesuchend, wohl wissend, dass sein Bruder ihn nicht hören und ihm zu Hilfe eilen würde. Kalter Schweiß trat auf seine Stirn. Sultan wusste, dass er schon einen kurzen Sprint nach wenigen Metern keuchend und nach Luft japsend würde abbrechen müssen. Also versuchte er sich selbstbewusst und zielstrebig zu bewegen. Dabei zog er die Haustürschlüssel aus der Hosentasche, gerade so, als hätte er in wenigen Schritten die Haustür erreicht. Wie sollte er bloß dieses Schauspiel lang genug aufrechterhalten, wenn die rettende Haustür doch erst in zwei Straßenblöcken den ersehnten sicheren Schutz bot?

Die Betrunkenen hatten ihn mit wenigen Schritten eingeholt und ihn in die Mitte genommen. Sie knufften und schubsten ihn und schrien ihm Worte ins Ohr, die schamlos, grob und verletzend waren. Gesichter hinter Fenstern erschienen, um zu sehen, was los war, und verschwanden wieder, als sie die Situation erkannten. In einigen Fenstern wurden die Vorhänge zugezogen und zum Teil sogar das Licht gelöscht. In Sultan raste der Herzschlag, die Panik zwang ihn zu handeln. Er musste es wagen und bei den drei betrunkenen Angreifern auf den Überraschungsmoment setzen. Würde er jetzt lossprinten, könnte er es um die nächste Hausecke schaffen. Dort gab es ein Tor, das zu einem Hinterhof führte. Wenn er Glück hatte, war das Tor offen und er konnte sich dahinter verstecken, bis die drei sich verzogen hätten. JETZT, dachte er, nahm seine ganze Kraft zusammen und rannte los.

Schon nach dem dritten Atemzug hatte er das Gefühl, seine Lunge ginge in Flammen auf. Vor seinen Augen tanzten grelle Blitze. Jeder Atemzug fühlte sich wie Säure an, die ihn von innen verbrannte. Er hastete um die Ecke und erreichte mit letzter Kraft das Tor. Es war verschlossen. Alle Hoffnung war dahin, und seine Beine versagten ihren Dienst. Jetzt war es vorbei, da war er sich sicher. Kraftlos und halb erstickt sackte er vor der Holztür zusammen. Der Schmerz in der Brust explodierte, und in den Armen und Beinen prickelte das Blut wie tausend beißende Ameisen.

Der Mangel an Sauerstoff erlöste ihn von seiner Pein und machte ihn benommen, fast bewusstlos.

Und so bemerkte er nur noch im Unterbewusstsein, wie drei grölende, lachende Gestalten sich über ihn beugten und begannen, seinen erschöpften Körper mit Fußtritten zu traktieren. Das Brechen der Rippen unter den schweren Arbeitsschuhen war kaum schmerzhafter als seine geschundene Lunge. Die Tritte zwischen die Beine und zum Abschluss ins Gesicht spürte Sultan nicht mehr. Das Leben hatte diesen gequälten Körper freigegeben und für immer verlassen. Weder die inneren Blutungen noch das gebrochene Jochbein oder die zertrümmerte Schulter konnten Sultan noch etwas anhaben. Als er sich nicht mehr rührte und kein Lebenszeichen mehr von sich gab, verloren die drei Schläger ihr Interesse an der Jagd. Sie hatten ihre Beute erlegt. Zum Zeichen ihres Triumphes spuckten sie auf den leblosen Körper und torkelten, sich in den Armen liegend, lachend weiter. Erst eine halbe Stunde später traute sich eine anonyme Anwohnerin, die Polizei und einen Rettungswagen zu verständigen.

Als Murad gegen Mitternacht in die Wohnung kam, war sie leer. So leer wie sein Herz, sein Kopf und sein Leben. Er wusste hinterher nicht mehr, wie viele Stunden er an die Wand gelehnt im Flur gesessen hatte. Die Polizei war da gewesen und hatte berichtet, dass es eine Schlägerei gegeben habe, bei der Sultan gestorben sei. Näheres würde eine ärztliche Untersuchung ergeben. Wie von weiter Ferne hatte Murad diese Erklärungen vernommen.

»Kann ich jemanden für Sie anrufen?«, hatte die Polizistin gefragt.

»Nein«, hatte Murad gemurmelt, »jetzt gibt es niemanden mehr.«

Wie in Trance hatte er sich bedankt, die Wohnungstür geschlossen und war dahinter weinend zusammengesackt. Auch später wusste er nicht mehr, ob er dort geschlafen hatte, ohnmächtig oder einfach vor Trauer besinnungslos war. Zeit und Raum hatten ihn in seinem grenzenlosen Schmerz freigegeben.

Nach einer schier unendlichen Zeit schaffte er es, sich auf das kleine Sofa zu legen. Er hätte sich jetzt nicht ins Bett legen können mit dem Blick auf das andere Bett, das nun nie wieder belegt sein würde. Tagelang, er konnte nicht sagen, wie viele Tage es waren, fand er nicht die Kraft, aufzustehen. Er konnte nicht essen und schlief nur kurze Abschnitte. Sein Herz und sein Körper waren nach diesen Tagen zermartert. Nie wieder würde er einen Funken Hoffnung, Freude oder Sehnsucht empfinden. Das Letzte, was in Murad nach dem Raketeneinschlag und der Flucht noch an Menschsein vorhanden gewesen war, was ihn hatte weitermachen lassen, war zusammen mit Sultan gestorben.

KASSI

»Helmut, ich sage dir, irgendetwas stimmt da nicht«, sinnierte Kassi an ihrem Schreibtisch. Sie saß zurückgelehnt auf dem Stuhl, blickte aus dem Fenster auf den Betriebsinnenhof und zwirbelte mit dem Zeigefinger eine Haarsträhne.

»Was meinst du?«, fragte ihr Kollege geistesabwesend zurück, ohne von seinem Monitor aufzublicken. Er war gerade dabei, das Protokoll der letzten Betriebsratssitzung zu überarbeiten, damit es rechtzeitig zur nächsten Sitzung verlesen und abgeschlossen werden konnte. Und auch wenn er sich noch so viel Mühe gab, wusste er jetzt schon, dass einige andere Betriebsratskollegen wieder über zahlreiche Punkte und Kommata würden diskutieren wollen. »Also, Kassi, was stimmt wo nicht? Du hast gerade gemeint, irgendwo stimmt irgendwas nicht«, knüpfte Helmut an Kassis vorherige Anmerkung an, da er jetzt sowieso in seiner Arbeit unterbrochen war.

»Irgendwas stimmt mit dem Murad nicht«, sagte sie nachdenklich, fast zu sich selbst. »Ich habe das Gefühl, der kennt den Sascha, sagt es aber nicht. Und ich komme nicht dahinter.« Während sie sprach, musste wieder die Haarlocke dran glauben.

»Warum glaubst du das? Das wären dann doch ganz schön viele Zufälle, oder?«, gab Helmut zurück. Er stand auf und ging zu der kleinen Kaffeemaschine hinüber, die im Betriebsratsbüro auf dem Sideboard stand. »Kaffee?«, fragte er Kassi.

»Ja gern«, antwortete sie.

Helmut bereitete zwei Kaffee mit reichlich Milch zu und stellte eine Tasse auf Kassis Platz.

»Danke«, gab sie inzwischen wieder in Gedanken versunken zurück. »Ja, ich weiß auch nicht, er war auf der Trauerfeier von Sascha, ganz hinten in der Kirche. Ich hatte fast das Gefühl, er versteckt sich dort. Ich habe ihn darauf angesprochen. Aber er ist mir auf die Fragen ausgewichen, die er klar mit Nein hätte beantworten können, wenn die sich nicht kennen würden. Hat er aber nicht gemacht. Das macht mich stutzig. Und dann geht er als Muslim zu einer christlichen Trauerfeier. Kannst du dir vorstellen, zu einer muslimischen Trauerfeier zu gehen, wenn der Verstorbene nicht ein wirklich guter Bekannter oder Angehöriger war? Ich würde das im Leben nicht machen.«

»Gibt es denn eine Verbindung zwischen denen?«, fragte Helmut, ganz Westentaschendetektiv.

»Nein, kann ich nicht erkennen. Die wohnen weit auseinander, haben ein total unterschiedliches Umfeld, und im Knast hat Murad auch nicht gesessen. Trotzdem habe ich da so ein Gefühl.«

»Tja, Kassi, dann musst du weitersuchen. Vielleicht ist er noch unsicher, wem er hier vertrauen kann und wem nicht. Als Leiharbeiter und dann auch noch mit arabischen Wurzeln, das ist dieser Tage nicht so einfach. Da halten sich viele zurück und bleiben eher für sich, weißt du?«, gab Helmut zu bedenken.

»Ja, daran habe ich auch schon gedacht. Und sich dann

auch noch gegenüber einer Frau zu öffnen, ist sicher eine zusätzliche Hürde«, gab Kassi zurück. »Habe ich dir erzählt, dass Viktor vom Einkauf auch auf der Trauerfeier war?«

»Nein, hast du nicht. Was wollte er da?«, fragte Helmut ehrlich überrascht.

»Ja, ich hatte ihn darauf angesprochen. Und er meinte, er hätte eine geschäftliche Beziehung zu Sascha gehabt«, berichtete Kassi. Dabei vermied sie aber, von dem peinlichen Treffen im Stadtcafé zu berichten. Sie wollte sich vor Helmut nicht blamieren. Dafür erzählte sie aber von der gescheiterten Räumung von Saschas Wohnung und ihren Funden.

Helmut hörte gespannt zu. Er sah traurig aus, als Kassi von dem Besuch bei Saschas Eltern berichtete. »Manche Menschen haben auch wirklich ein schweres Leben«, murmelte er fast mehr zu sich selbst.

»Sieh mal, was ich in Saschas Wohnung noch gefunden habe«, sagte Kassi und zog erst die Ausdrucke der erotischen Dienstleistungen in den Geschäftshotels und dann das Foto aus der Jackentasche.

»Ui«, stieß Helmut überrascht aus und sah sich das Foto genau an. »Das sieht übel aus«, sagte er nach einiger Zeit und gab Kassi das Foto zurück.

»Was meinst du damit?«, fragte sie.

Helmut wand sich etwas verlegen. Er wollte nicht den Eindruck erwecken, als ob er sich gut mit Pornos auskannte, wollte Kassi aber andererseits auch helfen. »Das ist kein normaler Pornofilm. Das Foto stammt doch scheinbar von einem Film im Fernsehen beziehungsweise von einer DVD. Ich glaube, man erkennt das an diesen Schlieren auf dem Foto.«

»Ja, das war auch mein erster Gedanke«, sagte Kassi. »Aber was meinst du mit ›kein normaler Porno?‹«

»Na ja, es gibt ja alle möglichen Arten von Fetisch. Viele sind echt eklig. Aber richtige Wunden, Knochenbrüche und Blut sind schon ungewöhnlich. Wenn das da echt ist, könnte das ein Snuff-Film sein«, überlegte Helmut laut.

»Was du alles weißt«, staunte Kassi ehrlich überrascht über Helmuts vielseitiges Fachwissen. »Was bitte ist ein Snuff-Film?«, fragte sie.

»Hast du nie den Film *8 Millimeter* mit Nicolas Cage gesehen?«, fragte Helmut. »Darin geht es um Snuff-Filme. Das sind übelste Pornos, bei denen Menschen, meist Frauen, schlimm misshandelt, gefoltert oder gar umgebracht werden. Dabei weiß man nicht genau, ob die Szenen echt oder gestellt sind. Ich würde aber echte Szenen nicht ausschließen. In der Branche gilt ein Menschenleben, vor allem ein importiertes Frauenleben, nicht viel«, erklärte er.

»Du spinnst, Helmut«, stieß Kassi entsetzt aus. Sie war wirklich nicht naiv und konnte sich viele menschliche Abgründe vorstellen. Aber das ging zu weit. »Wer macht denn so was, und wer macht dabei mit? Und wer sieht sich so einen Dreck an und bekommt dabei noch einen hoch?« Sie redete sich regelrecht in Rage.

»Ja, Kassi, normal ist das sicher nicht. Aber manche Männer haben üble Macht- und Gewaltfantasien. Und ob die Frauen dabei freiwillig mitmachen, kann ich mir kaum vorstellen. Wenn das mal nicht eher schon mit Menschenhandel und schwerer Kriminalität zu tun hat«, gab Helmut ihr recht.

»Vielleicht ist das ja auch die Geschäftsbeziehung

zwischen Sascha und Viktor«, überlegte Kassi, die sich wieder etwas beruhigt hatte. »Beide sind alleinstehende Männer im mittleren Alter. Pornos gehören sicher zu ihrem Alltag. Auch wenn ich mir kaum vorzustellen wage, dass einer von den beiden mit solchen Hardcore-Pornos zu tun haben könnte. Bei Sascha in der Wohnung habe ich jedenfalls nur das gewöhnliche Zeug gesehen. Könntest du dir vorstellen, dass dieses Foto auch eine Folterszene sein könnte? Weißt du, wie damals dieser Skandal in Guantanamo? Ich habe mich gefragt, ob Murad damit was zu tun haben könnte.«

»Zeig mir bitte noch mal das Foto«, bat Helmut und betrachtete es längere Zeit. »Nein, das denke ich nicht. Zum einen scheint mir das kein Gefängnis oder Ähnliches zu sein, wo das aufgenommen wurde. Zum anderen trägt der Mann eine typische SM-Ledermaske. Bei einer Folterszene wäre das wohl eher ein Jutesack oder so. Ich denke, das ist, wie ich sagte, eine Szene aus einem Snuff-Film.« Er gab Kassi das Bild zurück, nahm sich die Ausdrucke über die erotischen Massagen und las sie genauer.

»Haben die etwas mit dem Foto zu tun?«, fragte er Kassi dann.

»Hmm, das weiß ich nicht. Könnte sein, dass dieser Film vielleicht in so einem Hotel gedreht wurde«, gab sie nachdenklich zurück. »Ich habe aber eher einen anderen Verdacht. Da musst du mir dann aber helfen.« Sie sah Helmut bittend an.

Der lachte. »Na, dann lass mal hören. Inzwischen gibt es nichts mehr, womit du mich noch überraschen kannst.«

Kassi berichtete von Viktors Hinweisen, dass die Hotels auf den Ausdrucken auch für Beschäftigte der LTS gebucht wurden. Und dass, falls diese solche Dienstleistungen in Anspruch nahmen, diese auch privat bezahlt werden mussten – sofern man nicht die Spesenabrechnung manipulierte.

»Du meinst, Lutz Häberlein hat das gemacht? Weißt du, was das für Folgen für ihn haben kann?«, fiel Helmut ihr fassungslos ins Wort.

»Ja, eben drum«, meinte Kassi fast etwas kleinlaut. »Vielleicht hat Sascha das rausbekommen und ihm damit gedroht. Das würde zu der Nachricht auf seinem Handy passen«, sagte sie so leise, als traute sie sich gar nicht, diesen schrecklichen Verdacht auszusprechen.

»KASSI!«, gab Helmut erschrocken zurück. »Weißt du, was du da sagst? Dann stände Lutz unter Mordverdacht. Wie soll er das angestellt haben? Zum einen ist er fast nie im Betrieb, und zum anderen hat er da oben auf der Galerie nie etwas zu tun. Er wäre sofort aufgefallen, wenn er sich da am Geländer zu schaffen gemacht hätte.« Während er sprach, hatte er sich wieder etwas beruhigt. »Wirklich, Kassi, das kann ich mir nicht vorstellen. Das ist ein Familienvater«, schob er hinterher, als wäre das ein plausibler Grund.

»Ja, ich weiß«, wand Kassi sich, der das alles sehr unangenehm war. »Darum möchte ich dich bitten, dass du mal mit Lutz über seine Abmahnung sprichst – von Mann zu Mann sozusagen. Fühl ihm mal richtig auf den Zahn. Und wenn da nichts ist, dann lassen wir es auch darauf beruhen.«

Helmut willigte ein.

»Übrigens bin ich noch nicht dazu gekommen, etwas über diese Studentenverbindung rauszusuchen«, wechselte er unvermittelt das Thema.

»Oh, gut, dass du das sagst!«, rief Kassi und sprang so heftig von ihrem Stuhl auf, dass der Kaffee auf den Schreibtisch schwappte. »Verdammte Sauerei«, schimpfte sie über sich selbst und ging zur Kaffeemaschine, bei der immer ein Stapel Papierhandtücher lag. Während sie den Schreibtisch reinigte, berichtete sie Helmut von ihrem Besuch bei der Studentenverbindung.

Er hörte ihr amüsiert zu, ohne sie zu unterbrechen. »Kassi, wie sie leibt und lebt«, lachte er, als sie ihren Bericht beendet hatte.

»Das würde bedeuten, dass die beiden anderen Trauergäste in der Kirche vielleicht seine Kneipenkumpel und Schlägergesellen waren«, sagte Kassi nachdenklich. »Die müsste ich jetzt nur noch irgendwie finden. Du sagtest ja, dass diese Schlägerei mit dem Todesfall damals in der Nähe vom Busbahnhof war. Vielleicht muss ich da am Wochenende mal eine Kneipentour machen.«

»Soll ich da nicht besser mitgehen?«, bot Helmut an, der die Gegend um den Busbahnhof insbesondere bei Nacht für eine Frau nicht geeignet fand.

»Willst du mir meine Chancen versauen?«, fragte Kassi lachend. Helmut verhielt sich mitunter wie ein Gentleman der alten Schule und machte sich oft Sorgen um ihr Wohlergehen. »Lieb von dir, das anzubieten, aber ich will ja, dass die mit mir reden, wenn ich sie finde. Und das gelingt besser, wenn ich da allein hingehe«, erklärte sie entschuldigend.

»Kassi, pass da bloß auf. Das ist eine üble Gegend, insbesondere nachts. Es ist es nicht wert, dass dir da etwas passiert. Und bitte schicke mir eine WhatsApp, wenn du losgehst und auch, wenn du wieder zu Hause bist. Dann weiß ich, dass alles okay ist«, mahnte er sie.

Kassi konnte sich gerade noch ein: »Danke, Papa!«, verkneifen. Sie wollte Helmut nicht brüskieren und freute sich auch ein bisschen über seine ehrliche Fürsorge.

Dann wechselte sie das Thema. »Hast du Heidi bei deinem Rundgang heute gesehen? Kommt sie heute Nachmittag zur Sitzung?« Heidi, eigentlich Heidrun Botha, war die Sprecherin des Arbeits- und Gesundheitsschutzausschusses. Normalerweise berief die Arbeitgeberseite diese Sitzungen quartalsweise ein. Und das oft auch nur auf massives Drängen des Betriebsrats und nach stetigem Erinnern an die gesetzlichen Verpflichtungen.

»Ja, die ist da und hat den Termin auch auf dem Sender. Sie wollte eh etwas früher raufkommen ins BR-Büro und noch mal das Protokoll mit den Aufgaben der letzten Sitzung durchgehen«, bestätigte Helmut.

»Ja, super«, freute sich Kassi über die engagierte Betriebsrätin. Die klein gewachsene, etwas füllige Kollegin hatte einige Zeit zuvor ihre Ausbildung bei der LTS erfolgreich abgeschlossen und war von der Jugend- und Auszubildendenvertretung in den Betriebsrat gewählt worden. Sie war, wie Kassi, eine Partynudel, konnte aber auch sehr resolut sein. »Ich denke, wir werden heute wohl die ersten Zwischenergebnisse zur Untersuchung des Sturzes hören. Da bin ich mal gespannt. Ich habe immer noch keinen Schimmer, wie das passiert sein kann. Da wird es wohl einige Fragen zu klären geben«, sagte sie und stand auf.

Die extra anberaumte Sitzung des Arbeitsschutzausschusses war außergewöhnlich gut besucht. Neben Kassi und Heidi als Vertreterinnen des Betriebsrats waren auch der Sicherheitsingenieur Olaf Feinluchter, die Betriebsleiterin Susanne Heusen, die Betriebsärztin und ein

Vertreter der Berufsgenossenschaft anwesend, um die vorläufigen Ergebnisse der Untersuchung auszuwerten.

»Starke Korrosion am Übergang zum Pfosten, das war das erste Untersuchungsergebnis des gebrochenen Handlaufs. Außer den handelsüblichen starken Reinigungs- und Desinfektionsmitteln konnten keine Rückstände festgestellt werden«, las die Betriebsleiterin Susanne Heusen aus dem vorläufigen Untersuchungsbericht der Gewerbeaufsicht und Berufsgenossenschaft vor.

»Gar nichts?«, fragte Kassi ungläubig nach.

»Gar nichts«, bestätigte Heusen nach einem erneuten Blick in den vorläufigen internen Bericht.

»Ist das auch das Ergebnis der Spurensicherung der Kriminal-Dingsbums-Gutachter?«, fragte Heidi etwas plump, aber sie kannte einfach die genauen Fachbegriffe nicht.

»Nein, wir bekommen den Ermittlungsbericht der Polizei nicht«, antwortete die Betriebsleiterin spitz. »Der geht an die Staatsanwaltschaft. Das sind jetzt erst mal die uns bekannten Zwischenergebnisse. Die Gewerbeaufsicht und die Berufsgenossenschaft haben wohl Akteneinsicht bei den Ermittlungsbehörden genommen und daraus diesen Zwischenbericht erstellt.«

»Hat denn jemand den Handlauf nach dem Unfall abgewischt?«, fragte Kassi.

»Nein, wäre mir nicht bekannt. Warum fragen Sie«?, hakte Frau Heusen nach.

»Na ja, ich hätte erwartet, dass es da Fingerabdrücke gibt. Oder wurde danach nicht gesucht?«, fragte Kassi, zog die Stirn in Falten und fing an, eine Haarsträhne zu zwirbeln.

»Hmmmm, doch«, antwortete die Heusen, während sie in dem Bericht blätterte. »Auf dem Pfosten und dem Nachbarhandlauf wurden welche gefunden. Zumindest steht das hier. Sie konnten dem Leiharbeiter zugeordnet werden, der oben am Unfallort war. Aber auf dem gebrochenen Handlauf gab es offenbar keine.«

»Wurden auch die anderen Handläufe untersucht? Gibt es auch an anderen Stellen Korrosion?«, fragte Heidi nach.

Frau Heusen verdrehte die Augen und machte einen genervten Eindruck. Sie wollte die ganze Angelegenheit anscheinend schnell hinter sich bringen und fand die bohrenden Fragen des Betriebsrats unangenehm, umso mehr als der Vertreter der Berufsgenossenschaft und auch die Betriebsärztin bei der Sitzung dabei waren. »Ja und nein. Ja, auch die anderen Handläufe wurden untersucht, und nein, es wurde keine weitere Korrosion gefunden«, gab sie mit einem leicht patzigen Unterton zurück.

»Wie kann es sein, dass dieser einzige Handlauf korrodiert ist und alle anderen, die zeitgleich montiert wurden, nicht?«, fragte Heidi hartnäckig nach und machte sich Notizen in ihrem Tablet.

»Das haben wir uns auch gefragt«, bestätigte der Sicherheitsingenieur Olaf Feinluchter nachdenklich. »Wir haben mit der Herstellerfirma Kontakt aufgenommen. Die können sich das auch nicht erklären. Die sagen natürlich, dass alles verbaute Material geprüft und einwandfrei gewesen sei. Aber wie will man das jetzt noch checken? Wenn am Übergang zwischen Handlauf und Pfosten eine korrodierte Stelle war, an der sich vielleicht durch Putzmittel Feuchtigkeit abgelagert hat, kann man nach der Zeit jetzt sicher dem Hersteller kein Verschulden oder eine Haftung anlasten. Wir haben eine andere Fachfirma beauftragt, den Handlauf da oben auf weitere Schäden zu überprüfen und zu ersetzen, damit auch die anderen Beschäftigten, die oben arbeiten, sicher und beruhigt sind. Sonst wären die Räume oben auf der Galerie von der Polizei gar nicht wieder zur Nutzung freigegeben worden. Aber die werden den gebrochenen Handlauf und auch die übrigen ausgebauten Teile sicher ganz genau untersuchen. Es scheint mir aber, dass es zum jetzigen Zeitpunkt als echter Arbeitsunfall mit tödlichem Ausgang eingestuft wird. Es kamen halt mehrere widrige Umstände zusammen«, fasste der Sicherheitsingenieur zusammen.

Kassi ging das zu schnell. Sie hatte den Eindruck, dass hier etwas möglichst schnell und geschmeidig abgehakt werden sollte. Sie fand, dafür, dass ein Mensch zu Tode gekommen war, sollte sich die Firma etwas mehr engagieren, um die Umstände zu klären. Sie sah zu Heidi hinüber, deren Augen blitzten. Um ihren Mund sah man eine streitlustige Falte. Kassi nickte Heidi unmerklich zu, als diese den Augenkontakt zu ihr herstellte.

»Welche weiteren widrigen Umstände denn noch?«, fragte Heidi bei Olaf Feinluchter nach und zog die Augenbrauen hoch, als erwartete sie nun einen umfassenden Report.

Dem Sicherheitsingenieur war der fordernde Unterton nicht entgangen, und er fühlte sich vor dem Vertreter der Berufsgenossenschaft und der Betriebsärztin, die ihn inzwischen auch interessiert ansahen, in die Enge getrieben. »Na ja, normalerweise stehen unter der Galerie keine Werkteile, sondern eher Verpackungsmaterial und Kunststoffteile. Damit der Schaden nicht so groß ist, wenn tatsächlich mal etwas von der Galerie herunterfällt«, erklärte er und hob entschuldigend die Hände. Im selben Moment merkte er selbst, dass er sich für etwas zu entschuldigen schien, was er ja gar nicht zu verantworten hatte. »Das war jetzt echt ein blöder Zufall, dass da nun ausgerechnet diese Bohrstangen drunterstanden. Sonst wäre der Unfall wohl auch deutlich glimpflicher ausgegangen. Aber das konnte natürlich keiner vorhersehen«, fügte er hinzu und klang dabei leicht bockig.

»Hat Martin Jungholz, der Abteilungsleiter der Fertigung, denn erklären können, warum da diese Palette mit den spitzen Rohlingen stand?«, fragte Kassi.

»Dem kann man da ganz sicher gar nichts zum Vorwurf machen«, grätschte die Betriebsleiterin dazwischen und stellte sich schützend vor ihren Vorgesetzten. »Ich denke, solche subtilen Anschuldigungen sollten Sie tunlichst unterlassen, Frau Hübner. Wir sprechen hier über den tödlichen Sturz eines Beschäftigten, und da helfen uns solche Schuldzuweisungen und Unterstellungen gar nicht weiter«, geiferte sie Kassi an. »Das muss wohl jemand von oben aus den Büros veranlasst haben, der Teile für irgendwelche Abnahmen oder Qualitätstests in der Nähe haben wollte. Wie der Kollege Feinluchter schon sagte, kann man das wohl niemandem zum Vorwurf machen, denn das konnte ja niemand wissen, dass ausgerechnet da der Herr Zurawski runterfallen würde. Und was wir hier auf gar keinen Fall wollen, ist, dass einzelne langjährige und verdiente Beschäftigte ins Fadenkreuz von Ermittlungen geraten. Also bitte halten Sie sich mit allen Anschuldigungen etwas zurück.« Frau Heusen hatte sich nach ihrem kurzen Ausfall wieder im Griff. Es war aber deutlich zu spüren, dass ihr die Fragerei des Betriebsrats eindeutig zu weit und zu sehr ins Detail ging. Die Fragen der Berufsgenossenschaft und der Polizei waren schon mehr als unangenehm. Da brauchte man nicht auch noch Betriebsräte, die mit dem Finger auf Missstände oder Beschäftigte zeigten.

Kassi überraschte diese heftige Reaktion, und sie tauschte einen verstohlenen Blick mit Heidi. Die beiden Frauen waren sich einig, dass man hier wohl ins Schwarze getroffen hatte und nochmals nachforschen musste.

»Helmut, Helmut, ich sage dir, irgendetwas stimmt hier nicht an der ganzen Sache. Das stinkt zum Himmel, wenn du mich fragst«, sagte Kassi, als sie nach der Sitzung wieder im Betriebsratsbüro war.

»Warum jetzt schon wieder?«, wollte Helmut, inzwischen leicht genervt, wissen.

»Da gibt es mir zu viele Zufälle und Merkwürdigkeiten«, antwortete Kassi, etwas zu sehr in Fahrt.

»Ist denn nicht jeder Arbeitsunfall eine Verkettung von blöden Zufällen und Merkwürdigkeiten?«

»Ja, sicher spielen Zufälle da immer eine Rolle. Aber warum wurden auf dem Handlauf keine Fingerabdrücke gefunden, wo zwei Kollegen unabhängig voneinander gesagt haben, dass Murad, du weißt, der Leiharbeiter, sich direkt nach dem Unfall über den Handlauf gebeugt hat. Zumindest sind seine Abdrücke auf dem Pfosten. Und er wird wohl kaum nur einen Handschuh getragen haben.«

»Bist du sicher?«, fragte Helmut. »Ja, das ist komisch, gebe ich zu.«

»Und dann ist das doch ein richtig blöder Zufall, dass gerade unter der Absturzstelle die Palette mit Bohrstangen stand, obwohl dort eigentlich nur Verpackungsmaterial stehen soll. Wäre das so gewesen wie vorgeschrieben, hätte der Sascha wohl nur ein paar blaue Flecken gehabt und sich vielleicht den Arm gebrochen oder so.«

»Hast du mal mit Martin gesprochen, wie es dazu kam?«, fragte Helmut, der von dem guten Verhältnis zwischen dem Abteilungsleiter und Kassi wusste.

»Ja, der war sich nicht mehr ganz sicher, meinte aber, dass der Einkauf das wohl veranlasst hätte, also Viktor. Mit dem muss ich darüber noch mal sprechen.«

SASCHA

Sascha hatte sich bei der LTS in der Probezeit von Februar bis April gut eingelebt. Die Arbeit war nicht anstrengend und entsprach seinem einfachen Geschick. Mit den Kollegen kam er klar, auch wenn er mit ihnen keinen engeren oder gar privaten Kontakt suchte. Gelegentlich stellte er sich dazu, wenn jemand anlässlich seines Geburtstags oder sonstiger Feierlichkeiten einen ausgab. Als er aber selbst das erste Mal zu seinem Geburtstag mit leeren Händen dastand, um die Glückwünsche der anderen entgegenzunehmen, war er bald als Schnorrer verschrien und wurde selbst auch seltener eingeladen. Nur Sonja, die gute Seele der Abteilung, machte immer wieder neue Versuche, ihn in das Team aufzunehmen. Hin und wieder ließ sich dann doch mal einer erweichen, aber in der Regel blieben die Kolleginnen und Kollegen unter sich und Sascha allein in seinem Büro.

Noch bemitleidenswerter und isolierter war offenbar nur Viktor, ein Kollege, der auf der Stirnseite der Halle im Einkauf sein Büro hatte. Wenn Sascha zu seinen häufigen und regelmäßigen Zigarettenpausen das Büro verließ, konnte er Viktor auf dem Rückweg im Fenster zur Halle stehen sehen, fast immer im Halbdunkel, nur mit dem Monitor als Lichtquelle im Hintergrund. Es war nicht genau auszumachen, was er dort tat, ob er nur in die Halle hinuntersah oder sich auch Notizen machte. Erst als Sascha einmal bei so einer Gelegenheit ein Leuchten auf Kopfhöhe erkannte, vermutete er, dass Viktor dort stand, wenn er mit einem Headset telefonierte. Komischer Typ, dachte Sascha mehr als einmal, irgendwie unheimlich. Viktor saß immer allein in der Kantine, hatte kein Auto, sondern kam mit dem Bus zur Arbeit, hatte immer die grauesten Klamotten an, die Sascha sich vorstellen konnte, und sprach, es sei denn, der Job machte es erforderlich, mit niemandem. Er trank keinen Alkohol, zumindest hatte das nie jemand beobachtet, und rauchte nicht. Im Kollegenkreis galt er als höflicher Junggeselle, der Mitglied im Schachverein war. Im Allgemeinen ließ man ihn in Ruhe, denn für Pausengespräche gab es deutlich aufregendere Themen.

Es war ein überraschend heißer Tag im Mai, als Viktor in der Kantine an der Essensausgabe vor Sascha stand. Sie grüßten sich nur mit einem kurzen Kopfnicken. Sie hatten sich heute wegen der Hitze offenbar beide für den Salat mit Pute entschieden. In einem kurzen Moment stieß die Kollegin vor Viktor diesen so ungeschickt an, dass die Schale mit Obstsalat, die er schon auf seinem Tablett abgestellt hatte, über den Rand rutschte, auf dem Fußboden zersplitterte und sich ein Potpourri von kleinteiligen Obststücken samt klebrigem Saft auf Viktors Hose, die Schuhe und über den Fußboden verteilte. Die Kollegin schien wie erstarrt, griff dann nach einem Stapel Servietten und tupfte Viktors Hose und Schuhe ab, dem dies sichtlich unangenehm war.

Sascha konnte sich ein Grinsen nicht verkneifen. Es sah einfach zu komisch aus, wie sich die beiden vor ihm abmühten, in der Kantine nicht aufzufallen und eben damit genau dies taten. Dann krochen sie beide am Boden herum, um die Scherben und die Obstbrocken aufzunehmen, bis die Küchenchefin mit professionellem Gerät kommen würde. Sascha beobachtete die beiden unverhohlen. Er zückte sein Handy und drückte mehrfach auf den Kameraauslöser. Er konnte sehen, wie Viktor ins Schwitzen kam, zum einen wegen der ganzen peinlichen Situation, zum anderen wegen der ungewohnten körperlichen Betätigung. Dabei rutschte ihm sogar sein sonst so sorgfältig in den Hosenbund gestecktes Poloshirt heraus und gab den Blick auf einen völlig vernarbten Teil des Rückens frei. Rote, blutunterlaufene Striemen, die sich kreuz und quer über den Rücken zogen. Sie schienen schon älter zu sein, da sie allesamt verheilt waren. Viktor hatte es in der Hektik nicht bemerkt, dass ihm sein Shirt ein gutes Stück nach oben gerutscht war.

Sascha stand da wie elektrisiert. Diese Narben hatte er doch schon mal gesehen, fiel es ihm schlagartig ein, und er bekam vor Aufregung kaum Luft. Aber das konnte doch nicht sein. Im Leben nicht, nicht Viktor. Sascha ließ sein Tablett mit dem schon hergerichteten Besteck einfach stehen und stürzte in sein Büro zurück. Er nahm sich für den Rest des Tages frei und fuhr direkt zu Achim. Noch aus dem Büro hatte er ihn angerufen und gefragt, ob er diesen »Drecks-Porno« noch habe, der bei ihm gelaufen war, als sie zu der verstorbenen Tante gefahren waren. Achim war sich nicht mehr sicher, wollte aber nachsehen.

Sascha klingelte Sturm, als er vor Achims Wohnung angekommen war. Während der gesamten Fahrt hatte er seinen Plan geschmiedet. Er musste sich diesen einen Filmausschnitt unbedingt nochmals ansehen.

»Na, biste doch auf den Geschmack gekommen?«, grinste ihn Achim zur Begrüßung an.

»Nee, ganz sicher nicht, ich muss nur mal etwas überprüfen«, sagte Sascha und steuerte direkt auf den Fernseher zu. »Geh mal vor zu der Stelle, wo der nackte Typ da den Hocker macht«, bat er den Freund und stellte dann ein Standbild ein. Er verglich das Bild mit seinen Fotos auf dem Handy und traute seinen Augen nicht. Tatsächlich, es war nicht zu fassen, die gleichen Narben. Er machte noch schnell ein Handyfoto von dem Standbild und verabschiedete sich von seinem verdutzten Freund. »Wir sehen uns, ich muss dann wieder«, sagte Sascha und war verschwunden.

So geschäftig hatte Achim ihn noch nie gesehen.

KASSI

Es war Freitagnachmittag, und die Arbeitswoche ging dem Ende zu. Kassi erledigte, wie jede Woche, auf dem Weg vom Betrieb nach Hause ihre Wochenendeinkäufe. Der Supermarkt lag ohnehin auf ihrem Heimweg, und am frühen Nachmittag war da nicht so viel los wie samstags. Hinzu kam, dass sie samstags, wenn sie die Nacht nicht allein verbracht oder durchgezecht hatte, gern länger ausschlief und dann zu träge war, noch einkaufen zu gehen. Auch wenn sie langsam merkte, dass sie solche Partynächte nicht mehr ganz so gut wegsteckte wie noch vor zehn Jahren, machte es ihr immer noch viel Spaß, sich mit Freunden oder Kollegen zu verabreden und auf die Piste zu gehen. Selbst im beschaulichen Gommerstadt gab es ein paar nette Musikläden, in denen sie auch immer wieder Bekannte traf, selbst wenn sie mal allein ausging. Viele kannten sie aus dem Betrieb oder von gewerkschaftlichen Aktionen. Sie war gespannt, wen sie heute treffen würde. Denn heute Nacht würde sie sich auf die Suche nach den beiden unbekannten Trauergästen und vermuteten Freunden von Sascha Zurawski machen.

Hallo Helmut, ich gehe jetzt los und schau mal, ob ich die beiden Freunde von Sascha finde. Ich melde mich, wenn ich wieder zu Hause bin, schickte sie Helmut eine Nachricht über WhatsApp, kurz bevor sie gegen zwanzig Uhr das Haus verließ. Als sie Minuten später vor der Haustür noch einmal auf ihr Handy sah, hatte Helmut ihre Nachricht schon gesehen und mit einem erhobenen Daumen reagiert. Da Kassis Wohnung im Stadtzentrum lag, hatte sie es nicht weit zum Busbahnhof. Sie konnte also laufen. Und so konnte sie auch etwas trinken und dann später wieder zu Fuß nach Hause gehen.

Sie hatte sich am Nachmittag im Internet über mögliche Kneipen und Bars in der näheren Umgebung des Busbahnhofs informiert und eine Liste gemacht. Dabei war sie überrascht, wie viele Pinten es in der Gegend gab. Es waren auch ein paar Cocktailbars dabei. Die hatte sie aber eher als Reserve hintenangestellt. Das passte nicht zu Sascha und auch nicht zu den beiden Männern aus der Kirche. Kassi rechnete sich die besten Chancen in einer Pilsbar oder Kneipe aus. Wenn es blöd lief, könnte es aber auch ein Kiosk sein, an dem man Bier kaufen konnte.

Sie hatte sich eine schwarze Jeans mit einigen Rissen und Nieten auf den rückwärtigen Taschen, ein schwarzes T-Shirt mit einer Grafik von Frida Kahlo und eine kurze, schwarze Lederjacke angezogen. Die Haare trug sie offen. So fand sie sich selbst attraktiv, ohne aufreizend zu sein. Sie hasste es, wenn sie Betrunkene abwimmeln musste, die ein Gespräch schon als Aufforderung zu mehr fehlinterpretierten. Und damit war heute möglicherweise zu rechnen.

Als sie das Haus verließ und die von Laternen nur mäßig beleuchtete Straße Richtung Busbahnhof entlangging, löste sich aus dem Hauseingang des gegenüberliegenden Wohnblocks eine Gestalt. Die Gestalt hatte dort schon Stunden ausgeharrt und beobachtet, wie Kassi sich mit einer Dusche und dem Ankleiden auf den Abend vorbereitet hatte. Nun folgte sie Kassi mit einigem Abstand. Die Straßen waren fast leer, und so bestand keine Gefahr, sie aus den Augen zu verlieren. Kassi bemerkte es nicht und bewegte sich völlig unbefangen. Da die Kioske rund um den Busbahnhof bereits geschlossen hatten, konnte sie diese für heute Abend außer Acht lassen. Da sie nicht genau wusste, zu welcher Tages- oder Nachtzeit die Schlägerei damals stattgefunden hatte, musste sie eventuell noch eine Runde am Tag einlegen, wenn sie heute Nacht nicht erfolgreich sein sollte.

So steuerte sie die erste Kneipe auf ihrer Liste an. Sie stieg die drei Stufen zum Eingang hinauf, öffnete die Tür und wurde von den Rauchschwaden, die ihr entgegenströmten, gleich fast wieder auf die Straße gespült. Trotzdem trat sie ein, schloss mit einer Hand die Tür und schob mit der anderen Hand den schweren Vorhang zur Seite, der als Windfang diente. Vor sich sah sie eine alte Kneipe, mit abgenutzten Tischen und mit Kunstleder bezogenen Stühlen. Rechts neben dem Eingang zog sich eine Theke mit fünf Barhockern. In der hinteren linken Ecke der Kneipe war vor einer Eckbank ein großer Tisch, über dem die obligatorische, schwere Lampe mit der Inschrift *Stammtisch* hing. Im spärlichen Licht konnte Kassi zwar ausmachen, dass an der Theke und dem Stammtisch Gäste saßen, um Gesichter zu erkennen, musste sie aber dichter herangehen. Damit sie unauffällig blieb, ging sie erst an die Theke und bestellte sich dort ein Bier vom Fass. Während sie wartete, beobachtete sie im Spiegel hinter der Theke die beiden Männer, die jeweils ganz rechts und links außen hinter ihrem Bier an der Theke saßen. Es machte fast den

Eindruck, als wollten sie den größtmöglichen Abstand zwischen sich bringen. Beide wechselten hin und wieder ein paar Worte mit der Bedienung hinter der Theke, starrten aber ansonsten wortlos in ihre Gläser.

Als die Thekenbedienung ihr das volle Bierglas über die Theke reichte, konnte Kassi die beiden Männer an der Bar als Saschas Kumpels ausschließen. Sie nahm sich ihr Glas und setzte sich an den leeren Tisch, der dem Stammtisch am nächsten war. Von den vier Männern saßen zwei bullige Typen mit dem Rücken zu ihr, sodass sie deren Gesichter nicht sehen konnte. Die beiden anderen sahen misstrauisch und unfreundlich in ihre Richtung. Kassi nickte ihnen mit einem kurzen Lächeln zu, als sie sich setzte. Sie fühlte die Blicke, die jede ihrer Bewegungen beobachteten, und tat so, als wartete sie noch auf jemanden. In der Fensterscheibe konnte sie vage die Gesichter der beiden abgewandten Männer sehen. Auch sie hatten keine Ähnlichkeit mit den beiden Gästen auf der Trauerfeier. Kassi blickte auf die Uhr, holte ihr Handy heraus und checkte ihre Nachrichten. Immer wieder sah sie zur Tür und trank dabei, selbst für ihre Verhältnisse, das Bier recht zügig aus. Auch die beiden Männer, die ihr am Nachbartisch zugewandt saßen, waren ihr unbekannt. Sie nahm ihre Jacke von der Stuhllehne, ging an die Theke und bezahlte ihr Bier, bevor sie die Kneipe wieder verließ. Auf der Straße atmete sie die kühle, frische Abendluft ein. Diese Raucherkneipe war echt übel, befand sie und zog weiter zur nächsten Bar auf ihrer Liste. Sie bog um die Straßenecke und sah schon von Weitem durch große Fensterscheiben in eine Bier- und Weinbar, die einen deutlich besseren Eindruck machte als die heruntergekommene

Raucherkneipe, der sie gerade entflohen war. Hier konnte sie alle Gäste schon von außen abchecken, wenn sie sich einigermaßen unauffällig davor stellte und auf ihr Handy sah. Das Publikum war eher jünger und die Bar für den etwas gehobeneren Gast gedacht. Die Besucher versanken in tiefen Lounge-Garnituren, und am modernen Tresen mit wechselnder LED-Beleuchtung gab es keine Barhocker, auf die man sich hätte setzen können. Hier würde sie die beiden Schluckis bestimmt nicht finden, war Kassi sich sicher und hakte diese Bar in Gedanken von ihrer Liste ab.

Dann stand sie vor einer Billardkneipe, die sie vor Jahren früher selbst oft besucht hatte. Hier war sie mit Freunden Billard spielen gegangen, bevor sie sich dann nach einem kurzen Snack auf den Weg in die langen, wilden Rocknächte der Stadt begeben hatten. Sie war schon lange nicht mehr dort gewesen, mit Vorfreude trat sie ein.

»Hey Kassi, was machst du denn hier?«, schallte es gleich von einem der hinteren Billardtische zu ihr herüber, als sie sich noch umsah. Olaf und Costa winkten ihr hektisch zu. Costa war damals ein Azubikollege gewesen und, wie sie selbst auch, danach übernommen worden. Er arbeitete jetzt als Servicetechniker mit Olaf zusammen. Zwei lustige Kollegen, die Kassi gern mochte, mit denen sie aber selten im Betrieb zu tun hatte. Sie ging lachend zu den beiden herüber und begrüßte sie herzlich.

»So ganz allein hier, ist das nicht gefährlich?«, scherzte Olaf und klopfte Kassi freundschaftlich auf die Schulter.

»Ja sicher, darum bin ich ja so froh, dass ich auf euch Helden getroffen bin«, gab Kassi grinsend zurück.

»Magst du ein Bier? Ich wollte eh grad welche holen«, fragte Costa.

»Ja gern, ein Bier geht immer«, sagte Kassi und zog ihr Handy aus der Jackentasche, in dessen Hülle sie ein paar Geldscheine aufbewahrte.

»Lass stecken, Kassi, das geht auf mich«, wehrte Costa ab. »Ich ziehe es meiner Frau vom Haushaltsgeld ab«, lachte er frech.

Kassi kannte Costas Frau und seine beiden kleinen Kinder vom Familienfest bei LTS vom vorletzten Jahr. Sie machte sich keine Sorgen, da in Costas Familie klar die Frau das Sagen hatte. »Danke, so kenne ich dich«, spielte sie das Spiel mit.

»Lust auf eine Runde Billard?«, fragte Olaf.

»Ich habe schon ewig nicht mehr gespielt. Vermutlich lederst du mich in wenigen Spielzügen ab. Aber warum nicht?« Kassi freute sich über die Einladung. So hatte sie die Gelegenheit, sich in Ruhe in der Kneipe umzusehen. Schließlich hatte sie sich für heute Abend etwas vorgenommen und wollte sich nicht ablenken lassen.

Nach zwei Stunden Lachen, drei weiteren Bier und fünf verlorenen Billardspielen fiel ihr plötzlich wieder ein, warum sie heute Abend eigentlich aufgebrochen war. In der Zwischenzeit hatte das Publikum in der Kneipe mehrfach gewechselt. Kassi konnte dennoch ausschließen, dass die beiden Männer von der Trauerfeier hier gewesen waren.

»Ich muss jetzt echt mal los«, sagte sie nach einem Blick auf die Uhr. »Ach, darf ich euch noch etwas Geschäftliches fragen?«, fiel ihr gerade noch rechtzeitig ein.

»Ja klar, schieß los«, gab Olaf freundlich zurück.

»Ist euch bekannt, dass es in einigen der Hotels, in denen ihr auch immer mal auf Einsätzen untergebracht werdet, ›erotische Massagen‹ gibt? Ich weiß, die Frage ist vielleicht etwas ungewöhnlich, und ich will jetzt auch nicht von euch wissen, wie oft gerade ihr beiden die schon in Anspruch genommen habt«, flachste sie, um die Bedeutung der Frage herunterzuspielen.

Die beiden Männer sahen sich an, und überraschenderweise antwortete Costa: »Ja klar, Kassi, wissen wir das. Die Kontakte werden unter den Außendienstlern und Vertrieblern regelrecht gehandelt. Bei einigen gibt es so etwas wie ein Punktesystem für Länder und so.« Er grinste verlegen.

»Und wie werden diese Dienstleistungen bezahlt?«, hakte Kassi nach.

»Na ja, in Muscheln oder mit Kniebeugen«, lachte Olaf. »Natürlich muss man die normal bezahlen. Allerdings kann man in einigen Ländern nur mit Karte bezahlen, weil sonst das Geld der Masseurin vielleicht nicht bei der Agentur ankommt.«

»Danke, ihr beiden. Das hilft mir sehr. Und Costa muss jetzt ja auch bald nach Hause, sonst bekommt er Ärger mit seiner Frau.« Sie knuffte ihn freundschaftlich gegen die Schulter, während er lachend protestierte.

»Vielleicht wiederholen wir das mal«, schlug Olaf mit überraschend ehrlichem Interesse vor.

Kassi war das nicht entgangen. »Ja vielleicht«, sagte sie und zwinkerte Olaf zu, ohne dass Costa es bemerkte. Olaf wurde rot und drehte lächelnd den Kopf zur Seite. Kassi drückte beide Kollegen kurz zum Abschied, nahm ihre Jacke und ging.

In einer dunklen Ecke der Billardkneipe nahm auch ein einsamer Mann seine Jacke, um Kassi zu folgen.

Es war noch vor Mitternacht, und Kassi wollte noch eine letzte Kneipe aufsuchen. Im Nachhinein ärgerte sie sich, dass sie so lange bei den beiden »Jungs« hängen geblieben war. Aber es war wirklich lustig gewesen und hatte ihr auch gutgetan. Nun hatte sie die beiden Kumpel von Sascha vielleicht verpasst, weil die schon nach Hause gegangen waren. Eine Kneipe würde sie noch checken, und dann hätte sie genug für heute.

An der Ecke zur gegenüberliegenden Seitenstraße lag die kleine schäbige Pilsbar, die häufig vor Fußballspielen von gewaltbereiten Fans aufgesucht wurde. Kassi war unschlüssig, ob sie dort allein hineingehen sollte. In den beiden Fenstern hingen oben schmuddelige, gelbliche Gardinen, in denen verstaubte schwarz-rot-gelbe Girlanden und Fähnchen steckten. Vermutlich Relikte einer letzten Welt- oder Europameisterschaft. Kassi konnte sich selbst bei solchen Anlässen nicht mit dem weitverbreiteten Patriotismus identifizieren. Bestenfalls freute sie sich mit den Underdogs oder Außenseitern, die in solchen Wettbewerben überraschend weit kamen. Also dann, dachte sie sich und zog die Tür zur Eckkneipe auf. Im gleichen Moment war sie umklammert von einem üblen Geruch nach abgestandener Luft, ungewaschenen Socken, einem Hauch von Urin und warmem Wurstwasser. Sie würde die gleiche Vorgehensweise wählen, die sich auch schon in der ersten Bar bewährt hatte. Also ging sie zur Theke und bestellte sich bei dem feist grinsenden Schankwirt mit dem strähnigen Haar und dem ungepflegten Fünf-Tage-Bart ein Bier. An der Theke saß eine ältere Frau von vielleicht achtundfünfzig Jahren, schätzte Kassi. Sie trug ein knappes Oberteil mit Leopardenprint und einen breiten, roten

178

Lackgürtel zu einer engen, schwarzen Leggings. Überall quoll irgendwo etwas heraus, die Brust aus dem Dekolleté, der Hüftspeck über den eng geschnürten Gürtel und der Hintern aus den Leggings.

»Hey«, grüßte Kassi die Frau kurz, als diese mit alkoholvernebeltem Blick zu Kassi herüberblickte. Sie lächelte zurück und wollte gerade lallend ein Gespräch beginnen, als Kassi das volle Bierglas über die klebrige Theke gereicht bekam. Um eine Unterhaltung zu vermeiden, griff sie sich gleich das Glas und drehte sich weg auf der Suche nach einem freien Tisch. Sie erstarrte. Da saßen sich die beiden gesuchten Männer in einer funzelig beleuchteten Ecke gegenüber und blickten schweigend in ihre halb leeren Biergläser. Der eine trug eine Jeansjacke zu einem blauen T-Shirt mit dem Aufdruck: *Der tut nix, der will nur Bier*, und einer verwaschenen Jeans und Turnschuhen. Er hatte eine kräftige Statur, kurze, dunkle Haare und einen Schnauzbart. Der andere war deutlich kleiner und dicklich, hatte ein rot kariertes Holzfällerhemd zu einer Freizeit-Arbeitshose an und eine Cordweste darübergezogen. Alles sah speckig und abgetragen aus. Die kurzen, dunkelblonden Haare machten einen ungewaschenen und ungekämmten Eindruck. Aber es gab keinen Zweifel, das waren die beiden Männer von der Trauerfeier. Auch wenn sie da etwas anders ausgesehen hatten, wusste Kassi sofort, dass sie hier in ihrer angestammten Umgebung waren. Die beiden hatten Kassi nicht bemerkt oder interessierten sich nicht für sie. Keiner von ihnen hatte sie angesehen. Kassi wusste nicht, wie sie sich verhalten sollte. Sie konnte unmöglich einfach zu den beiden hingehen und sie ansprechen. Das wäre zu offensichtlich gewesen.

Aber irgendwie musste sie mit ihnen in Kontakt kommen. »Ist der Tisch hier noch frei«, sprach Kassi den Mann in der Jeansjacke freundlich an und zeigte auf den Nachbartisch. Eine dämliche Frage, das wusste sie, denn außer den beiden und der Frau an der Theke waren keine Gäste in der kleinen Kneipe zu sehen. Mit offenbar ähnlichen Gedanken glotzte der Gefragte Kassi verständnislos an und blickte sich in der Kneipe um, als wäre ihm etwas Wichtiges entgangen. Träge hob nun auch der andere seinen Blick und sah Kassi abschätzig direkt ins Gesicht. In seinem Blick lag unbegründete Aggressivität, eine Abneigung gegen alles und jeden, die Brutalität von jemandem, der nichts mehr zu verlieren hat.

»Ich kenne euch beide«, sagte sie unvermittelt und versuchte es mit einem positiv besetzten Tonfall. Bei den meisten Menschen führte das zu einer ebenfalls positiven Reaktion, wie sie auch hier hoffte. Doch nur der Typ mit der Jeansjacke zeigte sich verhalten interessiert. Bei dem kleinen bulligen Typ verdunkelte sich die Miene.

»Ach ja?«, antwortete er, und das klang eher nach einer Drohung als nach einer Frage.

Kassi richtete sich gerade auf, hob den Kopf etwas und streckte das Kinn selbstbewusst vor. Mit einem höflichen Lächeln sagte sie: »Ja, ich habe euch beide in der Kirche bei Sascha Zurawskis Trauerfeier gesehen.« Sie blieb bewusst beim Du und hoffte, dass es eine Vertraulichkeit schaffen würde, die diese beiden Männer zum Sprechen bringen würde.

Der Hinweis auf die Trauerfeier kam für beide scheinbar überraschend, denn sie antworteten nicht direkt, sondern sahen sie nur an und versuchten wohl sich zu erinnern.

Der Mann in der Jeansjacke kam dabei zu schnelleren Ergebnissen, denn nach einer kurzen Weile gab er zurück: »Du warst mit so einer arroganten Ziege da und hast ganz vorn gesessen«.

»Ja«, sagte Kassi und musste wegen der »arroganten Ziege« lachen. »Die arrogante Ziege war Frau Junker, die Personalchefin von LTS. Ich bin Kassi, Kassi Hübner, die Betriebsratsvorsitzende in dem Laden. Darf ich mich zu euch setzen?«, fragte sie und setzte sich, ohne eine Antwort abzuwarten, an das Kopfende des Tisches. »Bitte noch zwei Bier für die beiden Herren«, rief sie über ihre Schulter dem Wirt zu. Die Gesichter der beiden Männer spiegelten ein Wechselbad der Gefühle von Unwillen über das Eindringen in ihre schweigende Welt, der Überraschung, von einer so attraktiven Frau einfach so überrollt zu werden, und der Unsicherheit, was nun weiter folgen würde.

»Lasst uns auf Sascha trinken«, bat sie die beiden, die keine Zeit fanden zu protestieren. »Ich bin Kassi«, wiederholte sie, als der Wirt die beiden Biere vor die Männer gestellt hatte und sie »auf Sascha« anstießen.

»Thomas«, murmelte der Mann in Jeans und wies auf seinen Freund: »Das ist Achim.« Dieser sah ihn mit blitzenden Augen an, als wäre ihm die Weitergabe seines Namens gar nicht recht.

Kassi wusste, dass man erst etwas von sich preisgeben musste, wenn man erwartete, dass andere Menschen sich öffneten. Da sie nicht wusste, wohin das führen würde, wollte sie eng bei der Wahrheit bleiben. »Sascha hat einige Zeit bei uns im Betrieb gearbeitet, bevor der Unfall passiert ist. Ich selbst hatte wenig mit ihm zu tun. Er war im Betrieb eher ein Einzelgänger. Darum habe ich mich gefreut, wenigstens euch als seine Freunde in der Kirche zu sehen«, eröffnete sie das Gespräch.

Schweigen. Beide starrten wieder in ihre nun vollen Biergläser.

»Das war ein ganz schöner Schock und eine echt üble Sache mit dem Unfall. Kann sich keiner erklären, wie das passiert ist«, ergänzte sie.

Schweigen. Thomas sah verstohlen auffordernd zu Achim herüber. Der starrte auf die Tischplatte und regte sich nicht.

»Ich war überrascht, dass so wenig Leute bei seiner Trauerfeier waren. Nicht mal sein Vater war da«, sagte Kassi mehr zu sich selbst.

»Das ist ein Riesenarschloch«, entfuhr es Thomas.

»Wer, sein Vater?«, fragte Kassi gespielt gleichgültig nach, obwohl sie von diesem Ausbruch überrascht war.

»Ja, der Wichser hat Sascha voll abgeschrieben. Hält sich für was Besseres, dabei war er gerade mal für acht Jahre der Leiter des Arbeitsamtes. Hier in dieser kleinen Popelstadt, und dann spielt der sich so auf. Geht großkotzig mit seiner Gattin zum Presseball und vögelt in der Garderobe seine Sekretärin, die am Nachbartisch sitzt. Alle wissen das. Aber dann sieht er so auf Sascha herunter. Das Arschloch soll der Blitz beim Scheißen treffen!« Thomas hatte zum Schluss so laut gesprochen, dass sich selbst die Frau an der Theke interessiert umgedreht hatte.

»Halt die Klappe«, ging Achim das erste Mal dazwischen. Es war unübersehbar, dass er nicht vorhatte, mit Kassi zu sprechen. Und er wollte auch nicht, dass Thomas hier alles vor einer fremden Frau ausbreitete.

»Ja, ich hatte auch den Eindruck, dass die

Familienverhältnisse etwas kompliziert sind«, versuchte Kassi es mit einer positiven Bestätigung, in der Hoffnung, Thomas am Sprechen zu halten. Doch der war von Achims Anweisung eingeschüchtert. Kassi musste also dranbleiben. »Seine Mutter hatte uns ja nach der Trauerfeier noch in dieses Café eingeladen. Hat mich gewundert, dass sie euch nicht auch gebeten hat, mitzugehen«, sagte sie und blickte Achim provokativ an.

»Ppfff«, machte der nur abfällig.

»Die hat da ganz schön was gebechert. Na ja, der Anlass war ja auch entsprechend«, schob Kassi nach, als ihr siedend heiß klar wurde, dass Bechern wohl auch eine der Hauptbeschäftigung ihrer beiden Tischnachbarn war.

»Der war der Anlass scheißegal«, kam es überraschend von Achim. »Die säuft wie ein Kieskutscher, immer und ohne jeden Anlass. Aber bei dem Alten ja auch kein Wunder. Und Sascha war ihr auch scheißegal. Die hatten ewig keinen Kontakt mehr.« Offenbar selbst überrascht von so viel Redseligkeit, nahm Achim einen tiefen Schluck Bier aus seinem Glas, knallte es wieder auf den Tisch und starrte auf die Spritzer, die das überschwappende Bier auf dem Bierdeckel hinterlassen hatte.

Auch Thomas war von dem Redeschwall seines Kumpels überrascht, wertete es zu Kassis Freude aber als Freigabe, nun auch wieder sprechen zu dürfen. »Da konnte man echt einen Haken dran machen, an seine Eltern. Die wollten einfach nichts mehr von ihm wissen.«

»Wisst ihr was von seiner Exfrau?«, fiel Kassi plötzlich ein. »Ich wollte sie kontaktieren. Ich finde, sie sollte wissen, dass Sascha verunglückt ist. Und die Kinder haben ja auch ihren Vater verloren.«

Unbewusst hatte Kassi einen zweiten Sprengsatz gezündet, auf den nun wiederum Achim reagierte. »Drecksschlampe«, presste er zwischen zusammengebissenen Zähnen heraus und schob, als ob das nicht reichte, »schlitzäugige« hinterher.

Als hätte Kassi das nicht gehört, was ihr schwer genug fiel, setzte sie nach: »Weißt du, wo ich sie finden kann?«

Achim schnaubte. »In der Hölle, hoffe ich. Da musst du weit fahren. Die Schlampe hat sich wieder nach Thailand, Vietnam oder was weiß ich, aus welchem Loch die gekrochen kam, abgesetzt«, gab er voller Abscheu zurück.

»Die hat Sascha voll ausgenommen und ihn dann abserviert. Abgehauen ist sie mit den Kindern. Alles hat er für sie gemacht, sie aus dem Dreck geholt und alles an den Arsch gerichtet. Sie hat ihm dann zwei Kinder angehängt und ihn hängen lassen, als er sie dann auch mal brauchte. So ein Miststück. Verrotten soll sie. Als ob er nach dieser Sache nicht schon genug Ärger hatte«, rutschte es Thomas heraus.

Erneut fing er sich einen mahnenden Blick und ein Stirnrunzeln von Achim ein.

»Ja«, sagte Kassi, die mit offenen Karten spielen wollte, »ich habe von der Haftstrafe gehört. Ich kann mir vorstellen, dass die Familie damit nicht klarkam, wenn sie sich doch als Promis von Gommerstadt sehen.« Sie wollte den Eindruck erwecken, als ob sie über die Umstände der Haftstrafe Bescheid wüsste, damit die beiden vielleicht Details ausplauderten.

Wie bisher sprang Thomas als Erster in die Falle und rechtfertigte seinen verstorbenen Freund: »Ein Scheißunglück war das. Und Sascha konnte noch nicht mal etwas dafür, schließlich hatte der andere ihn provoziert. Aber das kannst du unseren Scheißrichtern ja nicht klarmachen. Da wird so eine rührselige Geschichte erzählt, und schon können sich die Scheißausländer hier alles erlauben.«

»Thomas, das reicht«, mahnte Achim nun mit erkennbarer Schärfe.

»Ich muss auch los«, sagte Kassi mit einem Blick auf die Uhr. Sie hatte genug gehört Sie stand auf und zog sich die Jacke an, die sie über den Stuhl gehängt hatte. »Ach, noch eine letzte Frage. Da waren noch zwei Arbeitskollegen auf der Trauerfeier, Viktor Basler und Murad Amari. Habt ihr 'ne Ahnung, warum die auch da waren?«

Kaum hatte sie den zweiten Namen ausgesprochen, konnte Kassi regelrecht hören, wie bei den beiden Männern mit einem lauten Krachen die Jalousie herunterrauschte. Beide sahen sich wissend an, dann Kassi mit drohender Feindseligkeit. Es war überdeutlich, dass ihnen der Name »Murad Amari« etwas sagte, sie aber dieses Treffen genau jetzt für beendet hielten. »Du wolltest doch gehen«, fauchte Achim, und es hörte sich eher nach einer Warnung an, die keinen Widerspruch duldete. Um seine Worte zu unterstreichen, machte er Anstalten, aufzustehen.

»Bleib sitzen, ich bin schon weg. Schönen Abend noch«, nuschelte Kassi vor sich hin, drehte sich um und verließ die Kneipe.

Es war weit nach ein Uhr, stellte sie mit einem Blick auf ihr Handy mit Schrecken fest. Dann sah sie, dass sie zwanzig neue WhatsApp-Nachrichten hatte. Fast alle waren von Helmut, der scheinbar im Halbstundentakt, später dann in kürzeren Abständen, versucht hatte, sie zu erreichen. Sie schrieb ihm die erlösende Nachricht, dass sie die beiden getroffen habe, am Montag alles erzählen und nun direkt nach Hause gehen werde. Noch während sie schrieb, konnte sie sehen, dass Helmut online war und ihre Nachricht gleich gelesen hatte. *Gott sei Dank. Schlaf gut. Bis Montag*, schrieb er zurück.

Im Schatten der Dunkelheit bewegte sich eine Gestalt, die Kassi weiterhin auf Abstand folgte.

VIKTOR

Der Film war ein Meisterwerk, fand Viktor. Zum ersten Mal konnte er sehen, was genau passierte. Es hatte Monate intensiver Recherche gedauert, bis es ihm gelungen war, eine geeignete Filmagentur zu finden, das Bewerbungsverfahren zu absolvieren und die Stelle als Statist in einem Snuff-Film zu bekommen. Das Filmset, die ganze Atmosphäre und die anderen Schauspielerkolleginnen und -kollegen waren ein Höhepunkt in seinem Leben und sein Geschenk zu seinem fünfzigsten Geburtstag.

Auch wenn er wegen der Lederhaube während der Filmaufnahmen nichts sehen konnte, erinnerte er sich nur zu gut an den Geruch, die Geräusche und derben Berührungen. Die Kameraeinstellungen im fertigen Werk ließen keinerlei schmerzhafte Details aus, und der Zuschauer konnte ganz eins werden mit der »Handlung«. Viktor stellte fest, dass es mehrere unterschiedliche Filmeinstellungen gab und er selbst offenbar nur für circa fünfzehn Minuten im Bild zu sehen war. Aber das reichte ihm völlig. Da er als Statist im Abspann nicht genannt wurde und im Film nicht erkennbar war, wusste nur er allein, und natürlich die Filmfirma, wer hier so professionell die Sitzbank unter den Hauptdarstellerinnen war. Viktor war beseelt und konnte sich den Film wieder und wieder ansehen, stets mit erregendem Erfolg. Das war nun auch schon wieder fünf Jahre her.

Er fand den anonymen Brief an einem Donnerstag Anfang Juni in seinem Briefkasten. *Ich weiß, was du getan hast,* stand dort mit einer Computerschrift. Und darunter hatte jemand eine Figur gekritzelt, die offenbar nackt auf allen vieren stand und eine Haube über dem Kopf hatte. Auf dem Rücken waren in Zickzacklinien seine vernarbten Striemen angedeutet.

Viktor war fassungslos, faltete den Zettel hastig wieder zusammen und steckte ihn gerade noch rechtzeitig in den Umschlag zurück, als sein Nachbar Herr Guzman mit seiner jüngsten Tochter an ihm vorbeiging.

»Hallo«, grüßte Viktor betont höflich und wandte sich zum Gehen.

»Ist alles in Ordnung?«, fragte der Nachbar. »Sie haben gerade so einen erschrockenen Eindruck gemacht«, ergänzte er und deutete dabei mit dem Kopf auf den Brief, den Viktor inzwischen zusammengeknüllt immer noch in der Hand hielt.

»Alles okay, ist nur die Stromabrechnung«, log Viktor und ließ Nachbar samt Tochter mit einem eindeutig genervten »Wiedersehen« stehen.

Viktor wusste nicht, was er tun sollte. Was, wenn jemand ihn bei der Polizei anzeigte wegen Beteiligung an einer echten Körperverletzung? Er wusste ja nicht, was den Frauen damals passiert war. Erst als er damals den vollständigen Film gesehen hatte, war ihm bewusst geworden, dass die Szenen keinen Tantra-Kurs zeigten. Unvorstellbar, wenn jemand seinen Arbeitskollegen etwas sagen würde. Allein der Gedanke, die könnten von seinem Doppelleben etwas wissen, ließ ihn innerlich kündigen. Er könnte sich da nie wieder jemandem unter die Augen trauen.

Es dauerte drei panische Tage, bis er anfing, der Sache logisch nachzugehen. Wer konnte wissen, dass er da mitgemacht hatte? Erst einmal vor allem die Filmfirma. Also kontaktierte er diese und machte einen ziemlichen Terz, dass man ihn hier in eine sehr unangenehme Situation gebracht habe. Eine gelangweilte Frauenstimme hörte entspannt und hörbar Kaugummi kauend zu, um dann knapp zu antworten, man habe ihn in gar keine Situation gebracht. Aus ihrem Büro seien vereinbarungsgemäß keine Daten an Dritte herausgegangen, und für alles andere habe er ja eine Einverständniserklärung unterschrieben. Jegliche Unannehmlichkeiten täten ihr leid, aber vielleicht helfe es, wenn er weniger mit seinen Aktivitäten herumprahlen würde. Viktor war sprachlos und empört. Er hätte jetzt gern ein altes Telefon wie im Kloster gehabt, weil man da wunderbar den Hörer hätte auf die Gabel knallen können. Das teure Smartphone gegen die Wand zu werfen war ihm die Sache dann doch nicht wert. Eine Woche nach der anonymen Notiz hatte sich Viktor wieder etwas beruhigt und hielt das Ganze für einen schlechten Scherz.

Es war Freitag der folgenden Woche, als er kurz vor Feierabend im Büro auf seinem Messenger von einem völlig unbekannten Absender namens *Saubermann* einen Screenshot geschickt bekam, der ihn als lebenden Hocker im einem Film zeigte. Viktor sah sich um. Das konnte nicht sein. Was für ein Spiel trieb da jemand mit ihm? Und was sollte das? Es waren keine Anweisungen, Drohungen oder Forderungen dabei. Offenbar wollte jemand, dass Viktor sich enttarnt und beobachtet fühlte. Und genau so war es auch. Aber er konnte damit ja unmöglich zur Polizei gehen und anzeigen, dass ihm jemand Fotos aus seinem eigenen, vielleicht sogar illegalen Pornofilm zuschickte, ohne ihn mit irgendetwas zu bedrohen oder zu erpressen. Abgesehen davon konnte er schon deswegen nicht mit seinem Anliegen zur Polizei gehen, weil er vorher einfach gestorben wäre vor Scham.

Viktor konnte sich nicht vorstellen, auf welche Weise jemand das herausgefunden haben könnte. Er wusste, dass er mit niemandem darüber gesprochen hatte. Er zeigte sich nie jemandem unbekleidet, außer natürlich seinen »Erzieherinnen«, die er ja weiterhin regelmäßig aufsuchte. Wäre es tatsächlich denkbar, dass eine von ihnen …? Nein, das konnte Viktor sich beim besten Willen nicht vorstellen. In der Branche war Diskretion das oberste Gebot, und das galt in jeglicher Hinsicht. Trotzdem wollte er das Thema zur Sprache bringen, er musste einfach wissen, wer dahintersteckte, sonst würde er durchdrehen. Michaela beantwortete seine Anfrage mit der Anordnung, den Fußboden um die Toilette herum aufzulecken, während sie ihn am Halsband führte und gelegentlich eins mit dem Lineal überzog für seine Unverschämtheit. Durch diese schlagkräftigen Argumente nachhaltig überzeugt, dass es in der Branche mit dem Datenschutz zum Besten stand, sah Viktor von weiteren Umfragen im Kreise seiner Dienstleisterinnen ab.

Drei Tage später fand er einen Post-it-Zettel an seinem Monitor im Büro mit der Aufschrift *Sitzbank?*. Viktor riss ihn sofort herunter, sah sich um, ob ihn jemand beobachtete, konnte aber niemanden sehen. Kalter Schweiß trat auf seine Stirn, es war plötzlich so stickig in seinem Büro. Auch wenn er es sonst eher dämmrig mochte, riss er jetzt die Jalousie hoch und das Fenster weit auf. Er bekam keine Luft mehr. Als ihm bewusst wurde, dass ihn jetzt gerade jeder am Fenster stehen sehen konnte, wie er nach Luft japste, schlug er das Fenster vor Schreck wieder zu und ließ die Jalousie krachend herunterrauschen. Erschöpft und geschlagen, ließ er sich in seinen Schreibtischstuhl sinken. Vor lauter Verzweiflung drückte er die Fäuste gegen die schweißnasse Stirn, als könnte er so nur einen einzigen brauchbaren Gedanken aus seinem Hirn quetschen. Dort toste aber gerade ein Orkan, der alle Gedanken mit sich riss – unmöglich, einen einzigen festzuhalten. Nur eine Warnleuchte flackerte immer wieder auf wie eine funzelige Baustellen-Beleuchtung auf nächtlicher Landstraße: Er ist im Betrieb. Das war Psychoterror, und genau das sollte es sein.

Viktor war fast dankbar, als eine weitere Woche später die erste Aufforderung zur Zahlung kam.

KASSI

Die Nacht war sternenklar und kühl, als Kassi sich auf den Weg nach Hause machte. Sie wohnte allein in einer Drei-Zimmer-Wohnung mit Balkon nahe dem Zentrum. Hier hatte sie fast alles, was sie brauchte, um ihre Freizeit zu gestalten, den Kühlschrank und Kleiderschrank zu füllen, sich mit Freunden zu verabreden oder Männer kennenzulernen. Sie hatte an diesem Abend auf ihrer Kneipentour zu viel gehört und zu viel getrunken. Aber die frische Nachtluft machte ihren Kopf und die Nase frei von Alkohol und den ganzen schlechten Gerüchen dieser Nacht. Die Ausdünstungen aus ihren Klamotten und ihren Haaren begleiteten sie nach Hause, und auch ein Schatten einige Meter hinter ihr. Von Baum zu Baum, hinter den Autos, drückte er sich in dunkle Häuserecken oder Hauseingänge. Kassi bemerkte von alldem nichts. Völlig arglos ging sie durch die nächtliche, menschenleere Stadt. Sie würde alle Anziehsachen gleich in die Wäsche werfen und duschen gehen. Sie musste den Geruch aus ihren Haaren bekommen. Es wäre zu ekelhaft, nachts mit dem Gesicht auf diesen Haaren zu schlafen und morgen darin aufzuwachen.

Sie dachte über das merkwürdige Gespräch mit den beiden Freunden von Sascha nach. Ja, die drei passten zusammen. Auch wenn Kassi den Umgang mit den

»einfachen Werkern« gewohnt war und deren derbe Herzlichkeit sogar mochte, waren Thomas und Achim aus einem anderen Holz geschnitzt. Sie fand die latente Aggressivität und Ausländerfeindlichkeit der beiden abstoßend. Aber beides passte zumindest bei Sascha in ein Bild, das sich langsam zusammenfügte. Er war Kamerad einer mehr oder weniger rechten Burschenschaft gewesen, war mit einer asiatischen Frau verheiratet, die er möglicherweise »gekauft« hatte, und war mit Leuten befreundet, die sich offen rassistisch äußerten. Aber anscheinend hatte Sascha auch eine bewegte Vergangenheit hinter sich. Kassi konnte nicht einschätzen, ob er dabei wirklich immer das Opfer gewesen war. Das Leben war oft kompliziert.

Kassi schlenderte durch die Straßen und bog in eine Seitenstraße ein. Diese war völlig verwaist und kaum beleuchtet. Sie drehte sich um, als sie meinte, eine Bewegung hinter sich wahrgenommen zu haben. Aber da war nichts. Einige der Straßenlampen waren kaputt oder ausgeschaltet. Es war der kürzeste Weg zu ihrer Wohnung, und Kassi hatte keine Lust, den zwar längeren, aber dafür etwas belebteren und besser beleuchteten Umweg zu nehmen. Sie war nicht ängstlich, aber ihr war dennoch etwas mulmig. Auf dem Gehsteig standen Mülltonnen herum, einige Müllbeutel lagen daneben. Sie ließ die letzte Straßenlaterne hinter sich und erschrak, als sie von ihrem eigenen Schatten überholt wurde. Vor ihr lag eine fast lichtlose Schattenwelt, in der sie kaum etwas erkennen konnte. Etwa hundertfünfzig Meter weiter gab es eine beleuchtete Haustür, und danach erst kam die nächste Straßenlaterne. Dahinter würde sie rechts abbiegen in die

Fußgängerzone. Von da aus war es dann nicht mehr weit zu ihrer Wohnung. Kassi blieb für einen Moment das Herz stehen, als sie unmittelbar vor sich eine Gestalt auf der Gehsteigkante sitzen sah. Sie hatte die Schatten erst für Müllsäcke oder Sperrmüll gehalten, die Anwohner an den Straßenrand gestellt hatten. Aber nun saß da jemand nur wenige Schritte vor ihr, zusammengekauert und reglos. Kassi fuhr ein kalter Schauer den Rücken hinunter. Sie spürte, wie sich die Haare auf ihren Armen und im Nacken aufstellten. Als sie hinter sich sah, war da niemand. Sie war also ganz auf sich allein gestellt. Sie riss die Augen so weit wie möglich auf und versuchte, die Dunkelheit zu durchdringen. Aber alles, was sie sah, war eine schwarze, zusammengekrümmte Gestalt mit den Armen auf den angewinkelten Knien und den Kopf darauf abgelegt.

Da schläft jemand seinen Rausch aus, versuchte sich Kassi zu beruhigen und wollte sich daran vorbeischleichen.

In dem Moment trat sie gegen einen leeren Farbeimer, den sie in der Finsternis nicht gesehen hatte. Es schepperte ohrenbetäubend. Die Hauswände warfen den Lärm zurück. Kassi wurde starr vor Schreck. Es war unmöglich, so zu tun, als hätte eine Katze den Krach verursacht. Sie war unfähig, sich zu bewegen. Ihre Hände wurden schweißnass. Sie fingerte nervös in der Jackentasche und holte das Handy heraus. In die kauernde Gestalt kam Bewegung; sie hob den Kopf und sah sich suchend um, woher der Lärm kam. Kassi trat kalter Schweiß auf die Stirn. Mach die Taschenlampe an, mach endlich diese Scheißlampe an!, dröhnte es in ihrem Kopf. Als die Gestalt Kassi als schwarzen Schatten gegen das letzte Licht der Straßenlaterne sah, erhob sie sich und kam langsam auf sie zu.

Hektisch suchte Kassi den Knopf am Handy zum Einschalten des Lichts. Dabei rutschte ihr das Handy aus den feuchten Händen und fiel zu Boden, irgendwo zwischen den ganzen Müll, der dort verteilt hingeworfen worden war. Scheiße, Scheiße, Scheiße! Wo ist das verdammte Handy jetzt hin? Ich kann jetzt nicht weglaufen, dachte sie panisch, wusste aber auch nicht, was sie sonst machen sollte. Um Hilfe schreien? Noch war nichts passiert, und vielleicht war alles ganz harmlos. Von den Umrissen her konnte Kassi einen großen, muskulösen Mann erkennen. Gegen den könnte sie nichts ausrichten, auch wenn sie selbst nicht gerade schwach war. Sie wich vorsichtig einige Schritte zurück und blickte hinter sich. Vielleicht war da inzwischen jemand anders unterwegs, der ihr helfen könnte. Nein, alles war menschenleer. Die Silhouette kam auf sie zu, geradewegs, machte keine Anstalten, an ihr vorbeizugehen. Der Mann zog etwas aus der Jackentasche, und Kassi konnte kurz etwas Metallenes aufblitzen sehen. Das Adrenalin flutete ihren Körper. Sie spannte alle Muskeln an und umfasste in ihrer Jackentasche ihr Schlüsselbund so, dass die Schlüsselspitzen zwischen ihren Fingern vorstachen. Sie würde sofort mit der Faust zuschlagen, wenn das erforderlich wäre. Sie wusste, dass man als Frau oft nur den Überraschungseffekt als Vorteil hatte. Dabei war es wichtig, nach dem ersten Schlag die Überraschung des Gegners zu nutzen für einen weiteren Schlag. Sie hoffte, dass es nicht so weit kommen würde. Aber wenn es nötig wäre, würde sie sich nach Kräften wehren. Nur noch fünf Schritte, und der Mann wäre bei ihr.

»Hände hoch … Wochenende!«, rief eine dunkle Stimme, die Kassi bekannt vorkam, die sie aber nicht so schnell einordnen konnte. »Hallo, Kassi, du hier? Es ist spät zur Nacht!«

Endlich fiel etwas Licht auf das Gesicht des Mannes, und sie erkannte Murad. »Murad! Um Himmels willen, hast du mich erschreckt!«, rief sie erleichtert aus und musste nervös lachen.

»DU mich sehr erschreckt mit Krach«, lachte er zurück und zündete sich mit seinem Feuerzeug eine Zigarette an. »Du auch rauchen?«, fragte er Kassi und hielt ihr die Zigarettenschachtel hin. Dabei sah sie das silbrig glänzende Feuerzeug in seiner Hand.

»Nein danke, ich rauche nicht. Außerdem heißt es: Hoch die Hände – Wochenende. Das könnte sonst echt schnell falsch verstanden werden.« Sie musste nachträglich lachen über den Wortdreher und was daraus in einer anderen Situation hätte werden können. »Was in aller Welt tust du hier, Murad? Vor allem mitten in der Nacht, da allein auf dem Gehweg?«, fragte sie und merkte, dass in ihren Adern immer noch das Blut pulsierte und es wohl noch etwas dauern würde, bis sie sich wieder beruhigt hätte.

»Ich kommen zum Denken«, gab Murad verlegen zu.

»Hier? In der Nacht, in völliger Dunkelheit, zwischen all den Mülltonnen?«, fragte Kassi ungläubig.

»Ja.« Murad war es sichtlich unangenehm, dass sie ihn hier angetroffen hatte. »Hier ich meine Ruhe. Willst du Tee? Dahinten ist Dönerladen. Noch geöffnet«, versuchte er das Thema zu wechseln.

Kassi war froh, diese dunkle Straße hinter sich lassen zu können, und mit dem Rückgang des Adrenalins kroch ihr auch die kalte Nacht wieder in die Knochen. »Ich habe hier irgendwo mein Handy verloren. Hast du ein Handy dabei und könntest bitte mal kurz leuchten?«, fragte sie. So konnte sie auch etwas Zeit gewinnen.

Murad zog sein Handy aus der Hosentasche und leuchtete auf den Boden. Kassi schob mit ihrem Schuh die Müllsäcke und den Unrat hin und her, bis sie ihr Handy fand.

»Uuuaaahhhh, ist das eklig. Das muss ich jetzt erst mal desinfizieren«, lachte sie etwas peinlich berührt über ihr Missgeschick.

»Hier ist Taschentuch. Du kannst putzen Handy.« Murad reichte ihr ein Papiertaschentuch. Kassi bedankte sich und reinigte ihr Handy umständlich.

»Trinken wir Tee?«, wiederholte Murad seine Frage, während er sie amüsiert beobachtete.

Kassi war hin und her gerissen. Einerseits wollte sie eigentlich nur noch nach Hause, andererseits war es vielleicht eine gute Gelegenheit, mehr über Murad zu erfahren. »Ja gern«, antwortete sie und folgte ihm zum Dönerladen.

»Salaam, Mohammed«, rief Murad dem überraschten Ladenbesitzer zu, der es sich in seinem verwaisten Laden an seinem Tisch bequem gemacht hatte.

»Salaam«, antwortete dieser und blickte erst freudig auf Murad und seine Begleiterin und dann besorgt auf die inzwischen leeren Dönerspieße.

Murad hatte den Blick bemerkt und lachte. »Wir trinken Tee bitte«, lenkte er ein und ergänzte etwas auf Arabisch, das Kassi nicht verstand.

»Klar, setzt euch. Ich kann euch auch noch ein paar Kleinigkeiten zu essen machen. Ich habe aber kein Fleisch mehr«, entschuldigte sich der Wirt.

Murad wandte sich an Kassi und fragte: »Hast du hungrig?«

Mohammed drängte: »Murad, ich muss das Essen sonst wegwerfen. Ihr müsst es auch nicht bezahlen!«

Kassi merkte jetzt, dass sie die ganze Nacht nichts gegessen hatte und nun durchaus einen Snack vertragen konnte. »Ja, bevor es weggeworfen wird, würde ich eine Kleinigkeit essen«, willigte sie zur Freude des Ladenbesitzers ein, der sich sogleich die Schürze umband und hinter die Theke ging.

Kassi sah sich in dem kleinen Imbiss um. Das Geschäft war ihr noch nie so richtig aufgefallen, vielleicht weil es etwas versteckt lag. Es gab neben dem von Mohammed belegten Platz nur drei weitere Tische mit billigen Plastikstühlen, und die Wände hingen voll mit kitschigen Bildern und bunt flackernden Lichterketten. Nicht ganz ihr Geschmack. Während sie sich umsah, unterhielten sich die beiden Männer auf Arabisch. Sie konnte es zwar nicht verstehen, schloss aber aus den Blicken und Gesten, dass sich der Wirt erkundigte, wen Murad da mitgebracht hatte. Beide lachten, und Murad sah sie freundlich an.

»Warum du, Frau Kassi, nachts unterwegs?«, fragte er Kassi. »Es sehr gefährlich. Gibt keinen Mann, der mit dir geht?«

Kassi lachte: »Ich bin ja auch schon groß und kann gut auf mich aufpassen. Ich wohne hier gleich in der Nähe.«

»Oh, ich auch«, sagte Murad überrascht und fügte hinzu: »Ich dich nie sehen.«

Kassi war nicht ganz sicher, ob sie sich nur einbildete, dass dabei ein Unterton des Bedauerns mitschwang.

Der Besitzer des Dönerladens brachte ein Tablett mit Tee, dampfend warmem Fladenbrot und mehreren Schüsseln mit Salaten, Humus und Falafel und stellte alles auf dem kleinen Tisch ab. »Bestecke und Servietten findet ihr da«, sagte er und wies auf ein Körbchen mit eingewickeltem Besteck, das bereits auf dem Tisch stand. »Ich gehe mal rauchen. Wenn ihr was braucht, ich bin draußen«, sagte er und verließ den kleinen Laden.

Nun waren Murad und Kassi allein. Es entstand eine kurze Pause mit betretenem Schweigen.

»Kommst du häufiger hierher?«, unterbrach Kassi die unangenehme Stille.

»Ja, manchmal. Der Laden nichts Besonderes, aber Essen gut und kann bezahlen. Mohammed und ich aus gleiche Stadt. Manchmal reden von früher«, sagte er und senkte den Kopf.

Sie langten beide zu, und ganz unvermittelt erzählte Murad von seiner Heimat in der Nähe von Damaskus. Er erzählte von den Jahreszeiten, von besonderen Sehenswürdigkeiten, von den bunten Märkten und dem köstlichen Essen. Seine Augen bekamen einen besonderen Glanz, und Kassi bemerkte, mit wie viel Leidenschaft er seine Heimat beschrieb. Und wieder fiel ihr auf, dass er einen unsichtbaren Ring am Ringfinger drehte. Er berichtete auch von seiner Ausbildung und dem Maschinenbau-Studium und wie viel Freude ihm die Arbeit in Syrien immer gemacht hatte. »Meine Zertifikate hier kein Wert«, berichtete er frustriert. »Aber ich auf Weg nach Deutschland auch alles verloren. Nichts Papiere für Beruf. Jetzt also nur Leiharbeiter.« Er schien peinlich berührt, so als gestände er hier eine Niederlage ein. »Oh, ich zeigen Arbeiten auf meinem Handy«, fiel ihm plötzlich ein, und seine Augen sahen Kassi strahlend an.

»Ja klar, zeig mal«, freute sie sich über seinen Stolz,

und gemeinsam bewunderten sie die unterschiedlichen Firmenschilder und lachten, weil Kassi die arabische Schrift nicht lesen konnte. »Hört sich nach einem sehr schönen Land an«, bestätigte Kassi seine Erzählung nach einiger Zeit. »Du vermisst das sicher alles sehr. Hier ist doch irgendwie alles anders«, versuchte sie einen vorsichtigen Vorstoß. Sie wollte nicht indiskret sein und vielleicht unbemerkt alte Verletzungen aufreißen.

»Ja, vieles anders. Aber gibt gute Menschen, die helfen.«

»Das freut mich zu hören«, sagte Kassi ehrlich. »Ich kenne nur den Bernd Harlinger etwas besser. Der arbeitet ehrenamtlich in einer der größeren Unterkünfte für Geflüchtete. Ich glaube, der ist für viele Menschen, die herkommen, eine große Hilfe.«

»Ja, stimmt«, bestätigte Murad überrascht, »ich kenne Bernd gut. Der mir auch sehr geholfen. Bernd ein gutes Mensch.« Murad berichtete aus seiner Zeit in der Unterkunft und wie schwer es gewesen war, mit so vielen Unbekannten auf so engem Raum zusammenzuwohnen. Kassi hörte interessiert zu und unterbrach Murad nicht. Sie wollte ihn nicht mit Fragen bedrängen. Er würde erzählen, was er erzählen mochte.

Sie waren so in seine Erzählung vertieft, dass sie nicht merkten, wie die Zeit verging. Mohammed war schon dreimal auffällig durch den Laden in das kleine Hinterzimmer gegangen, bevor sie merkten, dass es Zeit war, zu gehen. Sie entschuldigten sich für ihre Aufdringlichkeit, wollten zahlen, was Mohammed strikt ablehnte, und verabschiedeten sich. Draußen vor dem kleinen Dönerladen bedankte Kassi sich für den netten Abend und wandte sich zum Gehen.

»Ich bringe nach Hause«, bestimmte Murad, und es hörte sich nicht nach einer Frage an.

»Das brauchst du nicht«, sagte Kassi, »es ist nicht weit.«

»Frauen nachts nicht allein laufen«, erklärte Murad.

»Also gut, dann gehen wir«, lachte Kassi versöhnlich und zeigte in die Straße, die zu ihrer Wohnung führte.

»Schön, dich treffen, das gute Nacht heute«, sagte Murad leicht verlegen. »Vielleicht treffen wieder bei Mohammed für Tee«, tastete er sich vorsichtig vor.

»Ja, können wir sehr gern machen«, freute sich Kassi und lächelte in die Nacht. Sie waren vor dem Haus angekommen, in dem sie wohnte. »Gute Nacht, Murad, und danke fürs Bringen. Das nächste Mal erzählst du mir dann vielleicht von deiner Familie.«

Murads Gesicht gefror zu Eis. »Da nichts erzählen. Schlaf gut«, sagte er barsch, drehte sich um und ging zügig davon.

Kassi blieb wie vom Donner gerührt vor der Tür stehen und sah ihm traurig hinterher.

Als die Haustür hinter ihr ins Schloss fiel, löste sich ein Mann aus dem Schatten der gegenüberliegenden Häuser und verschwand in der Dunkelheit der Nacht.

VIKTOR

Da Viktor aufgrund seines überschaubaren Konsumverhaltens über ein recht ansehnliches Vermögen verfügte, fand er die erste Geldforderung zwar hoch, aber durchaus bezahlbar. Er wurde aufgefordert, fünftausend Euro in bar an einem vorgegebenen Ort zu hinterlegen. Er erhielt genaue Anweisungen, wann und wo er das Geld zu deponieren habe. Dabei war es ihm unmöglich, dem Empfänger aufzulauern, um zu erfahren, wer ihn erpresste. Auch als sich im zweiten Monat die Forderungen verdoppelten und er ab dem dritten Monat fünfzehntausend Euro zu zahlen hatte, war das zwar happig, aber dennoch zu bewerkstelligen. Viktor war sicher, dass der Erpresser irgendwann genug haben und einsehen würde, dass nichts mehr bei ihm zu holen war.

Doch das war nicht der Fall. Ganz im Gegenteil, die Abstände der Forderungen wurden immer kürzer. So gingen das gesamte Urlaubsgeld und Weihnachtsgeld und seine Bonuszahlungen drauf. Viktor musste seine Einzahlungen in seine betriebliche Altersversorgung stoppen und im Personalbüro schon zweimal um einen Vorschuss nachfragen, um seine Miete pünktlich zahlen zu können. Auch seine Freitagsbehandlungen konnte er sich schon seit langer Zeit nicht mehr leisten.

Für jede Geldübergabe wurden ihm ein anderer Ort

und neue Anweisungen übermittelt. Viktor hatte kein Auto. Er musste sich also allein aus Kostengründen mit öffentlichen Verkehrsmitteln in der Stadt bewegen und teilweise über Stunden ausharren, bis der richtige Zeitpunkt für die Übergabe gekommen war. Viktor konnte sich keinen Reim darauf machen.

Das Schlimmste jedoch war für ihn die Ungewissheit, wer sein Geheimnis kannte. Er war sich bewusst, dass dieser Jemand ihn möglicherweise täglich sah, beobachtete, sich über ihn lustig machte, in der Kantine am Nachbartisch saß oder ihm gerade mit einem freundlichen: »Guten Morgen«, die Tür aufhielt. Es war unerträglich. Viktor konnte nicht mehr essen, sich nicht mehr auf die Arbeit konzentrieren. Er fühlte sich wie ein gehetztes Wildtier, das seinen Verfolger nicht sehen und einschätzen konnte. Aus einem beschaulichen Leben, in dem alles seine Ordnung hatte, war eine stinkende Giftmüllhalde geworden, die jeden Tag unerträglich machte.

Er musste etwas unternehmen, wusste aber nicht, was. So jedenfalls konnte es nicht weitergehen.

KASSI

»Hallo Sandra, hier ist Kassi«, begrüßte sie ihre Schwägerin am Telefon.

»Hey, lange nichts von dir gehört. Wie geht es dir?«, gab Sandra erfreut zurück.

Die beiden Frauen mochten sich und hatten von Beginn an einen guten Draht zueinander gehabt.

»Ich wollte eigentlich nur hören, ob ihr heute Nachmittag zu Hause seid. Ich würde mal wieder auf einen Kaffee vorbeikommen. Wir haben uns lange nicht gesehen. Und Klein-Betty ist bestimmt inzwischen schon volljährig geworden«, scherzte Kassi.

»Na ja, nicht ganz, aber sie fragt schon nach dem Führerschein«, stieg Sandra drauf ein. »Aber mal im Ernst, Betty hat sich im Kindergarten eine Erkältung eingefangen, darum sind wir heute Nachmittag da. Wir wollten eigentlich ins Schwimmbad gehen, aber das ist mit Schnupfen keine gute Idee. Wir freuen uns sehr, wenn du kommst. Ich backe uns noch schnell einen Kuchen.« Sandra klang plötzlich ganz geschäftig.

»Ich freu mich, Sandra. So gegen fünfzehn Uhr?«, fragte Kassi.

»Ja prima, dann hat Betty auch ausgeschlafen und ist vielleicht nicht ganz so ungnädig. Aber dich liebt sie ja sowieso«, lachte Sandra.

»Bis später«, verabschiedeten sich die beiden Frauen voneinander.

Kassi genoss eine lange, heiße Dusche und bereitete sich dann einen dampfenden Kaffee mit extra viel Milchschaum und einem Hauch von Zimt auf der Haube zu. In Jogginghose und Kapuzenpulli setzte sie sich auf die bequeme Couch und schaltete ihr Tablet ein. Es dauerte etwas, bis sie die Stadt gefunden hatte, von der Murad am Vorabend berichtet hatte. Sie war sich nicht sicher, ob sie den Namen richtig verstanden und hier richtig geschrieben hatte. Aber Kassi fand zwei der von Murad erwähnten Sehenswürdigkeiten und viele Links zu der Hauptstadt Damaskus. Fast am Ende der ausgeworfenen Suchbegriffe fiel ihr noch ein kurzer Eintrag auf. Dort war von einer Bombardierung der Stadt die Rede, bei der es zahlreiche Tote und Verletzte gegeben hatte. Kassi fragte sich, ob Murad davon auch etwas mitbekommen hatte. Vielleicht sollte sie Bernd Harlinger darauf ansprechen, überlegte sie, fand sich aber gleich schäbig, hinter Murads Rücken Auskünfte über ihn einzuholen. Sie wischte das schlechte Gewissen weg, gab sich also einen Ruck und bat Bernd Harlinger über den Messenger um ein Treffen. Er meldete sich sehr schnell zurück. Er freue sich, sie mal wieder zu sehen und sie könne ihn sehr gern am Montag in der zentralen Flüchtlingsunterkunft antreffen.

Sie hatte noch Zeit, bis sie sich für den Familienbesuch fertig machen musste. Da fielen ihr die beiden Zettel aus den Zigarettenpackungen in Saschas Wohnung ein. Sie holte sie hervor und legte sie auf den Couchtisch. Da sie die eine Adresse schon als Studierendenwohnheim erkannt hatte, gab sie die andere Adresse in die

Suchmaschine des Tablets ein. Tatsächlich, mit der Angabe auf dem angezeigten Stadtplan und einigen Bildern dazu kannte sie auch dieses Haus. Ihr fiel ein, dass sie in Saschas Büro einen Stadtplan gesehen hatte, auf dem es mehrere Markierungen gab. Konnte es sein, dass die mit diesen beiden Adressen übereinstimmten? Dann wären das keine Kundenadressen, sondern private Markierungen. Sie holte ihr Handy und rief das Foto auf, das sie von dem Stadtplan gemacht hatte. »Das gibt's doch gar nicht!«, rief sie laut aus, als sie die Adressdaten auf den Zetteln mit den Markierungen auf dem Foto von dem Stadtplan verglich. Sie stimmten überein. Schnell suchte sie im Netz die anderen markierten Adressen heraus. Es waren allesamt mehrstöckige Hochhäuser, die über ganz Gommerstadt verteilt waren. Alle diese Häuser hatten eines gemeinsam: Anonymität. Die Menschen kannten sich kaum oder gar nicht untereinander und legten zum größten Teil auch keinen Wert darauf. Ein perfekter Ort zum Abtauchen, dachte Kassi. Was konnte es bedeuten, dass Sascha diese Adressen aufgeschrieben hatte? Hatten die etwas mit diesem schrecklichen Foto, welches sie in Saschas Wohnung gefunden hatte, zu tun?

Sie holte das Foto aus ihrer Jackentasche und legte es neben die Adresszettel. »Wer seid ihr?«, fragte sie halblaut vor sich hin.

Sie nahm ihr Handy und besah sich das Foto durch die Kamera. Vielleicht konnte sie kleine Details erkennen, wenn sie das Bild zoomen würde. Einen besonderen Leberfleck oder gar eine Tätowierung. Nichts. Sie konnte bei der Frau einen Ohrring erkennen, der aber so unscharf und zum Teil von Haaren verdeckt war, dass ihr das auch nicht weiterhalf. Sie besah sich die Narben auf dem Rücken des Mannes. Sie schienen nicht frisch zu sein. Also mussten sie schon vor längerer Zeit entstanden sein. »Murad«, fiel ihr wieder ein. Konnte der Mann nicht doch Murad sein? Es gab viele Gelegenheiten auf der Flucht, wo solche Verletzungen zu diesen Narben hätten führen können. Und sie wusste nicht, ob er derartige Verletzungen hatte. Murad in so einem Film? Nein, das passte überhaupt nicht zu ihm. Sie würde sich die Adressen auf den Zetteln genauer ansehen und auf den jeweiligen Etagen vorsichtig nachfragen, ob eine Frau vermisst werde oder an dem Tag, der auf dem Zettel notiert war, sonst etwas Auffälliges passiert sei. Zu den anderen Adressen von Saschas Stadtplan würde sie wenigstens fahren und sich die Örtlichkeit ansehen. Sie machte sich allerdings keine allzu großen Hoffnungen. Sie musste versuchen, mehr aus Viktor und Murad herauszubekommen. Und dann war da auch noch die Sache mit Lutz Häberlein. Was, wenn er hinter allem steckte?

Ihre Schwägerin hatte sich wieder richtig Mühe gegeben, den Kaffeetisch schön zu decken. Der frische Kuchenduft umhüllte Kassi schon in der Eingangstür, und Betty kam freudig auf sie zu getorkelt. Kassi hob sie lachend hoch und drückte ihr einen fetten Kuss auf die Wange. Mit der Nichte auf dem Arm begrüßte sie Sandra und ihren Bruder mit einer herzlichen Umarmung.

»Schön, dass du mal wieder vorbeischaust, Kassi«, freute sich Philipp. »Du kommst uns viel zu selten besuchen«, fügte er hinzu, und es hörte sich mehr nach einem Wunsch als nach einem Vorwurf an.

Sie genossen die gemeinsame Zeit bei Kaffee und

Kuchen, plauderten über Beruf, Hobbys, Neuigkeiten aus der Familie und allgemeine gesellschaftliche Entwicklungen. Als Sandra den Tisch abräumte und darauf bestand, die Küche allein aufzuräumen, ging Kassi mit ihrem Bruder und Betty ins Wohnzimmer.

»Philipp, vielleicht kannst du mir bei einer Sache helfen«, brachte Kassi vorsichtig das Gespräch auf den Grund ihres Besuchs.

Sie konnte Philipp nichts vormachen. »Ja, da hast du dich aber lange zusammengerissen«, prustete er lachend heraus. »War mir klar, dass es einen Grund gibt, warum du vorbeikommst.«

»Nein, so ist es auch nicht«, protestierte Kassi und fühlte sich ertappt.

»Schon gut, Schwesterherz, was kann ich für dich tun? Wieder irgendwelche Arbeitskämpfe aus grauer Vorzeit, etwas über Zwangsarbeit oder dieses Mal eine Anekdote aus deiner Gewerkschaft?«, witzelte Philipp.

Kassi hatte ihn schon früher manchmal um Unterstützung gebeten, wenn sie anlässlich eines Jubiläums oder einer Gedenkfeier belastbare Informationen aus dem Stadtarchiv brauchte.

»Erinnerst du dich an eine Schlägerei in der Nähe des Busbahnhofs, bei der eines der Opfer danach gestorben ist?«, fragte Kassi. »Das muss so etwa vier Jahre her sein.«

Philipp sah sie an und grinste: »Dir ist aber schon klar, dass es ein Stadtarchiv gibt, weil man festgestellt hat, dass sich Menschen nicht alles merken können? Keine Ahnung, was vor vier Jahren am Busbahnhof passiert ist. Tut mir leid. Warum willst du das wissen?«

»Bei uns im Betrieb ist letzte Woche ein Arbeitskollege

tödlich verunglückt, der wohl in eben diese Schlägerei verwickelt gewesen war. Und ich würde gern genauer wissen, was damals passiert ist. Und anscheinend wurde darüber in den Medien kaum berichtet. Ich habe jedenfalls nichts weiter gefunden«, erklärte Kassi ihr Anliegen.

»Oh, das ist eine schlimme Geschichte. Und da dachtest du, ich könnte ja mal in meinem Fundus an Informationen schauen?«, nickte ihr Bruder ihr zu.

»Ja, das wäre echt toll. Vielleicht hast du ja sogar Zugang zum Gerichtsurteil von damals. Es muss wohl ein Gerichtsverfahren gegeben haben, bei dem dieser Arbeitskollege auch eine mehrjährige Haftstrafe bekommen hat.«

»Ich kann mich daran erinnern«, warf Sandra ein, die gerade aus der Küche zu ihnen gekommen war. »Ich war damals mit Betty schwanger, und es gab bei dem Geburtsvorbereitungskurs eine ziemliche Diskussion darüber, dass man abends nach Einbruch der Dunkelheit nicht mehr allein am Busbahnhof unterwegs sein sollte. Es waren wohl drei Betrunkene, die einen Ausländer verprügelt hatten. Und der ist dann in der Folge gestorben. Man weiß aber nicht genau, ob der wegen der Schlägerei gestorben ist oder an einer Krankheit, die er schon vorher hatte.«

»Unfassbar«, empörte sich Kassi, »da lässt du alles in der Heimat hinter dir zurück, damit du dann von Besoffenen in Deutschland totgeschlagen wirst.«

»Damals wurde versucht, diesen ganzen Vorfall weitgehend aus der Presse rauszuhalten, um die angespannte Stimmung in Gommerstadt nicht noch weiter anzuheizen. Darum ist über die Hintergründe dieser Schlägerei wenig bekannt«, erklärte Sandra, die Kassis hitziges

Temperament kannte und ihren patzigen Einwand nicht persönlich nahm.

»Kassi, ich schau Montag gern mal ins Archiv, wenn es dir hilft. Ich kann auch versuchen, das Gerichtsurteil zu bekommen. Kannst du mir denn von dem Kollegen einen Namen geben, damit ich einen Anhaltspunkt habe?«, bat Philipp.

»Ja klar. Komm, ich schreibe es dir auf, sonst hast du es Montag sowieso wieder vergessen«, scherzte Kassi und ließ sich von ihrem Bruder Stift und Zettel geben.

»Sascha Zurawski?«, fragte Philipp. »Ist der verwandt oder verschwägert mit Karlheinz Zurawski, dem ehemaligen Leiter der Arbeitsagentur?«

»Ja, das ist der Sohn. Und bei den beiden anderen habe ich nur die Vornamen, Thomas und Achim. Und selbst da bin ich mir nicht sicher, ob das die beiden anderen aus dem Schlägertrio sind«, erklärte Kassi. »Ich bin dir jedenfalls für alle Hinweise und Informationen dankbar. Ich könnte mir auch vorstellen, dass der alte Zurawski alle Strippen gezogen hat, diesen Vorfall aus den Medien rauszuhalten. Ich bin gespannt, ob du was findest.«

Sie kamen dann von dem Thema ab und unterhielten sich über den allseits bekannten Filz und die Vetternwirtschaft unter den Stadtoberen. Später verabschiedete Kassi sich herzlich und beschloss, als Nächstes die Adressen von Saschas Stadtplan zu suchen. Sie hoffte zumindest auf irgendeinen Hinweis.

VIKTOR

Niemand im Betrieb nahm Viktor wirklich wahr und schon gar nicht ernst. Niemand beachtete, dass er jedes Mal fragte: »Warum dieses Teil? Worauf kommt es an? Warum geht oder funktioniert das nicht? Was ist hier anders als an dem anderen Teil?« Alle hielten ihn lediglich für einen gewissenhaften Einkäufer, der keine Fehler machen wollte.

Über Jahre hatte sich Viktor ein unfassbar großes Wissen über die betrieblichen Produkte, Prozesse und Vorgänge angeeignet, sodass es kaum etwas gab, worüber er nicht Bescheid wusste. Er wusste, dass es in der Herrentoilette der Geschäftsführung feuchtes Toilettenpapier mit Aloe Vera gab. Ihm war bekannt, dass der Betriebsleiter einen billigen Whiskey kaufte und in seinem Büro in eine teure Kristallkaraffe umfüllte – »für die besonders guten Kunden«, wie er immer mit einem Augenzwinkern betonte. Viktor wusste, dass in der Arbeitsvorbereitung scheinbar alle ihre Urlaubsfotos ausdruckten, weil es sonst keine plausible Begründung für so viel Fotopapier und Tinte für den Farbdrucker gab. Er konnte einigermaßen sicher sagen, wie viel im Betrieb geklaut wurde, weil ein Verbrauch der bestellten Materialien oder Ware mit regulären betrieblichen Abläufen nicht erklärbar war. Da Viktors ganze berufliche Welt aus eben diesen Informationen bestand, kannte er die meisten Bestellnummern, Firmen, Ansprechpartner und Daten von Produktveränderungen. Darüber hinaus hatte er alles seit über dreißig Jahren sorgfältig auf Karteikärtchen dokumentiert. Ein Highlight war für Viktor immer, wenn die Besetzung einer Stelle oder betrieblichen Funktion sich änderte. Dann wurden Verwerfungen schnell besonders offensichtlich, da sich das Bestellverhalten änderte.

So war es auch, als Sascha als neuer Kundenbetreuer eingestellt wurde und oben auf der Galerie in das leere Einzelbüro einzog. Viktor fand ihn von Anfang an abstoßend. Er war ungepflegt, schmuddelig und selbstgefällig. Auch als er ihn, im Rahmen seines eigenen distanzierten Kollegenverhaltens besser kennenlernte, kamen bestenfalls Eigenschaften wie »faul« und »egoistisch« hinzu. Wenn sie sich im Betrieb über den Weg liefen, bemerkte Viktor oft leichte Alkoholausdünstungen und Zigarettenrauch. Beides Laster, denen Viktor immer entsagt hatte. Über ein: »Guten Tag«, waren sie nie großartig hinausgekommen.

Als es aber auf die Weihnachtszeit zuging und jeder Kundenbetreuer für seine Kunden Werbegeschenke aussuchen durfte, war Sascha ganz schnell mit unterschiedlich teuren Geschenken für seine angeblich zahlreichen guten Geschäftskunden dabei. Viktor wusste, dass Sascha auf gar keinen Fall so viele Kunden hatte, wie er vorgab. Denn als es vor drei Monaten um eine Kundenumfrage ging, waren es gerade einmal halb so viele. Er zweigte also privat teure Geschenke ab. Aber Viktor ging es nichts an, er amüsierte sich nur darüber, dass das niemand anderem auffiel.

Er war wohl auch der Einzige, dem auffiel, dass Sascha vor Kurzem zu Geld gekommen sein musste. Er hatte neue Kleidung gekauft, bessere Qualität, wenngleich er sie genauso schlampig trug wie vorher. Er ging auch häufiger zum Friseur und ließ sich dabei wohl professionell rasieren. Dann ersetzte irgendwann eine teure Lederaktentasche den Stoffbeutel, mit dem er immer zur Arbeit gekommen war. Die Turnschuhe wichen den braunen Lederhalbschuhen, die schnell genauso verschmutzt und ungepflegt aussahen wie vorher die Turnschuhe. Zwischen der Erkenntnis, dass Sascha privat zu Geld gekommen sein musste, und seiner eigenen zunehmend klammen Situation, sah Viktor zunächst keinen Zusammenhang.

Das änderte sich am ersten Dienstag im September, als Viktor in Saschas Büro ging, um ihm seine bestellte Computertastatur zu bringen. »Hey Kollege«, hatte Sascha ihn mit einem feisten Grinsen begrüßt. »Bringst du mir wieder Geschenke?«

Warum »wieder«, hatte Viktor bei sich gedacht und wollte die Packung mit der Tatstatur auf Saschas Schreibtisch legen. Dabei war ihm der Stadtplan aufgefallen, der unter die Folie der Schreibtischauflage geklemmt war. Er zeigte einige Markierungen, die Viktor sofort bekannt vorkamen. Ihm gefror das Blut in den Adern. Konnte das tatsächlich sein? Lag die Lösung zu seinem eigenen Problem wirklich im Nachbarbüro, für alle offen einsehbar? Mit diesem fehlenden Puzzleteil fügte sich das gesamte Bild mit einem Schlag zusammen. Sascha also war es, der ihm regelmäßig die Zahlungsaufforderungen geschickt hatte. Und er fühlte sich seiner Sache so sicher, dass er hier seinen Stadtplan offen herumliegen ließ. Aber woher konnte er wissen, dass er, Viktor, in diesem Film mitgemacht hatte? Viktor war doch so vorsichtig gewesen!

Viktor konnte sich sofort gut vorstellen, wie dieser Trottel nachts vor Lachen nicht in den Schlaf fand, einfach unfassbar. Er merkte, wie die kalte Wut in ihm aufstieg, ihn ganz in Besitz nahm. Er würde einen kühlen Kopf bewahren müssen, sich erst mal nichts anmerken lassen. Diese Genugtuung würde er diesem Wurm nicht gönnen. Seine Rache würde er sich gut überlegen, sie würde Sascha dann in ewiger Erinnerung bleiben. Viktor starrte immer noch auf die Karte, als Sascha ihn knuffte und aufforderte, doch nun endlich die Tastatur herzugeben. Viktor erwachte wie aus einem Traum. Dieser feiste, fette Sack würde seine Rechnung bekommen. Er gab ihm die mitgebrachte Packung, drehte sich wortlos um und verließ Saschas Büro.

Zurück in seinem Büro, schloss er den Rollcontainer unter seinem Schreibtisch auf und nahm aus den zahlreichen Akten einen Hängeregisterordner heraus.

Dabei fiel sein Blick auf einen prall gefüllten Hängeordner mit der Bezeichnung *K.H.* Es fiel ihm schwer, diese Mappe nicht herauszuziehen und wieder und wieder seine Notizen durchzulesen. Hier hatte er alles akribisch notiert, was er über Kassi wusste.

KASSI

Heute würde sie sich die markierten Häuser von Saschas Stadtplan ansehen und herauszufinden versuchen, was es damit auf sich hatte. Immerhin hatte man ihn massiv bedroht, und dafür musste es einen Grund geben. Sie hatte den Eindruck, bisher lediglich Dreck aufgewirbelt zu haben, ohne aber einen konkreten Hinweis zu finden.

Kassi stand auf, schaltete die Kaffeemaschine ein, ging aufs Klo und ließ sich währenddessen einen Cappuccino von der Maschine zubereiten.

Auf den beiden Notizzetteln standen neben den Adressen jeweils ein Datum und eine nächtliche Uhrzeit. Zu den angegebenen Uhrzeiten wäre in den Häusern vermutlich wenig los. Wobei sie sich im Studierendenwohnheim da nicht so sicher war. Hier fiel das Datum allerdings auf einen Wochentag und nicht in die Semesterferien, wie Kassi überprüfte. Also würden die meisten Studis auch in dieser Nacht zur angegebenen Zeit schon schlafen oder wären besinnungslos betrunken. Ein Name oder eine Wohnungsnummer war auf den Notizzetteln nicht angegeben. Woher würde jemand wissen, welche Wohnung oder Person zu treffen wäre?

Vielleicht ging es auch gar nicht um eine Person, sondern um eine Besonderheit bei diesen Adressen. Sie würde sich alles ansehen, und vielleicht ließen sich daraus Gemeinsamkeiten ableiten.

Nach einer langen Dusche stieg sie in ihre Lieblingsjeans und einen bequemen, schwarzen Kapuzenpulli. In ihre Umhängetasche steckte sie zusätzlich eine Schreibkladde mit Stift sowie die Liste mit den recherchierten Adressen und die beiden Zettel aus Saschas Wohnung. Sie würde erst mit den beiden Adressen anfangen, zu denen sie die Angaben über Stockwerke und Uhrzeiten hatte.

Das erste Hochhaus lag hinter dem Bahnhof, wenige Straßen entfernt von Saschas Wohnung. Kassi konnte auf den Klingelschildern nichts Auffälliges erkennen, fotografierte sie aber vorsichtshalber ab. Die Eingangstür war zu Kassis Überraschung nicht verschlossen. Als sie das Haus betrat, schlug ihr der typische Geruch von etwas verwahrlosten Hochhäusern entgegen. Eine Mischung aus Abfall, Urin, billigem Putzmittel und abgestandener Luft. Bei diesem Haus war auf Saschas Zettel der sechste Stock angegeben. Insgesamt hatte das Haus acht bewohnte Etagen. Sie drückte die Ruftaste am Fahrstuhl, und die Anzeige zählte vom fünften Stock herunter auf E. Scheppernd öffnete sich die Fahrstuhltür, und der Gestank aus dem Hausflur kam ihr plötzlich wie eine frische Sommerbrise vor. Die Türen schlossen sich erneut scheppernd, und der Aufzug setzte sich rumpelnd in Bewegung.

Kassi sah sich um. Im Aufzug waren die obligatorische Anzeige für das jeweilige Stockwerk, ein breiter Handlauf, ein zerkratzter Spiegel, auf den jemand seine Erkältung gerotzt hatte, sowie zahlreiche Schmierereien an den Wänden. Eine Kamera war nicht sichtbar.

Kassi stieg im sechsten Stock aus und sah sich um. Eine

Lampe im Flur war defekt, sodass sie kaum etwas sehen konnte. Sie warf einen Blick in das Treppenhaus und sah sich um. Gerade als sie wieder in den Aufzug steigen wollte, öffnete sich eine Wohnungstür und eine Frau in Kassis Alter, so schätzte sie, trat mit einer vollen Mülltüte in den Flur. Sie sah Kassi und grüßte kurz.

»Hallo, ich bin Kassi«, stellte diese sich mit einem Lächeln vor, um das Eis zu brechen.

»Hallo«, antwortete die Frau distanziert und betrachtete Kassi misstrauisch. »Kann ich helfen?«, schob sie nach.

Kassi hielt ihr den Notizzettel hin und fragte: »Ist Ihnen an dem Abend zu dieser Zeit hier auf der Etage etwas aufgefallen?«

»Sind Sie von der Polizei?«, fragte die Frau misstrauisch.

»Nein«, gab Kassi zurück und trug die Geschichte von der belästigten Freundin vor, der sie nur helfen wollte. Diese Geschichte hatte sie sich zurechtgelegt für den Fall, dass Nachfragen kamen.

»Da habe ich ganz sicher geschlafen. Ich bin Krankenschwester und musste in der Woche früh raus. Da habe ich ganz bestimmt nichts mitbekommen. Tut mir leid – und alles Gute für Ihre Freundin«, gab die Frau zurück.

»Schade, trotzdem vielen Dank«, antwortete Kassi und wandte sich zum Gehen.

»Warten Sie, ich fahre mit runter«, sagte die junge Frau und trat zu Kassi in den Aufzug. »Eine ältere Dame von nebenan hat mir mal berichtet, dass sie nachts, als sie nicht schlafen konnte, durch den Spion einen fremden Mann beobachtet habe. Der ist mit dem Fahrstuhl hier raufgefahren, hat längere Zeit in der offenen Fahrstuhltür gewartet und den Aufzug dann allein wieder runtergeschickt.

Er selbst hat die Treppe genommen. Ich kann aber nicht sagen, ob das an dem Tag war und zu welcher Uhrzeit.«

»Ja, das ist wirklich eigenartig«, gab Kassi nachdenklich zu. »Kann ich den Namen von der Dame bekommen, dann könnte ich sie selbst vielleicht noch mal fragen?«, bat sie.

»Tut mir leid. Sie ist zu ihrer Tochter nach Berlin gefahren und wird so schnell nicht wiederkommen.«

Inzwischen waren sie im Erdgeschoss angekommen. Kassi bedankte sich und verließ das Haus.

Bei ihrer nächsten Adresse am Studierendenwohnheim musste sie lange suchen, bis sie für ihren Bulli einen Parkplatz gefunden hatte. Schon ziemlich genervt betrat sie das Haus. Wenigstens stank es hier nicht so versifft, stellte sie erleichtert fest. Auch der Fahrstuhl in diesem Haus hatte eine Anzeige, in welchem Stock sich der Aufzug gerade befand. Zusätzlich war gut sichtbar eine Kamera angebracht, was wohl auch dazu führte, dass der Aufzug deutlich weniger heruntergekommen war.

Das Datum auf dem Zettel lag mit knapp drei Wochen noch nicht so lange zurück. Vielleicht hatte sie hier bessere Chancen, dass sich jemand erinnerte.

Als sie im achten Stock ausstieg, schlugen ihr beim Öffnen der Fahrstuhltür eine dichte Cannabis-Wolke, laute Reggae-Musik und Partygejohle entgegen. Kassi musste grinsen, weil sich manche Dinge eben einfach nicht änderten. Sie steuerte zielstrebig auf die geöffnete Wohnungstür zu, aus der Rauch und Lärm drangen, und trat nach kurzem Klopfen ein.

»Hey, Ben, deine Oma ist da«, rief ein sichtlich angetrunkener, dürrer, langhaariger Student seinem Kumpel zu, zeigte auf Kassi und schlug sich vor Lachen auf die Schenkel.

Sie schnappte sich den dürren Studi am Arm, schüttelte ihn lachend und antwortete: »Nicht frech werden, Bürschchen, sonst lege ich dich übers Knie.«

Das Zentrum jeder Wohnungsparty war die Küche, wie Kassi aus eigener Erfahrung wusste. In der kleinen Studentenbude musste sie nach der besseren Kochnische nicht lange suchen. Aus Platzgründen standen hier nur fünf Personen, die sich über verschiedene Profs zu unterhalten schienen. Kassi trat dazu, und die überraschte Runde stellte die Diskussion ein und starrte sie an.

»Entschuldigt, dass ich hier so reinplatze, ich habe geklopft, aber das hat wohl niemand gehört«, erklärte sie ihr unangemeldetes Eindringen. »Ich bin Kassi und habe nur eine Frage an euch. Eine Freundin von mir ist belästigt worden, und da wollte ich fragen, ob euch vor circa drei Wochen hier jemand aufgefallen ist, der nicht ins Haus gehört.«

Die beiden Mädchen aus der Fünfergruppe sahen sich erschrocken an. »Wann sollte das passiert sein?«, fragte die Kleinere von den beiden, die mit der knallblauen Kurzhaarfrisur.

Kassi gab das Datum und die Uhrzeit von Saschas Zettel an. »Das könnte vielleicht sogar auf dieser Etage gewesen sein«, ergänzte sie.

»Du spinnst«, gab die blasse, schwarzhaarige Studentin erschrocken zurück. »Das fehlt gerade noch, dass hier so'n Scheißkerl unterwegs ist. Karlas Vater ist hier doch der Hausmeister«, wandte sie sich dann an die Blauhaarige. »Vielleicht hat der was mitbekommen. Gibt's denn eine Beschreibung des Typen?«

»Nein, leider nicht. Wir suchen auch noch nach Hinweisen«, gab Kassi vorsichtig zurück. Die blauhaarige Studentin hatte schon ihr Smartphone gezückt und besagter Karla eine Nachricht geschickt. Nur wenige Momente später hatte Kassi die Information, wo sie Karla und ihren Vater jetzt treffen konnte. Kassi bedankte sich, ließ unter allgemeinem Applaus zwanzig Euro Trinkgeld da und verabschiedete sich.

Sie traf Karla und ihren Vater im Erdgeschoss im Hausmeisterbüro. Dort wiederholte sie ihre Geschichte. Der Hausmeister erwies sich als hilfsbereit. Kassi gab ihm Datum und Uhrzeit. Es dauerte eine ganze Weile, bis der Hausmeister sie in sein Büro bat. Er hatte am Monitor ein Standbild eingestellt, das offenbar von der Fahrstuhlkamera aufgenommen worden war. Das Bild zeigte eine einzelne Person im Aufzug, die einen dunklen Anorak mit Kapuze trug. Unter der Kapuze trug die Person eine Baseballkappe, sodass die Kamera das Gesicht nicht erfassen konnte. Auf dem Standbild waren oben rechts das Datum und die Uhrzeit eingeblendet. Beides stimmte genau mit den Angaben auf dem Zettel aus Saschas Wohnung überein. Die Person erschien reichlich stämmig und hatte keine Ähnlichkeit mit Viktor oder Murad. Das könnte Sascha sein, dachte Kassi bei sich. Allerdings könnte jemand auch durch eine vorgebeugte Körperhaltung und besonders viel Kleidung eine Figur verfälschen. Kassi sah sich das Bild länger an und konnte erkennen, dass die Person auf dem Standbild etwas hinter dem breiten Handlauf hervorzog. Stimmt, dachte Kassi bei sich, der andere Fahrstuhl hatte auch einen breiten Handlauf. Dahinter hätte man leicht etwas verstecken können, falls doch jemand unerwartet den Lift betreten würde.

»Lass dir Zeit, ich muss eh mal kurz aufs Klo«, sagte der Hausmeister, erhob sich und ließ Kassi in seinem Büro allein zurück.

Kassi war unsicher, ob das eine Falle war. Aber bevor es zu spät wäre, zückte sie ihr Smartphone und machte drei Aufnahmen. Schnell steckte sie das Handy wieder weg, als der Hausmeister grinsend zurückkam. »Alles klar?«, fragte er zweideutig.

»Lässt sich erkennen, auf welchem Stockwerk diese Aufnahme entstanden ist?«, fragte sie Karlas Vater.

»Ja«, antwortete der und öffnete im Rechner das Bewegungsprotokoll des Fahrstuhls. »Die Aufnahme ist aus dem Erdgeschoss.«

»Vielen Dank«, sagte Kassi. »Das hilft mir und meiner Freundin wirklich sehr weiter.«

»Ich will, dass das hier für alle ein sicheres Haus ist. Meine Tochter wohnt hier schließlich auch. Also melde dich gern, wenn du noch etwas brauchst.«

Kassi bedankte und verabschiedete sich.

Sie suchte auch noch die restlichen Adressen auf, um festzustellen, dass alle über einen einzelnen Fahrstuhl mit einem breiten Handlauf verfügten. Bei allen Häusern hatte sie die Klingelschilder fotografiert, damit sie zu Hause Namensüberschneidungen abgleichen konnte. Sie war sich aber fast sicher, dass sie auf der richtigen Spur war. Die Aufzüge schienen als Übergabeorte für was auch immer genutzt worden zu sein. Ging es um Drogen? Um Hehlerware? Oder ging es um Material im Zusammenhang mit illegalen Pornofilmen? Die Person auf dem Standbild könnten Viktor oder Murad in Verkleidung oder aber Sascha sein. Die stämmige Figur würde eher zu Sascha passen.

Als Kassi zu Hause ankam und es sich mit einem Cappuccino auf dem Sofa bequem machte, sah sie eine Whats-App-Nachricht von einer unbekannten Nummer auf ihrem Handy. *Danke für den netten Abend. Murad.*

Kassi musste grinsen und freute sich über diese Nachricht. Sie sagte so viel mehr als der eigentliche Text.

MURAD

Die Polizei hatte sich wenig Mühe gegeben, Sultans Tod aufzuklären. Erst eine eher lustlose Auswertung von Kameras, die Befragung von Kneipenbesuchern und Anwohnern der Straße hatte drei Verdächtige ergeben. Die drei waren der Polizei bereits durch häufige Ruhestörungen, Schlägereien und leichte Kriminaldelikte bekannt. Sascha Zurawski, Achim Görlitzer und Thomas Langenhans – Murad würde diese Namen nie wieder vergessen. Nachdem sich DNA-Proben zweien der drei eindeutig zuordnen ließen, erhob die Staatsanwaltschaft Anklage. Die forderte acht Jahre Haftstrafe für Sascha wegen Totschlags. Viel zu wenig, befand Murad.

Die Angeklagten hatten ausdrucksstarke und selbstbewusste Anwälte, die den Staatsanwalt in Grund und Boden argumentierten. Sie handelten die Straftat auf Körperverletzung mit Todesfolge herunter. Murad hatte nicht die Kraft, sich dem Verfahren als Nebenkläger anzuschließen, und er verstand auch nicht genau, was hier vor sich ging. Sein Bruder war tot, in seinen Augen ermordet.

Er wusste, wie man in seinem alten Leben in Syrien mit Leuten wie Sascha umgegangen wäre und derartige Fälle untereinander gelöst hätte. Er hörte im Gerichtssaal, wie die Verteidigung der Haupttäter von »schwerer Kindheit, unglücklichen Umständen durch gesundheitliche

Vorschädigung des Opfers« und »verminderter Schuld-
fähigkeit wegen Alkoholkonsums« redete. Was war mit
Sultans Kindheit, mit seiner für immer verlorenen Zukunft, und vor allem, was war mit Murad, der nun allein
zurückblieb?

Drei Jahre und acht Monate war das Strafmaß für den
Haupttäter. Einer der beiden Mittäter wurde zu zwei Jahren wegen Beihilfe zur Körperverletzung und der dritte
zu einem Jahr auf Bewährung wegen unterlassener Hilfe-
leistung verurteilt.

Vorn im Zuschauerbereich des Gerichtssaales saßen am
Tag der Urteilsverkündung zahlreiche Männer mit einer
Art Uniform, einer farbigen Schärpe und einer kleinen
Kappe auf dem Kopf. Als das Strafmaß verkündet wurde,
applaudierten diese Leute. Als der Verteidiger nach der
Verhandlung seinen schwarzen Umhang ausgezogen hatte,
konnte Murad sehen, dass auch er so ein buntes Band über
dem weißen Hemd trug. Murad musste den Saal verlassen.
Er konnte es nicht länger aushalten.

Drei Jahre und acht Monate für ein ganzes Menschenleben, für das Leben seines Bruders. Seine einzige Verbindung in das andere, das frühere Leben. Der Einzige,
mit dem: »Weißt du noch, damals?«, überhaupt Sinn hatte.
Der Einzige, der, ohne es auszusprechen, seinen Schmerz
und seine Trauer geteilt hatte. Murad war achtundzwanzig
Jahre alt, sein Bruder Sultan kaum zweiundzwanzig Jahre
alt, als er wie ein totes Stück Abfall in den nächtlichen
Straßen einer deutschen Kleinstadt achtlos zurückgelassen
wurde.

Murad konnte es nicht ertragen, allein bei Jasmin im
Restaurant zu Abend zu essen, den Weg nach Hause zu

gehen, der Sultans letzter gewesen war. Schon die Leere und Stille in der kleinen, bisher gemeinsamen Wohnung konnte er nicht ertragen. Jasmin hatte Verständnis für Murads Entscheidung, bot ihm aber an, jederzeit wieder willkommen zu sein, wenn ihm der Sinn danach stünde. Sie verabschiedeten sich herzlich und in guter Freundschaft. Bis spät in die Nacht saß er nun oft nur mit einem Tee in Mohammeds kleinem Dönerladen, nur um nicht nach Hause gehen zu müssen. Sultans Kleidung, sein leeres Bett, seine Lieblingstasse, all das konnte er nicht ertragen. Mohammed ließ ihn einfach in Ruhe. Er wusste, manche Dinge brauchten eben ihre Zeit.

Erst zwei Monate später hatte Murad genug Kraft, in die frühere Wohnunterkunft für geflüchtete Menschen zu gehen, um Bernd zu besuchen. Der konnte sich gut an Murad und seinen Bruder erinnern und freute sich sehr, Murad wiederzusehen. »Wie geht es dir? Warum ist Sultan nicht mitgekommen? Ich hätte mich auch gefreut, ihn zu sehen«, fragte er freundlich und völlig ahnungslos in Murads tiefe Finsternis hinein. Er merkte sofort, dass etwas nicht stimmte, als er sah, wie sich Murads Blick in schier bodenlose Verzweiflung öffnete. »Oh Gott, Murad, was ist passiert? Komm, wir gehen nach hinten ins Büro, da können wir ungestört reden.« Als er bemerkte, dass Murad kaum aufstehen und sich nur einigermaßen auf den Beinen halten konnte, nahm er ihn freundschaftlich am Arm und geleitete ihn den Flur hinunter in ein leeres Büro.

Murad, dem jede Nähe sonst unangenehm war, ließ es dankbar geschehen. Zum ersten Mal fühlte er einen kurzen Moment Geborgenheit, und das fühlte sich gut an.

Es dauerte eine Zeit, bis er Bernd alles berichtet hatte,

was sich in der Zeit seit seinem Auszug aus der Unterkunft ereignet hatte. Bernd hatte ihn nur einmal kurz unterbrochen, um zu regeln, dass seine Termine heute bitte bis auf Weiteres von seiner Kollegin übernommen werden sollten, er brauche hier noch Zeit. Dann hörte er ohne eine weitere Frage oder Unterbrechung der leisen, manchmal tonlosen, manchmal vor Hass zischenden, meist aber verzweifelten Stimme zu, die vom Leben und Sterben in Deutschland erzählte.

Als Murad fertig war, weinten beide Männer still und schämten sich nicht dafür. Es gab nicht viel dazu zu sagen, das wusste Bernd, und Murad war dankbar dafür.

Als sie sich beide wieder etwas gefasst hatten, holten sie sich eine Tasse Tee und gingen in den Hof hinaus. Sie setzten sich etwas abseits auf eine kleine, verfallene Mauer.

»Wie kann ich dir helfen?«, fragte Bernd, als eröffnete er das Gespräch an diesem Tag das erste Mal.

»Ich suchen richtige Arbeit«, sagte Murad. »Ich nur Jobs. Das nicht gut. Jetzt suchen richtig Arbeit. Wie kann ich machen? Ich anfangen neues Leben.«

»Ja, mein Freund, das ist ein guter Plan, und da helfe ich dir sehr gern dabei, so gut ich kann«, gab Bernd freundlich zurück.

Sie unterhielten sich dann noch eine Zeit über Diplome, Zertifikate, Bewerbungen und die verschiedenen Möglichkeiten einer Stellensuche. Als Murad ging, hatte er seit Langem erstmals wieder das Gefühl, die Zügel seines Lebens in die Hand nehmen zu können.

KASSI

»Guten Morgen, Kassi, na, du bist ja früh dran heute«, begrüßte Helmut seine Kollegin am Montagmorgen überrascht, als er ins Betriebsratsbüro kam. »Hast du so viel Energie vom Wochenende übrig?«, stichelte er in einer Anspielung auf Kassis nächtliche Kneipentour.

»Hör bloß auf«, sagte Kassi, streckte sich und gähnte herzhaft. »Vermutlich schon die senile Bettflucht, dürftest du ja auch kennen«, gab sie dann frech lächelnd zurück.

»Hattest du denn überhaupt schon einen Kaffee?«, fragte Helmut und sah sich nach der Kaffeemaschine um. Als er sah, dass sie noch aus war, stellte er sie an. Und als er bemerkte, dass auch Wasser nachzufüllen war, brummte er: »Komisch, dass das irgendwie immer nur bei mir passiert«, vor sich hin, nahm aber dann doch den Wasserbehälter ab, um ihn den Gang hinunter in der Herrentoilette aufzufüllen.

Kassi sah ihm dankbar hinterher. In ihrem Kopf schwirrten noch die zahlreichen neuen Erkenntnisse vom Wochenende umher, und sie hoffte, dass sie mit Helmuts Hilfe etwas Ordnung in das Chaos bringen konnte. Vermutlich hatte sie sich total in etwas verrannt.

Als dann der dampfende Kaffee vor ihr stand und sich auch Helmut für das morgendliche Update gesetzt hatte, berichtete Kassi von ihrer Kneipentour, vom nächtlichen

Treffen mit Murad, dem Bericht ihrer Schwägerin und ihres Bruders und den Erkenntnissen von ihrer Spurensuche in den Hochhäusern. Helmut hörte sich alles hochkonzentriert an und unterbrach sie auch nicht, als Kassi vorsichtig ihre Schlussfolgerungen ausbreitete. »Ich bin wirklich nicht sicher, aber es könnte doch sein, dass eine noch viel größere Sache dahintersteckt. Das ist alles so absurd, dass mir dazu wirklich keine normale Lösung einfällt«, erklärte sie achselzuckend. »Oder kannst du dir auf das alles einen Reim machen?«

»Nein, Kassi, dazu fällt mir aus dem Stand auch nichts ein. Wenn der Sascha aber seit einiger Zeit zu überraschend viel Geld gekommen ist und Viktor bei den Adressen und dem Foto so stark reagiert hat, wie du sagst, dann kommt das Geld ja vielleicht von Viktor. Der hat nämlich schon zum zweiten Mal in kurzer Zeit einen Vorschuss auf sein Gehalt haben wollen, wie mir neulich Larissa aus der Lohnbuchhaltung verraten hat. Vielleicht wurde der von Sascha wegen irgendwas erpresst, und die Aufzüge waren der Übergabeort, damit es nirgendwo Spuren gibt.«

Kassi blieb vor Staunen der Mund offen stehen. Falls sie ernsthaft gedacht hatte, Helmut würde sie wegen ihrer Mutmaßungen auslachen und ihre Füße wieder auf festen Boden stellen, war das gerade krachend gescheitert. »Mit was sollte Sascha denn den Viktor erpresst haben?«, fragte sie fast mehr sich selbst.

»Ich denke, das hat wirklich etwas mit diesem Foto zu tun«, überlegte Helmut laut.

»Und was hat das alles mit Murad zu tun?«

»Tja, das weiß ich leider auch nicht, welche Verbindung es dahin geben könnte«, gab Helmut zu. »Aber wenn du doch jetzt einen guten Draht zu ihm hast, frage doch mal vorsichtig nach.«

»Ich weiß nicht«, gab Kassi nachdenklich zurück. »Als ich neulich Nacht seine Familie erwähnte, war für ihn das Gespräch sofort beendet. Das scheint ein ziemlich wunder Punkt zu sein. Vielleicht gibt es da noch mehr Abgründe. Und ich will auch keine alten Wunden aufreißen. Mir fehlen da einfach noch zu viele Informationen. Ich bekomme das Bild noch nicht zusammen. Heute Nachmittag treffe ich Bernd von der Unterkunft für Geflüchtete. Vielleicht kann der mir etwas mehr sagen«, erklärte sie und trank ihre Tasse aus.

»Hattest du die Gelegenheit, mit Lutz Häberlein zu sprechen?«, fragte sie dann und schaltete den Rechner ein.

»Oh ja, das hatte ich. Er hat mir seine Spesenabrechnung gezeigt, und tatsächlich waren die Hotelkosten höher als der übliche Kostensatz. Ich habe es bei zwei Hotels überprüft und da angerufen. Ich habe dann im Hotel auch nachgefragt, wie das sein kann. Die haben dann nur so allgemein von ›höheren Gebühren‹ und ›Messezuschlag‹ gefaselt. Dann müsste das ja aber bei allen anderen Leuten auch auf der Abrechnung stehen. Tut es aber nicht. Ich habe Lutz dann rundheraus gefragt, ob er solche Massagen abgerechnet hat. Der ist zwar knallrot geworden, hat es aber vehement abgestritten. Er wurde fast ein bisschen aggressiv. Und er will auch nichts gegen die Abmahnung unternehmen«, berichtete Helmut von seinem Gespräch.

»Das passt doch vorn und hinten nicht«, Kassis Zweifel an der Geschichte waren nicht zu überhören. »Wenn die WhatsApp-Nachricht tatsächlich von ihm war und Sascha – aus irgendwelchen Gründen – der Einzige, der von diesen Unregelmäßigkeiten wusste, dann hat Häberlein jetzt nichts mehr zu befürchten. In so einem Fall würde ich auch versuchen, die Wogen so schnell wie möglich wieder zu glätten.«

»Ja, Kassi, mir scheint auch, dass uns da noch einige wesentliche Puzzleteile fehlen«, gab der Kollege ihr recht.

»So, Helmut, jetzt ist aber erst mal Schluss mit Miss Marple. Jetzt muss ich mal was arbeiten«, sagte Kassi schließlich lachend. »Ich will später nochmals zu Viktor raufgehen und ihn nach den anderen Adressen vom Stadtplan fragen. Mal sehen, wie seine Reaktion ist.«

»Also gut«, antwortete Helmut und griff sich seine Warnweste für den Betriebsrundgang. »Dann auf in die neue Woche.«

VIKTOR

Schon von Weitem hatte er sie von seinem Fenster aus in der Halle gesehen. Viktor hatte sich schon mit etwas Vorfreude gefragt, ob er Kassi heute wohl treffen würde. Er war unruhig gewesen. Immer wieder ging er in Gedanken ihr Treffen im Stadtcafé durch. Wie dumm, dass er da so heftig auf das Foto reagiert hatte. Das hatte alles kaputtgemacht. Aber sie durfte ihn einfach auch nicht so unter Druck setzen und so ungefragt in sein Leben eindringen. Das ging einfach nicht, und das konnte er ihr nicht durchgehen lassen, auch wenn er sie mochte. Er würde versuchen, die Nähe zu ihr wieder herzustellen.

Aber woher hatte sie dieses Foto, und wie war sie an diese Adressen gekommen? Sie hatte ihm im Stadtcafé gesagt, sie habe das in Saschas Wohnung gefunden. Wie konnte sie darauf kommen, dass alles mit ihm zu tun haben könnte?

Viktor stand gedankenverloren am Fenster und blickte in die Montagehalle. Dort unten ging sie durch die Halle und sprach mit den Kolleginnen und Kollegen. Dabei sah sie immer wieder zu seinem Fenster hoch. Sie musste ihn gesehen haben. Er ging einen Schritt zurück in die Dunkelheit des Raumes. Er konnte sehen, wie Kassi an Murads Arbeitsplatz stehen blieb, der heute leer geblieben war. Viktor beobachtete, wie sie sich suchend umsah. Als

Oleg vorbeikam, sprach sie ihn an und zeigte auf Murads leeren Arbeitsplatz. Anscheinend wollte sie wissen, wo er war. Oleg aber hob nur die Schultern und schüttelte den Kopf, bevor er weiterging. Viktor sah, wie Kassi noch einen Augenblick verloren dort stehen blieb, auf ihr Handy blickte und dann weiterging. Das gefiel ihm gar nicht. Sie hatte viel zu viel Interesse an diesem Murad. Vielleicht sollte er, Viktor, Kassi mal besuchen und ihr sagen, was Murad wirklich für einer war.

Aber jetzt steuerte sie auf die Treppe zur Galerie zu.

Kam sie zu ihm? Wie könnte er sich ihr nähern? Viktor setzte sich an seinen Schreibtisch. Er wollte nicht den Eindruck erwecken, er hätte auf sie gewartet. Doch Kassi kam nicht. Sie musste wohl in eines der anderen Büros auf der Galerie gegangen sein, denn auch auf dem Gang konnte er sie nicht mehr sehen. Enttäuscht wandte er sich seinen Listen und Bestellformularen zu.

Dann stand sie plötzlich nach einem kurzen Klopfen in der Tür. Sie sah umwerfend aus in ihrer schwarzen, engen Hose mit der glatten Oberfläche, die fast wie Leder aussah. Dazu hatte sie eine schwarze, leicht durchsichtige Bluse mit einem knappen schwarzen Top darunter an. An einer langen Kette aus schwarzem Leder hing ein kleiner silberner Totenkopf. Die Haare hatte sie nach hinten aufgesteckt. Er konnte sich gar nicht sattsehen und brachte keinen Ton heraus.

»Guten Morgen, Viktor«, eröffnete Kassi das Gespräch und trat ohne Aufforderung in das dunkle Büro. Nur durch die Fensterscheibe drang das Licht aus der Montagehalle in den Raum und ergänzte dürftig den blauen Schimmer des Monitors. »Stimmt mit mir etwas nicht?«, fragte sie forsch, als sie Viktors prüfenden Blick bemerkte, und sah an sich hinunter.

»Nein, nein, Kassi, alles in Ordnung. Natürlich. Entschuldige, du siehst toll aus heute«, stotterte Viktor verlegen und wandte den Blick ab.

»Danke. Ich hoffe, du hattest noch ein schönes Wochenende«, versuchte Kassi das Thema zu wechseln.

»Ja, und wie war dein Treffen mit Murad?«, platzte es aus Viktor heraus.

Kassi blickte ihn irritiert an. Nachdem sie Viktor die Antwort eine Weile schuldig blieb, breitete sich ein wissendes Grinsen auf seinem Gesicht aus. »Wir haben uns zufällig getroffen«, antwortete sie dann ausweichend.

»Ich weiß, ich habe euch gesehen«, gab Viktor zurück und starrte sie weiter an, als wartete er auf Details.

Aber Kassi hatte nicht vor, weiter darüber zu sprechen. Sie suchte nach dem Foto mit der Person im Fahrstuhl, welches sie heimlich beim Hausmeister aufgenommen hatte.

»Wie nett, dass er dich so spät nachts noch nach Hause gebracht hat«, schob Viktor nach, ohne den Blick von ihr zu nehmen.

»Was soll das werden?«, fragte sie zunehmend verärgert. Viktor merkte, dass er die Kontrolle übernahm, was Kassi zumindest nervte.

»Bist du uns etwa nachgelaufen?«, bohrte sie nach. Als hätte er ihre Gedanken gelesen, stand er vom Schreibtischstuhl auf, kam auf sie zu und sagte ausweichend: »Ich kann dich ja auch mal besuchen kommen, ich weiß ja jetzt, wo du wohnst.« Er stand nun dicht vor ihr, zu dicht, und Kassi wich mit angewidertem Gesichtsausdruck einen Schritt zurück.

»Ganz sicher nicht! Unterstehe dich! Und Murad hat mich auch nicht besucht, sondern lediglich nach Hause begleitet.« Leider war ihre Stimme nicht besonders fest, und Viktor hatte bemerkt, dass sie verunsichert war. Das gefiel ihm. Es kam selten genug vor, dass er Frauen verunsicherte, und diese Situation gab ihm ein gutes Gefühl. Ein Gefühl von Macht, von Dominanz.

Er wollte einen weiteren Schritt auf Kassi zu machen, da hielt sie ihm plötzlich ein Foto vor das Gesicht und fragte: »Kennst du den?« Damit hatte sie nun die ganze Stimmung wieder kaputtgemacht. Das Foto war so dicht vor seinen Augen, dass er außer Schemen nichts erkennen konnte. Er nahm ihr das Bild aus der Hand und berührte dabei ganz leicht ihre Finger. Er spürte wie elektrisiert die Erregung in sich aufsteigen. Sie dagegen zuckte, wie bereits bei seiner Berührung im Stadtcafé, so heftig zurück, als hätte sie auf eine heiße Herdplatte gefasst. Wieder musste er leicht grinsen. Es gefiel ihm, dass sie so heftig auf ihn reagierte.

Mit dem Foto ging er zu seinem Schreibtisch zurück, schaltete die Schreibtischlampe an und hielt das Bild darunter. Was er dort sah, ließ ihm das Blut in den Adern gefrieren. »Woher hast du das?«, fragte er mit heiserer Stimme.

»Man hat euch beobachtet«, behauptete Kassi ohne jeden Beweis.

»Das geht dich nichts an«, fauchte Viktor sie nun völlig überraschend an. Wie konnte sie es wagen? Schon wieder war sie in seine Sphäre eingedrungen. Er musste ihr unmissverständlich klarmachen, dass er das nicht duldete. Die vorherige Überheblichkeit und Zudringlichkeit waren einem in die Enge gedrängten, gehetzten Tier gewichen. Er spürte die Aggression unbändig in sich aufsteigen. Er musste sich wehren, sich befreien aus ihrer Führung. Es war an der Zeit, dieser Kassi zu zeigen, dass er hier das Sagen hatte und diesen Ungehorsam nicht akzeptierte.

»Ich weiß, was ihr da macht. Was hat das mit diesem anderen Foto und vor allem diesen Adressen zu tun?«, ließ Kassi nicht locker und hob das Foto und die Notizzettel mit den Adressen und Zeitangaben aus Saschas Wohnung hoch. »Und was hat das alles mit den Spesenabrechnungen von Lutz Häberlein zu tun?«, schob sie ihre letzte Patrone in den Lauf und feuerte ab. Viktor war sprachlos. Sein ganzes vorheriges Selbstbewusstsein war mit einem Schlag dahin. Wie kam diese Frau dazu, ihm so nachzuschnüffeln und hier in die Ecke zu drängen?

»Nochmals, das geht dich verdammt noch mal nichts an. Was erlaubst du dir, hinter mir herzuspionieren? Dir werde ich noch zeigen, wo deine Grenzen sind – und jetzt raus aus meinem Büro!«, presste Viktor mit wutverzerrtem Gesicht zwischen den Zähnen hervor, sprang auf, packte Kassi grob am Arm, riss die Tür zur Galerie auf und stieß sie so energisch aus dem Büro, dass sie schmerzhaft gegen den Handlauf krachte. Scheppernd fiel hinter ihr die Büro-tür ins Schloss.

Kassi war wie vom Donner gerührt und spürte den Druck seiner Finger noch schmerzhaft auf dem Arm. Ihre Hüfte tat ihr weh, und sie war sicher, dass dieser Aufschlag am Handlauf einen fetten blauen Fleck geben würde. Das war eine echte Tätlichkeit gegen eine Betriebs-angehörige und reichte auf jeden Fall für eine fristlose Kündigung, dachte sie spontan an ein Betriebsratsseminar zu Kündigungsgründen zurück, während sie den Gang zur Treppe zurückhumpelte. So einen Ausbruch und so viel Kraft hätte sie Viktor nie zugetraut. Auf dem Arm gab es bestimmt auch Abdrücke. Die sollte sie gleich auf der Damentoilette fotografieren. Kassi rieb sich vorsichtig die schmerzende Stelle. Hinter Viktors ruhiger, unscheinbarer und zurückhaltender Fassade gab es einen tiefen Abgrund, das war nach diesem Ausbruch offenkundig.

Sie setzte ihren Weg durch den Betrieb fort. Das Foto aus Saschas Wohnung steckte sie wieder ein, die andere Aufnahme war bei Viktor geblieben. Da sie das Bild auf dem Handy gespeichert hatte, konnte sie es jederzeit wieder ausdrucken.

In seinem verdunkelten Büro ging Viktor auf und ab, um sich wieder zu beruhigen. Er konnte selbst nicht fassen, was gerade passiert war. In seinem Kopf hatte die Kontrolle einfach ausgesetzt. Die Wut hatte ihn so überrollt, dass er seinen Gefühlen freien Lauf gelassen hatte. Nur langsam kam er wieder zu sich. Er setzte sich an seinen Schreibtisch, zog aus dem Rollcontainer die Akte *K.H.* hervor und notierte sich die wichtigsten Einträge auf einem kleinen Zettel. Er musste vorbereitet sein.

KASSI

Sie wäre gern früher zur Unterkunft für Geflüchtete gefahren, um Bernd Harlinger zu treffen, war dann aber im Betrieb aufgehalten worden.

So war es bereits halb sechs Uhr abends, als Kassi ihren Bulli auf dem Parkplatz vor der Unterkunft abstellte. Sie fand Bernd in einem Gespräch mit einer Bewohnerin und zeigte ihm an, dass sie draußen warten würde. Sie setzte sich auf einen verwitterten Plastikstuhl und sah den Kindern aus der Unterkunft beim Spielen zu. Wie aus einer anderen Welt, dachte sie bei sich und betrachtete die Spielsachen der Kinder: ein Stock, ein Deckel von einer Farbdose als Frisbee, ein Ball und vier Steine, die zwei Tore markierten.

Von hinten trat schüchtern eine Frau an Kassi heran. Sie war etwas älter als Kassi, hatte eine lange Jacke über dem knöchellangen Rock und ein dunkelgrünes Tuch auf dem Kopf, das ihren dunklen Augen schmeichelte. Sie lächelte Kassi an und hielt ihr ein Tablett hin, auf dem zwei dampfend heiße Gläser Tee standen. Kassi lächelte zurück, nahm ein Glas und bedankte sich herzlich.

Die Frau nahm das andere Glas und setzte sich neben sie auf eine kleine Mauer. »Ich Aida«, stellte sie sich vor.

»Hallo, ich heiße Kassi«, gab Kassi freundlich zurück, und es entwickelte sich ein kurzes Gespräch.

»Kinder schnell glücklich in eigener Welt mit Spaß«, sagte Aida und wies auf die spielenden, johlenden Kinder.

»Ja, ich wünsche ihnen hier bei uns einen guten Start und eine glückliche Zukunft.«

Das klang fast wie ein Schlusswort, als in dem Moment Bernd vor die Unterkunft trat und Kassi und Aida herzlich begrüßte.

»Wollen wir eine kleine Runde gehen?«, wandte sich Bernd an Kassi. »Ich habe heute den ganzen Tag hier im Büro gesessen, und etwas Bewegung würde mir guttun.«

»Ja gern. Danke, Aida, für den Tee«, wandte Kassi sich der Frau zu und stellte ihr Glas auf das Tablett zurück.

»Ich sehr freuen«, gab Aida zurück, nahm das Tablett und ging in die Unterkunft zurück.

Bernd und Kassi gingen zusammen los und plauderten über allgemeine Neuigkeiten. Er zündete sich eine Zigarette an, als Kassi berichtete, was im Betrieb passiert war. Kassi erzählte von dem tödlichen Sturz im Betrieb, wie sie Murad kennengelernt und dann nachts wiedergetroffen hatte. Sie ließ auch nicht aus, dass Murad bei ihrer Bemerkung über seine Familie sofort gegangen war.

»Wie kann ich dir helfen?«, fragte Bernd. »Du weißt, dass mir die Menschen hier viel erzählen, was vertraulich ist. Daran werde ich mich halten, auch bei dir«, ergänzte er und knuffte Kassi freundschaftlich gegen den Arm.

»Ja, das ist klar«, sagte Kassi. »Aber vielleicht hilft mir ja schon weiter, wenn du mir erzählst, was du mit gutem Gewissen sagen kannst.«

»Also gut«, begann Bernd. »Murad ist nicht allein nach Deutschland gekommen. Sein jüngerer Bruder Sultan war das einzige Familienmitglied, das einen Raketenangriff überlebt hat. Ich weiß nur so viel, dass bei diesem Einschlag Murads gesamte Familie getötet wurde. Mehr hat er mir auch nicht erzählt. Er ist schwer traumatisiert.«

»Von seinem Bruder hat er nichts erzählt. Haben sie sich zerstritten?«, fragte Kassi nach.

»Nein«, gab Bernd traurig zurück. »Der ist vor einigen Jahren bei einer nächtlichen Schlägerei ums Leben gekommen.«

»Was???«, rief Kassi erschüttert aus. »Das darf doch nicht wahr sein! Wie furchtbar! Was ist passiert?«

»Ich weiß es nicht genau. In der Presse wurde darüber nicht groß berichtet. Scheinbar haben ihn drei betrunkene Schläger so verprügelt, dass er daran gestorben ist.«

Kassi traf fast der Schlag, als sie aus dieser Information ihre Schlüsse zog. »Ist es möglich, dass der Sohn des früheren Arbeitsamtsleiters Zurawski an der Schlägerei beteiligt war?«, traute sie sich kaum ihre Vermutung auszusprechen.

»Ja, dieses Gerücht habe ich auch gehört«, gab Bernd zurück. »Warum ist das wichtig?«

»Weil der Mann, der bei uns im Betrieb ums Leben gekommen ist, eben dieser Sohn Sascha war«, sagte Kassi fast tonlos. »Es muss für Murad furchtbar gewesen sein, im selben Betrieb wie der Mann, der den Tod seines Bruders verschuldet hat, zu arbeiten«, fügte sie hinzu und zog die Jacke enger um den Körper, so als wäre ihr plötzlich ganz kalt geworden.

»Hmmm, ich weiß nicht, Kassi«, gab Bernd nachdenklich zurück. »Ich weiß nicht, wie ich es jetzt sagen soll und ob es so war, aber ich hatte den Eindruck, dass Murad ihn vielleicht sogar gesucht hat und bei euch arbeiten *wollte*.«

»Was willst du damit sagen?«, fragte Kassi atemlos.

Bernd berichtete ihr von Murads Besuchen in der Unterkunft und seinen Bemühungen, beruflich wieder Fuß zu fassen. Er schilderte ihr, wie Murad ihn eines Tages danach gefragt habe, wie er in einem ganz bestimmten Betrieb eine Arbeit bekommen könne. »Ich wusste, dass es sich dabei um die LTS handelt. Und ich habe mir nichts dabei gedacht, Kassi«, fügte Bernd fast entschuldigend hinzu. »Die LTS ist ja ein guter Betrieb, und ich konnte gut verstehen, dass Murad da gern arbeiten wollte.«

Doch Kassi hörte schon gar nicht mehr richtig zu. Sie konnte den quälenden Gedanken einfach nicht zu Ende denken, der in ihrem Kopf immer mehr Gestalt annahm. Wäre es möglich, dass dieses Zusammentreffen von Murad und Sascha im gleichen Betrieb, dieses Treffen auf der Galerie und vielleicht sogar Saschas Sturz die späte Rache für Sultans Tod waren? Ein Leben für ein anderes? Ihr wurde ganz schwindelig. War Murad zu so etwas tatsächlich fähig? Sie konnte es nicht glauben.

»Was hat das zu bedeuten?«, murmelte sie halblaut vor sich hin.

»Ich weiß nicht, warum das so wichtig ist«, sagte Bernd fast entschuldigend. »Murad ist ein netter Typ, und er hat wirklich viel gelitten. Bitte, Kassi, zieh keine falschen Schlüsse.«

Zu spät, dachte Kassi bei sich, sprach ihre Überlegungen aber nicht aus. Sie waren wieder bei der Unterkunft angekommen. »Ich muss mit Murad sprechen und das aufklären«, versuchte sie eine neutrale Antwort. »Vielen Dank, Bernd, dass du dir die Zeit genommen hast, und danke für die Infos. Das hilft mir sehr weiter.«

Sie verabschiedete sich mit einer Umarmung von diesem herzensguten, freundlichen Menschen und stieg in ihren Bulli. Jetzt half nur laute Rockmusik, um ihren Gefühlen ein Ventil zu geben.

Mit Vollgas fuhr sie über die Autobahn, die als Umgehungsstraße für Gommerstadt diente. Der alte Motor protestierte lautstark, als Kassi brutal vom Gaspedal die knapp einhundert PS einforderte. Doch dafür hatte sie jetzt keinen Kopf. Die ganze Geschichte wurde immer verworrener. Murad hätte das fachliche Wissen gehabt, die Handläufe so zu manipulieren, dass es nicht auffiel, dachte Kassi entsetzt bei sich. Und ein Motiv hatte er sowieso. Sie war sich die ganze Zeit sicher gewesen, dass die beiden sich kannten. Darum war er auch in der Kirche gewesen! Sie schlug sich die Hand vor den Mund, als dürften diese Gedanken nie über ihre Zunge den Kopf verlassen. Er hat nicht Abschied von Sascha genommen, sondern wollte sich vergewissern, dass sein Plan nun erfolgreich zu Ende gebracht war. Diese Erkenntnis traf sie bis tief ins Herz. Sie mochte Murad, und das Leben hatte ihm bisher übel mitgespielt. Aber Murad ein überlegter, eiskalt planender Mörder? Je länger sie darüber nachdachte, desto mehr Puzzleteile ergaben plötzlich ein Bild. Er hatte sich gezielt bei LTS beworben. Vielleicht hatte er sich immer wieder angeboten, die Teile zu Viktor hinaufzubringen, um dabei den Handlauf zu bearbeiten. Und das Treffen auf der Galerie ließ sich problemlos planen, weil Sascha einen genauen zeitlichen Tagesablauf hatte. Damit wäre auch die Frage geklärt, warum Murad ausgerechnet an der schmalsten Stelle der ganzen Galerie, beim Feuerlöscher, auf Sascha getroffen war. Nur da würde so wenig Platz bleiben, dass

Sascha sich mit voller Kraft gegen den Handlauf drücken musste. Konnten das alles Zufälle sein?

Sie wählte die Telefonnummer ihres Bruders. Vielleicht hatte er ja schon etwas herausfinden können, bevor sie sich hier komplett in eine fixe Idee hineinsteigerte.

»Hallo Kassi«, begrüßte ihr Bruder Philipp sie über die nachträglich in den Bulli eingebaute Freisprecheinrichtung. »Ich hätte dich heute auch noch angerufen.«

»Du konntest also was herausfinden über die Schlägerei damals?«, fragte Kassi.

»Ja, ich habe mal bei meinem alten Studienfreund angerufen, der im Gerichtsarchiv arbeitet. Der darf mir das Urteil zwar nicht rausgeben, hat mir aber gesagt, was drinsteht. An dieser Schlägerei waren tatsächlich Sascha Zurawski und seine beiden Kumpel Thomas Langenhans und Achim Görlitzer beteiligt. Das Opfer war Sultan Amari. Er war zu dem Zeitpunkt circa zweiundzwanzig Jahre alt und zuvor aus Syrien geflüchtet. Er war angeblich bei einem Raketeneinschlag verschüttet worden und hatte daher eine schwer geschädigte Lunge. Als die drei Idioten dann Streit mit ihm angefangen haben – sie haben zwar im Verfahren behauptet, er hätte sie provoziert–, ist Sultan losgerannt. Das hat sein Körper dann wohl nicht mehr mitgemacht, und er ist bewusstlos zusammengebrochen. Sascha und Achim haben den wehrlosen Sultan dann schwer zusammengetreten. Überall, sogar ins Gesicht. Es gab dort Fußspuren und viele gebrochene Knochen. Er ist an den Folgen seiner Verletzungen gestorben.« Philipp berichtete alle ihm bekannten Details aus dem Gerichtsverfahren, und Kassi hörte schweigend zu. Die meisten Details kannte sie bereits oder hatte sie richtig zusammengesetzt.

»Eine wirklich schlimme Geschichte, Kassi«, endete Philipps Bericht.

Kassi schwieg. Es war das eine, Vermutungen anzustellen, und etwas ganz anderes, Gewissheit zu haben.

»Hallo Kassi, bist du noch dran?«, fragte ihr Bruder vorsichtig nach.

»Ja, natürlich. Ich kann das alles gar nicht glauben. Mir ist ganz übel. Das muss ich erst mal sortieren und verarbeiten.« Kassi war erschüttert.

»Ja, das verstehe ich gut«, gab ihr Bruder zurück. »Die Staatsanwaltschaft hatte damals acht Jahre Haft wegen Totschlags gefordert. Aber offenbar gab es da so einen Anwalt, der einen der drei vertreten hat und die Tat auf Körperverletzung mit Todesfolge runterhandeln konnte. Daher gab es dann auch nur drei Jahre und ein paar Monate Haft für Zurawski, zwei Jahre für Görlitzer und eine Bewährungsstrafe für Langenhans«, ergänzte Philipp.

»Woher wusste man, dass der Thomas daran nicht direkt beteiligt war?«, fragte Kassi nach.

»Es gab bei einem Hauseingang in der Nähe eine Gegensprechanlage mit Videoüberwachung. Die hat zwar die Tat selbst nicht aufgezeichnet, weil die nicht mehr im Blickfeld war, aber auf dem Video konnte man Thomas die gesamte Zeit stehen sehen und dass er nichts gemacht hat, außer die beiden Schläger anzufeuern. Das war auch das Hauptargument des Verteidigers, die Tat auf Körperverletzung mit Todesfolge runterzuhandeln. Und von Thomas gibt es auch keine DNA-Proben auf dem Opfer«, erklärte Philipp.

»Weißt du, welcher Anwalt das war, der die drei Idioten vor Gericht vertreten hat?«, wollte Kassi wissen, und sie befürchtete Schlimmstes.

»Den Namen kann ich dir grad nicht mehr sagen, aber ich habe ihn heute im Büro mal im Internet gesucht. Der ist bekannt dafür, dass er regelmäßig dieses rechte Pack vertritt, wenn die wegen Straftaten vor Gericht stehen. Ich habe auch ein Foto von dem gesehen, auf dem der bei so einer Burschenschaft hier in Gommerstadt einen Vortrag hält. Echt ekelhaft, Kassi.« Seine Abscheu war deutlich zu hören.

»Ja, so etwas hatte ich mir schon fast gedacht«, gab Kassi angewidert zurück. »Der Sascha war Mitglied bei der Patrizia-Burschenschaft hier in Gommerstadt. Ich habe vor ein paar Tagen mit deren Vorsitzenden gesprochen. Die sind da schwer patriotisch und ultrakonservativ unterwegs. Unvorstellbar, dass es so etwas noch gibt. Und ich könnte mir gut vorstellen, dass die den Anwalt, zumindest für Sascha, besorgt haben.«

»Möchtest du noch etwas Spezielleres wissen? Dann würde ich meinen Kumpel noch mal anrufen.«

»Nein danke, das reicht mir schon. Du hast mir sehr geholfen, Bruderherz, danke.«

»Kassi, noch eins, bleib emotional auf Abstand, auch wenn es dir schwerfällt. Du bist am besten mit einem klaren Kopf. Fühl dich umarmt.« Damit verabschiedete sich Philipp von seiner Schwester und entließ sie in einen einsamen Feierabend mit ihren Gedanken und Gefühlen.

MURAD

Nach dem ersten Wiedersehen mit Bernd dauerte es noch über ein Jahr, bis Murad das erste Mal als Leiharbeiter in einer Verpackungsfirma eingesetzt wurde. Er lernte schnell, war fleißig und zuverlässig.

Die Einsätze wechselten häufig. Mal blieb er nur für ein paar Tage in einem Betrieb, mal für Wochen oder Monate. Ihm war es ganz recht, denn er wollte Erfahrungen sammeln, herumkommen, Deutsch lernen und die Zeit sinnvoll nutzen, bis der Mörder seines Bruders wieder als freier Mann in den Straßen der Kleinstadt herumlaufen konnte. Zu keinem Zeitpunkt konnte er diese Ungerechtigkeit vergessen. Dennoch sprach er mit niemandem darüber. Das war eine Sache nur zwischen ihm und diesem fetten Schwein.

Wenn er abends die Augen schloss, konnte er ihn immer noch genau vor sich sehen, wie er da im Gerichtssaal saß, fett und selbstgefällig. Als hätte er gar keine Ahnung, was er da sollte. Dann das Entsetzen, als das Strafmaß bekanntgegeben wurde, und die Empörung über die Ungerechtigkeit. Immer noch dröhnte der Applaus im Gericht wie höhnisches Lachen in Murads Ohren, bis ihm fast der Kopf explodierte. Jedes Mal kroch in ihm dann die Wut wie eine giftige Schlange vom Kopf durch den Hals und schlug ihre spitzen, tödlichen Zähne in sein zerbrochenes

Herz. Er musste sich unter Kontrolle behalten, sonst würde er nicht klar denken können. Er durfte keine Fehler machen. Alles musste am Ende passen, ein gutes, ein richtiges Ergebnis werden. Er würde für Gerechtigkeit sorgen.

Murad wusste nicht genau, wann der Entlassungstag sein würde. Wie sollte er Zurawski also wiederfinden, wenn es so weit war? Aus dem Verfahren kannte er die beiden anderen Angeklagten, alle Adressen und auch die Kneipe als ihren Treffpunkt. Das musste ihm erst mal genügen als Anhaltspunkt. Wäre er Zurawski – allein der Gedanke, sich in seine Person zu versetzen, ekelte Murad an –, würde er nach der Gefängniszeit wieder Kontakt zu seinen alten Kumpeln aufnehmen. Murad würde also um die fragliche Zeit immer mal wieder an der Kneipe vorbeischauen und von außen unauffällig durch die Fenster sehen.

Wann immer er konnte, keine Schicht arbeiten musste oder von der Arbeit nicht zu erschöpft war, ging er abends an der Kneipe vorbei. Die beiden anderen Mörder konnte er immer wieder zusammen, aber auch mal einzeln dort sitzen sehen. Zurawski war nicht dabei. In der Kneipe war es immer ruhig, man schaute Fußball, trank Bier oder Schnaps und unterhielt sich. Das Bild war immer dasselbe. Abend für Abend. Murad rechnete den Entlassungstag wieder und wieder nach.

Und eines Abends war er plötzlich da. Er watschelte die Straße entlang, und es war offensichtlich, dass er auf die Kneipe zusteuerte. Er war also draußen. Murad konnte seine Gefühle nicht beschreiben, wie die einer Katze, die sich vor dem Mauseloch in Stellung bringt. Die Jagd war eröffnet. Eine angespannte Unruhe ergriff ihn.

Murad rechnete fieberhaft seine Spätschichtzeiten nach. Wenn die drei Schweine heute ihr Wiedersehen feierten, würde es vielleicht eine lange Nacht werden, und Murad könnte gegen dreiundzwanzig Uhr da sein, um herauszufinden, wo Sascha wohnte. Das würde vieles erleichtern. Doch die Rechnung ging nicht auf. Nach ihrer Schicht standen noch Überstunden an. Es war also bereits kurz vor Mitternacht, als Murad völlig erschöpft in den Kleinbus stieg, der ihn mit allen anderen wieder in die Stadt zurückbringen würde. Seine Kollegen rüttelten ihn wach, als sie angekommen waren. Er war sofort eingeschlafen. Dennoch musste er es versuchen.

In der Kneipe brannte noch Licht, das konnte er von Weitem sehen. Es war fast ein Uhr. Ein kurzer Blick durch das Fenster genügte, um zu sehen, dass er zu spät kam. Die Stühle waren hochgestellt, und eine ältere Frau mit einem Kopftuch und einer Kittelschürze wischte den Fußboden auf. Murad war enttäuscht, aber dann auch wieder nicht. Er wusste, das Schwein war frei, und er war ihm auf den Fersen.

Murad hatte sich zwar gedacht, dass Sultans Mörder ein Säufer und kompletter Verlierer war, dennoch war er über das Ausmaß seiner Lebensunfähigkeit überrascht. Es dauerte drei Tage, bis Murad wusste, dass Zurawski und Görlitzer nun zusammenwohnten. Offenbar war das Schwein bei dem anderen eingezogen, da sein Name nicht auf der Klingel stand. Vielleicht auch nur eine Übergangslösung.

Er musste die beiden also weiterhin im Auge behalten.

Nach vier Wochen war der Mörder seines kleinen Bruders plötzlich nicht mehr in dieser Übergangswohnung. Also verlegte Murad seine Überwachung wieder auf die

Kneipe. Das Treffen seiner Freunde gehörte zu Saschas vielen schlechten, aber regelmäßigen Lebensgewohnheiten. Das machte es Murad einfach, ihm in gebührendem Abstand bis zu einem heruntergekommenen Altbau hinter dem Bahnhof, fast schon außerhalb des Stadtzentrums, zu folgen. Murad war gar nicht sicher, ob das Haus überhaupt bewohnt war oder als baufällige Ruine leer stand. Alles roch nach Moder, Müll und Urin. Ekelhaft. Überall lag Sperrmüll herum, schimmelige Matratzen lehnten an der Hauswand, und das Rascheln im Abfall deutete Murad als Ratten. Ein Schwein, das lebt wie ein Schwein, dachte er zufrieden. Fast amüsiert fand er, dass es da selbst ihm als Kriegsgeflüchteten besser ging. Er blieb noch eine Zeit hinter einer Nische stehen, um zu sehen, ob er auch die Wohnung erkennen konnte, in die sein Opfer eingezogen war. Er war sich nicht sicher, aber nach einiger Zeit ging hinter einem Fenster im vierten Stock Licht an, und jemand zog ein Rollo herunter. Murad war zufrieden mit seiner heutigen Recherche. Die Wohnung war zwar weiter außerhalb des Zentrums und noch weiter weg von seiner Wohnung. Es wäre also mit Aufwand verbunden, seine Pläne hier umzusetzen. Andererseits würde er selbst auch nicht gleich in den Fokus geraten. Er musste über das Für und Wider nachdenken. Murad wartete auf der anderen Straßenseite in einer dunklen Toreinfahrt, bis alle Lichter im Haus erloschen waren, und ging in Gedanken seine Möglichkeiten durch. Es waren weder Autos noch Menschen zu sehen. Zügig und lautlos überquerte er die Straße und ging auf die Haustür zu, hinter der sich seine Beute heute Nacht beruhigt zum Schlafen gelegt hatte. Vorsichtig drückte er gegen die Eingangstür. Er wollte niemanden aufwecken und auf sich aufmerksam machen. Mit einem kurzen Klick gab die Tür nach und öffnete sich mit einem leisen Knarren. Murad schaltete kurz die Taschenlampe an seinem Handy an und leuchtete auf das Türschloss. Es schien vor längerer Zeit einmal aufgebrochen worden zu sein. Er würde also auch künftig problemlos ins Haus kommen, dachte sich Murad erleichtert.

Immer enger umkreiste er seine Beute, nahm Witterung auf, um im richtigen Moment loszuschlagen.

KASSI

Nach dem Gespräch mit Bernd in der Unterkunft und den Informationen ihres Bruders musste sie erst mal den Kopf frei bekommen. Da sie gut abschalten konnte, wenn sie etwas aufräumte, entschloss sie sich, ins Betriebsratsbüro zu fahren, um die immer reichlich aufgetürmte Ablage zu machen. Das würde ihr den nötigen Abstand zu dieser verzwickten Angelegenheit bringen. Auch wenn die Spätschicht voll besetzt war, fühlte es sich im Betrieb doch etwas ruhiger als sonst an. Es kamen weniger Menschen ins Betriebsratsbüro oder wollten am Telefon irgendwelche Angelegenheiten klären. Kassi genoss die Ruhe und breitete die diversen Anhörungsunterlagen, Wirtschaftsinformationen und Arbeitsschutzdaten im Büro aus, um sie in die richtigen Ordner abzuheften. Als sie das erste Mal wieder auf die Uhr sah, war es bereits neun Uhr abends. Sie hatte die Zeit um sich vergessen, und sie beschloss, Feierabend zu machen.

Plötzlich wurde ohne Vorwarnung die Tür aufgestoßen und Lutz Häberlein trat ein. Er war ein groß gewachsener Mann Mitte vierzig. Als Kollege des Außendienstes machte er mit seinem weißen Hemd, dem dezenten Logo der LTS auf dem Kragen und der dunklen Anzughose einen gepflegten und seriösen Eindruck. Kassi sah hoch und wollte ihn gerade fragen, was er noch so spät im Betrieb machte.

Er aber schloss ohne Aufforderung, einzutreten, die Tür sofort hinter sich und ging bedrohlich schnell auf Kassi zu. Sie wich zurück und stieß mit der Hinterseite der Oberschenkel an die Schreibtischkante. Weiter kam sie nicht. Häberlein stand fast auf Tuchfühlung vor ihr. Sie konnte eine leichte Alkoholfahne und ein würziges Rasierwasser riechen. Der seriöse Eindruck war verflogen. Eine dicke Ader zeichnete sich pulsierend an seinem Hals und seiner Schläfe ab. Er funkelte Kassi an und malmte mit dem Unterkiefer. Kassi sah ihn an und versuchte, trotz des Schreckens ihre Ruhe wiederzufinden.

»Lutz, was machst du hier?«, fragte sie, und ihre Stimme hörte sich überraschend fest an. Sie ließ ihn nicht aus den Augen und bemerkte aus den Augenwinkeln, dass er die Fäuste ballte.

»Was du hier gerade machst, ist keine gute Idee. Ich werde mich jetzt setzen. Bitte setz dich auch hin, und wir werden über alles reden«, bot sie ruhig an und wollte sich an der Tischkante entlang aus der Bedrängung begeben. Schlagartig knallte Lutz seine enorme Pranke auf die Tischplatte, sodass Kassi der Weg versperrt war.

»IHR ... IHR ...«, stammelte Häberlein los, als wären das die Vorboten eines Vulkanausbruchs, der jeden Moment außer Kontrolle geraten würde.

»Ihr was?«, fragte Kassi, versuchte, sich unmerklich gerader aufzurichten, und verschränkte die Arme vor der Brust, um mehr Raum zwischen sich und den Kollegen zu bringen.

Und dann brach es unkontrolliert aus ihm heraus. »WIE KOMMT IHR DAZU, HINTER MIR HERZUSCHNÜFFELN!!! Das geht euch einen Scheiß an, was ich mache. Ihr seid ja nicht ständig weg und wohnt im Hotel. HALTET EUCH AUS MEINEM LEBEN RAUS.« Er schrie so laut, dass Kassi hoffte, man würde es im ganzen Haus hören. Da fiel ihr ein, dass es so spät war, dass wohl außer den Reinigungsleuten gar keiner mehr da wäre, um ihr zu helfen.

»Lutz, wir haben nicht …«, versuchte Kassi einen Einwand.

»HALT DIE SCHNAUZE! Was glaubst du eigentlich? Ihr Arschlöcher sitzt euch hier den ganzen Tag den Arsch platt und glaubt, ihr müsstet mir mein Leben kaputtmachen. Was ich in meiner Freizeit mache, geht ja wohl nur mich was an. Euretwegen habe ich jetzt richtig Ärger zu Hause, und mein Teamleiter forstet alle Spesenabrechnungen der letzten drei Jahre durch. VIELEN DANK, BETRIEBSRAT!«, seine Stimme überschlug sich.

Kassi merkte, wie ihr die Beine zitterten, und betete, dass er das nicht bemerkte. Sie hoffte, dass der Kollege sich etwas beruhigte, wenn er Dampf abgelassen hatte. Also verhielt sie sich ruhig.

»Lutz, so war es nicht. Wir haben darüber mit niemandem gesprochen …«, versuchte sie einen neuen Anlauf, wurde aber wieder unterbrochen.

»Ach nein, woher kommt denn die Nummer mit den erotischen Massagen? Ich habe sie, WIE DU DIR DENKEN KANNST!«, er betonte jede Silbe und stach jedes Mal mit dem Finger schmerzhaft in Kassis Schulter, »… nicht rumerzählt. Und irgendjemand muss das in die Personalabteilung getratscht haben!«

»Lutz, hast du Sascha Zurawski bedroht, weil er dich erpresst hat?«, ließ Kassi die Katze aus dem Sack.

»WAS???«, diese Frage traf ihn wie ein Schlag, und er taumelte einen Schritt zurück. Kassi nutzte die Gelegenheit und ging zügig, aber ruhig um den Schreibtisch herum.

»Ich denke, die Polizei ermittelt nicht nur wegen Zurawskis Sturz, sondern sehr wahrscheinlich auch wegen Erpressung. Und ich will jetzt von dir wissen, ob du darin verwickelt bist«, bohrte sie nun etwas forscher nach.

Lutz Häberlein sah sie mit leerem Blick an. Seine ganze Wut und Aggression waren in sich zusammengefallen, und er wirkte plötzlich kraftlos und zusammengesunken. Er blickte Kassi lange an. »Das werdet ihr mir nicht auch noch anhängen«, sagte er müde, drehte sich wortlos um und verließ das Büro.

Kassi ließ sich erschöpft in ihren Stuhl fallen. Er dauerte eine Weile, bis sie sich gesammelt hatte und den Heimweg antreten konnte. Dieser Tag ließ sie nicht zur Ruhe kommen.

Zu Hause angekommen, versuchte sie einmal mehr, sich mit Aufräumen abzulenken, brachte den Müll heraus, die leeren Kartons aus der Wohnung in den Keller, aber es half alles nichts. Zu viel war passiert. Murad hatte ein mehr als nachvollziehbares Motiv. Und möglicherweise wurde er von Zurawski zusätzlich erpresst und war der Verfasser der Drohnachricht. Der Einzige, der etwas beobachtet haben könnte, war Viktor. Scheinbar hatte er etwas mit diesen schrecklichen Filmen zu tun, bewegte sich also in einem Umfeld unvorstellbarer sexueller Gewalt und war überhaupt ein total schräger Typ. Und welche Rolle spielte Lutz Häberlein? Nach seinem Auftritt heute rückte er in ein ganz anderes Licht. Angesichts dieses Ausbruchs war ihm so einiges zuzutrauen. Und bei aller Rage hatte er genau genommen weder etwas zugegeben noch etwas abgestritten.

Erst sehr spät und nach einer ganzen Flasche Rotwein fand Kassi den Weg ins Bett. Ihre Gedanken wollten nicht zur Ruhe kommen. Sie warf sich im Bett hin und her, wachte immer wieder auf, weil sie meinte, Geräusche in der Wohnung zu hören, lauschte in die Nacht und dämmerte wieder weg, weil alles leise blieb. Nach einigen Stunden wachte sie auf, weil sie auf die Toilette musste. Da sie kein Licht anmachte, um im Schlafmodus zu bleiben, stieß sie schmerzhaft gegen die geöffnete Tür des großen Garderobenschrankes im Flur. »Verdammt!«, rief sie laut aus, nun doch hellwach. Warum stand die Tür überhaupt noch auf? Sie hatte zwar die Kartons aus dem Schrank genommen, um sie in den Keller zu bringen, aber danach hatte sie doch die Tür wieder zugemacht, meinte sie sich zu erinnern. Aber sie hatte einiges getrunken und war sich nicht mehr sicher.

Sie klappte die Tür zu, ging aufs Klo und wieder ins Bett zurück.

Plötzlich waren in ihren Gedanken die Szenen aus dem Betrieb wieder da. Sie konnte nicht mehr richtig unterscheiden, ob es die Erinnerungen oder schon der Schlaf waren, der sie mitgenommen hatte. Es war eine unruhige Nacht mit wirren Träumen. Sie sollte Zuschauerin in einem Snuff-Film sein und wollte der Frau helfen, die fürchterliche Qualen ertragen musste. Aber im Traum wurde sie von Murad so festgehalten, dass sie sich nicht bewegen und nicht laut rufen konnte. Dann war sie in der Kneipe und spielte mit Achim und Lutz Häberlein

Billard. Die ganze Zeit fühlte sie sich beobachtet und musste sich ständig umdrehen. Aber da war niemand zu sehen. Schweißgebadet wurde sie immer wieder wach und döste wieder ein.

VIKTOR

Viktor konnte es kaum glauben, als er nur zwei Tage, nachdem er den Stadtplan bei Sascha Zurawski gesehen hatte, die nächste Zahlungsaufforderung erhielt. Wie konnte es diese fette Made wagen, kochte er innerlich vor Wut. Das sollte ein Ende haben, gleich am nächsten Tag. Es war endlich an der Zeit, der Erpressung ein Ende zu setzen.

Viktor war sich unsicher in dieser ungewohnten Rolle des Aktiven, des Täters. Alles fühlte sich so anders an. Er empfand dabei keine Lust, sondern Macht. Das war völlig neu. Es fühlte sich gut an. Es schmeckte wie herber Honig, aber eben immer noch wie Honig. Schon morgen würde er diesem Versager unmissverständlich klarmachen, dass nun er, Viktor, die Spielregeln bestimmte und er das Geld zurückverlangte. Und für den Fall, dass Sascha das nicht verstand, würde Viktor ohne weitere Warnung das Thema auf seine Weise beenden. Es war ihm nur noch nicht ganz klar, wie er das anstellen sollte. Er hatte nicht wirklich etwas in der Hand, womit er dem Fettsack Druck machen konnte. Die paar kleineren Vergehen mit betrieblichen Werbegeschenken würden da nicht genügen. Und auch seine Haftstrafe in der Vergangenheit reichte nicht aus. Viktor war sich sowieso sicher, dass die Firma darüber Bescheid wusste.

Als er am nächsten Morgen wie gerädert vom schrillen

Fiepen des Weckers geweckt wurde, hatte er ein Gefühl von Muskelkater im Kopf. Dumpfe Kopfschmerzen, als wäre sein Schädel in einen Schraubstock eingespannt. Die Anspannung weitete sich auf seinen Körper aus. Als ihm die volle Kaffeetasse auf der Küchenplatte umkippte und sich die heiße, braune Flüssigkeit in die geöffnete Schublade darunter und über den Fußboden verteilte, öffnete sich für einen kurzen Moment das Ventil, und er zerschmetterte wutentbrannt die Tasse krachend an der Küchenwand. Die Scherben der zerberstenden Tasse verteilten sich wie Granatsplitter in der ganzen Küche. Einer traf Viktor am Jochbein und schlitzte ihm die Haut auf. »Verdammt«, fluchte er und griff sich an die Wange. Er spürte die warme, glitschige Flüssigkeit und sah im Spiegel, dass er ziemlich stark blutete. Ein kleines, rotes Rinnsal war bereits am Kinn angekommen, und erste Tropfen breiteten sich auf dem Fußboden aus. Er öffnete den Medizinschrank im Bad, um die Wunde zu versorgen. Es dauerte eine ganze Weile, bis er die Blutung stoppen konnte, um ein Pflaster darüberzukleben. Auf keinen Fall würde er die Küche so hinterlassen und zur Arbeit gehen.

Fast eine Stunde später als üblich erreichte er sein Büro. Es war niemandem aufgefallen. Schon vor der Frühstückspause hatte er aus seinem Fenster Zurawski beobachten können. Er würde ihn nach der Mittagspause in seinem Büro aufsuchen und zur Rede stellen. An Arbeiten war nicht zu denken, die ungeklärte Situation nagte an Viktor wie eine Raupe am Blatt. Es war unmöglich, auch nur einen klaren Gedanken zu fassen.

Plötzlich fiel ihm ein, dass Zurawski als Vorbestrafter bei einer Erpressung sofort wieder in Haft genommen würde, und das wohl für lange Zeit. Vielleicht konnte er ihn damit unter Druck setzen. Gleichzeitig konnte das aber auch bedeuten, dass die Erpressung und damit seine Beteiligung an diesem Film bekannt würde. Dann hätte er nichts gewonnen. Er war hin und her gerissen, als er mit seinem Gedankenkarussell am Fenster zur Halle stand und die Kolleginnen und Kollegen beobachtete.

Er könnte dem gierigen Fettwanst vielleicht auch einen Deal anbieten. Wenn er ihm nun einen dickeren Fisch zum Erpressen anbot und er im Gegenzug von ihm abließ … Viktor dachte nach. Das könnte vielleicht sogar klappen, denn bei ihm war ohnehin nicht mehr viel zu holen. Er hatte über die Jahre so viel schmutzige Wäsche über wichtige Leute im Betrieb gesammelt, da musste doch ein lukratives Opfer dabei sein. Sofort machte er sich an die Arbeit und ging seine Aufzeichnungen von Unterschlagungen, Vorteilnahmen und Eigentumsdelikten durch. Ja genau, hier war schon einer, dachte er sich und steckte die Werbeausdrucke für erotische Massagen ein.

Er würde es jetzt tun, entschied Viktor, als er sah, dass Zurawski nach einer ausgiebigen Raucherpause mit einem neuen Kaffee in sein Büro zurückkehrte. Er richtete sich auf, zog die Schultern zurück und reckte das Kinn hoch, bevor er entschlossen seine Bürotür öffnete und auf die Galerie trat. Mit nur wenigen Schritten hatte er Zurawskis Büro erreicht und trat energisch ein, ohne anzuklopfen.

»Du, komm doch rein«, merkte dieser mit einem herablassenden Unterton an, als er sich umgedreht und gesehen hatte, wer da in sein Büro gestürmt kam. »Anklopfen ist ja auch so achtzehntes Jahrhundert«, schob er lästernd hinterher.

Viktor bemerkte es nicht. Er war wie im Tunnel, berauscht von der Aussicht, dieses von dem Loser verursachte Chaos in seinem Leben zu beenden.

»Na, Kollege, was kann ich denn dieses Mal für dich tun?«, fragte Sascha süffisant, der Viktor nur einen flüchtigen Blick zugeworfen hatte.

Dieser trat direkt hinter die Lehne des Bürostuhls und drehte den Stuhl mit dem gewichtigen Kollegen darauf erstaunlich kraftvoll um. Nun stand er direkt vor Sascha, der nach oben gegen das Licht blinzeln musste, um Viktor zu erkennen. Dieser hatte ihn mit dem Stuhl so eingeklemmt, dass er nicht wegkonnte. »Ich weiß, dass du das bist«, zischte er Sascha mit gefährlich leiser Stimme entgegen.

»Dass ich wer bin?«, stotterte dieser, verunsichert von Viktors Veränderung.

»Du schickst mir die Bilder und Zettel und verlangst das Geld. Ich warne dich. Nur dieses eine Mal. Damit ist jetzt Schluss. Wage es nicht, dich jemals wieder mit einer Forderung zu melden.«

»Sonst was?«, wagte Sascha einen vorsichtigen Vorstoß. Aus seiner Stimme sprach ein Hauch von zurückgewonnener Selbstsicherheit.

Viktor zögerte, ob er die frühere Straftat in die Waagschale werfen sollte, beugte sich dann aber ganz dicht über Zurawski und wisperte ihm ins Ohr: »Sonst bringe ich dich um.«

Mit dem Schreibtisch hinter sich hatte Sascha ausreichend festen Rückhalt, um sich mit einem festen Ruck aus dem Stuhl hochzustoßen. Sein massiger Körper stieß Viktor dabei so energisch zurück, dass dieser einige

Schritte zurückwich, bevor er sich wieder fangen und sein Gleichgewicht zurückgewinnen konnte. Von diesem Angriff überrascht, fiel Viktor keine passende Reaktion ein.

»Willst du mir drohen? Du armer Wicht. Du willst mich umbringen? Du lässt dich regelmäßig von Frauen vermöbeln und willst mich umbringen?« Sascha stand nun in seinem Büro und war bei jedem Wort weiter auf Viktor zugegangen, bis er direkt vor ihm stand. Als er ihn auf Armeslänge erreicht hatte, schlug er ihn mit der flachen Hand an die Stirn.

Viktor merkte, dass es ihm nicht gelungen war, den Kontrahenten einzuschüchtern. Aber er war mit seiner Ansprache noch nicht fertig. Er würde hier und jetzt sagen, was es zu sagen gab, auch wenn sich das Blatt gerade gegen ihn gewendet hatte. »Und ich will mein Geld zurück«, stieß er heiser hervor. »Alles. Bis zum Ende des Monats. Sonst bringe ich dich um. Du wirst schon sehen.« So, jetzt war es heraus.

Zurawski blieb der Mund offen stehen. Er sah Viktor unverwandt an, und sein Gesicht verzog sich erst zu einer undefinierbaren Fratze, bevor es regelrecht in Gelächter explodierte. Es dauerte eine ganze Zeit, bis Sascha sich wieder so im Griff hatte, dass er zwischen Luftholen und Prusten einzelne Worte herausbrachte: »Du graues … Würst… Würstchen … machst hier auf … Killer und … und … und lässt dich … nachts zum … Pa… Paket verschnüren«, es folgte eine Lachsalve, »um einer … Schlampe die … Stiefel zu lecken.« Zurawski konnte sich vor Lachen kaum auf den Beinen halten und schlug sich immer wieder klatschend auf die voluminösen Schenkel.

Viktor stand ratlos und betreten in dem fremden Büro.

Tränen schossen aus Saschas Augen, als er sich vor Lachen verschluckte und heftig husten musste.

»Ich habe ein Angebot für dich«, änderte Viktor seine Taktik, als Zurawski sich etwas gefangen hatte. Dieser wischte sich immer wieder Lachtränen aus den Augen, als er zum Schreibtisch zurückging und sich wieder in seinen Bürostuhl setzte.

»Ach ja, was könntest du mir denn schon anbieten? Ich habe doch schon alles von dir, oder?«, wieder musste er anfangen zu lachen, bekam es dieses Mal aber schneller unter Kontrolle. »Also, Viktor, was hast du Schönes für mich?«

»Wenn du mir mein Geld zurückgibst und mich in Ruhe lässt, gebe ich dir Informationen über jemand anderen. Da kannst du viel mehr Geld holen als bei mir«, erklärte Viktor ruhig sein Angebot.

Sascha zog die Augenbrauen hoch. Damit hatte er zweifach nicht gerechnet: dass Viktor tatsächlich ein gutes Angebot hatte und er zugleich bereit war, jemand anderen ans Messer zu liefern.

»Du verstehst, Viktor, dass ich dieses ›Angebot‹ erst genau prüfen muss, bevor ich dich vom Haken lasse. Also, worum genau geht es?«

Viktor berichtete von den Spesenabrechnungen und den besonderen Dienstleistungen, die sich einige Mitarbeiter bei ausländischen Einsätzen aufs Zimmer bestellten. Sascha hörte aufmerksam zu und konnte sich, als Viktor einen Namen nannte, ein hämisches Grinsen nicht verkneifen.

»Also, kommen wir ins Geschäft?«, fragte Viktor abschließend und reichte Zurawski zum Vertragsabschluss die Hand.

Der sah ihn belustigt an. »Nein, Viktor, warum sollte ich? Ich habe jetzt zwei dicke Fische am Haken.« Er nahm Viktors Hand, drückte und schüttelte sie kräftig. »Danke, Kollege, echt vielen Dank, du bist ein feiner Mensch. Danke.«

Viktor riss seine Hand los. »Du bist ein toter Mann«, sagte er tonlos. »Du wirst schon sehen.«

Damit drehte er sich um und verließ mit Saschas Gelächter im Rücken dessen Büro. »Du wirst schon sehen«, sagte er sich wieder und wieder. »Du wirst schon sehen!«

Er meldete sich für den Rest des Tages wegen Unwohlsein bei seinem Vorgesetzten ab und fuhr nach Hause. Er würde sich nun wie auf ein wichtiges Schachspiel mit einer Strategie auf seine nächsten Spielzüge vorbereiten.

KASSI

»Hallo Mohammed«, grüßte Kassi freundlich, als sie den kleinen Dönerladen betrat. Mohammed drehte sich um, und ein freundliches Leuchten ging über sein Gesicht.

»Hallo Kassi. Willkommen. Bist du alleine?«, fragte er und sah zur Tür.

»Ja, ich wollte zum Essen vorbeikommen«, sagte sie zögerlich. Mohammed bat sie mit den Worten: »Murads Freunde sind meine Freunde«, an seinen privaten Tisch und nahm ihre Bestellung auf. Nach einer köstlichen türkischen Pizza und einem Eistee brachte Mohammed zwei dampfende Gläser Tee an den Tisch und setzte sich.

»Wie geht es dir?«, eröffnete er die Konversation.

Sie sprachen eine Weile über das Wetter und den aktuellen Tratsch aus Gommerstadt und kamen dann auf die LTS zu sprechen.

»Mohammed, ich muss mit dir reden«, kam Kassi vorsichtig auf den eigentlichen Grund ihres Besuches.

»Ja, ich habe mir schon gedacht, dass du nicht wegen des guten Tees hier bist«, lachte er verständnisvoll. »Also, was gibt es? Es ist wegen Murad, oder?«

Kassi nickte nur.

»Ist er in Schwierigkeiten?«, fragte Mohammed nach.

»Das weiß ich nicht«, gab Kassi ehrlich zu. »Ich mag Murad. Nicht soooo …«, fügte sie nach einer kurzen Pause eilig hinzu. Mohammed signalisierte, dass er verstanden hatte, und nickte ihr aufmunternd zu, weiterzureden.

»Es ist mir etwas unangenehm, weil es ein schwieriges Thema ist«, setzte sie neu an. »Ich kenne die Geschichte von Sultan.«

Mohammed blickte traurig nach unten und knetete verlegen seine Hände. Kassi bemerkte augenblicklich, wie schwer der Tod dieses kleinen Bruders wog. Sie erzählte Mohammed alles, was sie über die Schlägerei und das Gerichturteil herausgefunden hatte. Aus irgendeinem Grund vertraute sie Mohammed, und die Erlebnisse der letzten Tage sprudelten regelrecht aus ihr heraus. Er hörte still zu, als sie von Sascha Zurawski berichtete, von dessen Unfall und dass sie Murad auf der Trauerfeier gesehen hatte. Fast flüsternd und beschämt trug sie ihren Verdacht vor, in der Hoffnung, Mohammed könnte ihn jetzt und hier entkräften.

Der schwieg lange, stand dann mit einer Entschuldigung auf, nahm seine Zigaretten und ging zur Vordertür hinaus, um zu rauchen. Als er den Imbiss wieder betrat, schloss er die Tür hinter sich ab und drehte das Türschild mit der Aufschrift *Closed* nach außen, bevor er sich mit zwei neuen Gläsern Tee wieder zu Kassi an den Tisch setzte.

»Ich kenne Murad und seine Familie schon, seit er ein kleiner Junge war«, begann er mit ruhiger Stimme. »Wir sind zusammen aufgewachsen und haben eine Zeit lang zusammen im selben Betrieb gearbeitet.« Mohammed berichtete von Murads unbeschwerter Kindheit und der glücklichen Jugend im Kreise seiner Familie, seiner Geschwister, Eltern und Freunde. Er konnte die gemeinsamen Abende, Familientreffen und Ausflüge so beschreiben, dass Kassi die Sonnenwärme auf der Haut spürte und den Weihrauchduft roch. Mohammed kannte auch Fatma, Murads Frau. Die wunderschöne, gebildete und selbstbewusste Tochter eines wohlhabenden, entfernten Verwandten aus Damaskus. Das Glück wurde perfekt, als die gemeinsame Tochter Leyla zur Welt kam.

Mohammed machte eine lange Pause. Kassi, die bisher nichts gesagt hatte, holte tief Luft und sagte mehr zu sich selbst: »So etwas habe ich mir schon gedacht. Murad spielt immer mit seinem Ringfinger, so als wäre da mal ein Ring gewesen.«

Mohammed nahm sich eine Serviette, putzte sich die Nase und tupfte sich verstohlen die Augen trocken.

»An Leylas erstem Geburtstag brach dann die Hölle über Murad herein«, nahm Mohammed, etwas zu theatralisch fand Kassi, die Geschichte wieder auf. Dass »Hölle« aber sogar eine unvorstellbare Untertreibung war, wurde ihr bewusst, als Mohammed von dem Bombeneinschlag mitten ins Haus berichtete, vom Tod aller Familienangehörigen, außer Sultan. Murad hatte allein deswegen überlebt, weil er zu den Nachbarn gegangen war, um sie zur Geburtstagsfeier für Leyla einzuladen. Mohammed beschrieb, wie Murad den halb zerquetschten, aber lebenden Sultan unter den Trümmern gefunden hatte. Wie er sich danach um ihn gesorgt und dabei selbst versucht hatte, irgendwie zu überleben. Mit der Flucht nach Europa und ihrem zufälligen Wiedersehen in Gommerstadt endete Mohammeds Bericht.

Kassi und Mohammed saßen lange schweigend in Gedanken und schämten sich nicht, dass sie die eine oder andere Träne wegtupfen mussten.

»Kassi, ich bin froh, dass Murad dich hier getroffen hat. Du bist ein netter Mensch. Murad hat die Hölle schon hinter sich. Alles, was jetzt noch kommt, wird dagegen lediglich ein kleines Problem sein. Sultan war alles, was Murad noch hatte. Er hätte sein Leben für ihn gegeben«, sagte Mohammed und stand erneut auf, um eine Zigarette zu rauchen.

Kassi blieb noch eine Weile sitzen und erhob sich dann ebenfalls. Sie hatte das Gefühl, tonnenschwere Gewichte an den Armen und Beinen zu tragen.

»Danke, Mohammed, danke. Das war bestimmt nicht leicht für dich. Ich weiß dein Vertrauen zu schätzen«, sagte sie draußen vor der Ladentür mit müder Stimme und verabschiedete sich.

Mohammed sah ihr nach, bis sie um die Ecke verschwunden war.

MURAD

Murad ließ den Mörder seines Bruders nach dessen Entlassung aus der Haft nicht mehr aus den Augen. Wie ein Schatten hing er an ihm. Es musste nur der richtige Moment kommen.

Nach überraschend kurzer Zeit hatte dieser Verlierer tatsächlich eine Arbeit gefunden. Nachdem er im Waschsalon ein paar Klamotten gereinigt und mehr schlecht als recht gebügelt hatte und sich bei einem Zwölf-Euro-Friseur die Haare hatte schneiden lassen, konnte er tatsächlich einen Job in einem Maschinenbaubetrieb ergattern.

Damit kannte Murad einen weiteren wichtigen Aufenthaltsort seines Opfers. Vielleicht sollte er versuchen, in derselben Firma einen Job zu bekommen. Das wäre riskant, denn es wäre denkbar, dass Zurawski sich an ihn erinnerte. Er hatte bei der Verhandlung im Gerichtssaal gesessen, jedoch immer im Rücken der Mörder und meist auch ganz hinten. In der Zwischenzeit hatte Murads Äußeres sich zudem sehr verändert, der Bart war länger, die Haare anders geschnitten und durch das Hanteltraining war sein Körper muskulöser geworden. Es könnte also klappen, unerkannt im Betrieb zu arbeiten. Er musste es einfach versuchen.

Er wollte das mit Bernd, den er unregelmäßig in der Gemeinschaftsunterkunft besuchte, besprechen. Murad hatte Glück, und Bernd konnte sich gleich Zeit für ihn nehmen. Nachdem sie sich zum üblichen Small Talk über Befinden, Job und Gesundheit ausgetauscht hatten, hielt Murad den richtigen Zeitpunkt für gekommen, sein Anliegen vorzubringen.

»Ich will bei LTS-Firma arbeiten. Wie kann ich machen?«, fragte er Bernd.

Der kratzte sich nachdenklich am Kopf, putzte dann umständlich seine Brille und gab noch zwei Löffel Zucker in eine frische Tasse Tee. Murad glaubte fast, er hätte seine Frage nicht gehört, als er sagte: »Das ist nicht so einfach, aber auch nicht unmöglich. Zuallererst müssen die natürlich überhaupt erst mal jemanden wie dich suchen. Wenn die keinen brauchen, wird es schwierig. Warum denn ausgerechnet diese Firma?«

Murad wollte ihn nicht anlügen und antwortete: »Ich gelesen, das gute Firma. Ich wissen viel mit Metall. Vielleicht ich da bleiben für feste Stelle mit Kollegen und so.«

Das leuchtete Bernd ein und genügte ihm als Erklärung. Er gab Murad viele Hinweise und Tipps zu Möglichkeiten, sich auf eine Stelle zu bewerben. Zusätzlich bot er an, sich umzuhören, ob es irgendwelche Kontakte in den Betrieb gab, die er für Empfehlungen nutzen könnte. Murad verstand zwar nicht alles, was Bernd ihm da erzählte, aber er würde es einfach versuchen und sich bei der Firma bewerben.

Zwei Monate später war es so weit, und Murad konnte Anfang August als Leiharbeiter für die Produktion in der Montage anfangen. Er hatte leichte Helfertätigkeiten zu erledigen: Material an die Produktionslinien transportieren, volle Boxen mit fertigen Produkten ins Materiallager fahren, Reinigungsarbeiten, Aufträge im Magazin erledigen oder Abfälle beseitigen. Murad war zufrieden, weil er die Arbeiten nicht nur sehr schnell draufhatte, sondern sich auch weitgehend unbemerkt frei im Betrieb bewegen konnte. Das würde einiges erleichtern.

Zurawski hatte er bisher nicht gesehen. Murad hatte sich in allen Bereichen, zu denen er im Betrieb Zugang hatte, immer wieder gründlich umgesehen. Selbst in den Pausenräumen, der Kantine und auf dem Parkplatz. Er konnte ihn nirgendwo entdecken.

»Hey, Ali, siehst du die Box da vorn neben dem Tisch? Bring die mal zu Viktor rauf«, rief Oleg von der Linie 3 ihm nach der ersten Woche im Betrieb zu.

»Ich sein Murad«, entgegnete er Oleg.

»Das ist mir scheißegal, ihr seht für mich alle wie Ali aus. Also, los jetzt.«

»Wer ist Viktor und wo ist?«, fragte Murad resigniert zurück.

»Das ist da oben das Büro an der Stirnseite, siehst du?« Oleg wies mit dem Finger in die Richtung. »Das Fenster, in dem kein Licht an ist. Da arbeitet Viktor, der ist vom Einkauf. Der wartet schon. Ich habe einen Zettel in die Box gelegt, da steht alles drauf.«

Murad nahm sich die Kiste und das Klemmbrett mit den Papieren, musste ein bisschen nach dem Treppenaufgang zu den oberen Büros suchen und ging dann los. Seine klobigen Arbeitsschuhe donnerten auf den Stahlstufen, und die Treppe bebte leicht unter seinen schweren Schritten. Gerade als er oben am Treppenende auf der Galerie angekommen war, ging seitlich eine Tür auf – und DAS SCHWEIN trat auf den Gang. Murad wurde heiß und kalt. Darauf war er nicht vorbereitet gewesen. Was sollte er tun? Wenn er sich jetzt umdrehte, wäre es noch viel auffälliger. Er würde direkt am Mörder seines kleinen Bruders vorbeigehen, ihn vielleicht berühren und grüßen müssen. Er wusste nicht, ob er das konnte. Würde Sascha ihn erkennen, fragen: »Bist du nicht der aus dem Gerichtssaal?«, und: »Was machst du denn hier?«, oder Ähnliches. In Murad rasten die Gedanken, Panik stieg auf. Er ging mit gesenktem Kopf die Galerie entlang, rechts das Sicherungsgeländer zur Montagehalle, links die Wand mit den Türen zu den Büros. Es gab kein Entkommen. Seine Hände wurden schweißnass. Noch wenige Schritte, dann würden sie aufeinandertreffen. Murad nutzte eine Türnische, um sich, mit seiner Kiste als Art Schutzschild, ganz nach links zu stellen. Er hielt die Luft an, bereit, entdeckt, erkannt, enttarnt zu werden. Sein ahnungsloses Überwachungsopfer watschelte grußlos an ihm vorbei. Das war's, mehr nicht. Nichts passiert. Murad atmete erleichtert aus. Das war knapp, gerade noch mal gut gegangen. So dicht war er dem Schwein noch nie gekommen. Der schien völlig ahnungslos, konnte sich nicht vorstellen, unter Beobachtung zu sein, schon gar nicht im Betrieb. Aber Murad war ihm auf den Fersen.

»Hallo Herr Viktor, ich das abgeben«, sagte Murad in den dunklen Raum hinein, nachdem er auf sein Anklopfen hin in das Büro gebeten worden war. Die Jalousie vor dem Fester nach außen war vollständig zugezogen. Einzige Lichtquelle war der Monitor, vor dem ein unscheinbarer Mann Mitte fünfzig saß.

»Kannst du hier abstellen«, sagte der Mann, bei dem es

sich wohl um besagten Viktor handeln musste, und wies auf einen Wagen, der neben seinem Schreibtisch stand.

Soweit Murad in der Dunkelheit erkennen konnte, war das ganze Büro akribisch sauber, sehr aufgeräumt und ordentlich. Murad brachte seine Kiste zu dem Wagen und stellte sie dort ab.

»Bist du neu hier?«, fragte Viktor.

»Ja, Leiharbeiter, ich Murad«, stellte er sich vor.

»Ah, ok«, antwortete Viktor, der damit die Unterhaltung für beendet hielt und sich wieder dem Monitor zuwandte.

Was für ein Idiot. Eine ganze Etage voll Idioten, dachte Murad.

»Kennst du hier jemanden?«, fragte Viktor unvermittelt, ohne den Kopf von seiner Arbeit auf dem Schreibtisch zu heben.

Murad wurde bleich und fühlte sich ertappt. Konnte es sein, dass dieser Viktor etwas wusste? Gut, dass es in dem Büro so dunkel war, da würde man nicht sehen, dass er so erschrocken war über diese direkte Frage. »Nein, niemand kennen. Warum fragen?«, entgegnete er und bemühte sich um einen möglichst gleichgültigen Tonfall. Er wartete, ob sich der Kollege weiter äußern würde. Als sich Viktor nicht weiter um ihn kümmerte, entschied er sich zu gehen und zog mit einem: »Gutes Tag«, die Bürotür hinter sich zu.

Komisch, fand Murad bei sich, warum hatte der das nur gefragt? Vielleicht hatte dieser Viktor beobachtet, wie er gerade Sascha im Gang getroffen hatte. Murad konnte sich keinen Reim darauf machen.

Das unerwartete Zusammentreffen mit Zurawski auf der Galerie stellte sich allerdings als Glücksfall heraus. Denn so wusste Murad, wo seine Beute genau arbeitete.

Aus der Montagehalle heraus konnte er ihn gut im Auge behalten. Und auch hier im Betrieb bewies seine Beute eine Vorliebe für regelmäßige und vor allem schlechte Gewohnheiten. Er kam meist als Letzter zur Arbeit, ging aber überpünktlich, hielt peinlich genau seine Pausen ein, die er bis zur letzten Minute voll ausnutzte, um sie dann durch den zusätzlichen Weg zum Kaffeeautomaten, zum Rauchhäuschen vor der Halle und wieder zum Kaffeeautomaten auszudehnen. Erst dann suchte er wieder sein Büro auf. Man konnte fast die Uhr danach stellen.

Wenn dieser Scheißkerl doch einfach nur tot umfallen würde, dachte Murad wütend bei sich, wenn er dieses sorglose Leben beobachtete. Das war der Mörder seines Bruders, der ihm mit dreckigen Straßenschuhen noch ins Gesicht getreten hatte, als Sultan schon um Luft ringend wehrlos am Boden lag. In dieses unschuldige, traurige Gesicht, das schon viel zu viel Leid und Schmerz gesehen hatte. Dieses freundliche Gesicht, das mal bestimmt gewesen war, zu lachen, zu küssen, in Kinderaugen zu blicken. Das alles zertreten im Dreck einer nächtlichen Seitenstraße. Brutal zusammengeschlagen von diesem besoffenen Schwein. Er hatte ihn verrecken lassen, allein, voll Schmerz, ohne Hilfe, wie eine zertretene, ausglimmende Zigarette. Und hier lief er jetzt, geachtet, frei, trank Kaffee, hatte ein Büro, wurde gegrüßt, hatte Rechte. Wenn er doch nur einfach tot umfallen oder stolpern und von da oben herunterstürzen würde, dachte Murad wieder und wieder, wenn er zu der Galerie hochblickte und Sascha mal wieder zum Kaffeeautomaten oder Rauchen watscheln sah. Die Galerie wäre hoch genug, und bei seiner Körperfülle und Unbeweglichkeit wäre er nicht imstande, den Sturz irgendwie abzufangen. Unfälle passierten.

VIKTOR

Er fühlte sich beobachtet, unsicher, gehetzt. Diese Kassi war ihm mit ihren Ermittlungen auf eine äußerst unangemessene Art zu nahe gekommen. Er musste sie stoppen. Sie war in sein Leben eingedrungen, hatte ihm nachspioniert, war ihm schon fast auf die Schliche gekommen. Sie hatte in der Wohnung dieses Dreckskerls Sascha das Foto von ihm und dieser Frau aus dem Film gefunden, mit dem Sascha ihn die ganze Zeit erpresst hatte. Dieses Geheimnis war mit Zurawskis Tod untergegangen, und dabei sollte es auch bleiben. Dieser Trottel hatte dann aber alles offen in seiner Wohnung herumliegen lassen. Jetzt hatte Kassi wieder alles hervorgewühlt und konnte eins und eins zusammenzählen. Das einzige Puzzleteil, das Kassi wohl noch fehlte, war das Wissen, dass er es höchstselbst auf diesem Foto war. Vielleicht konnte sie es sich denken, aber bisher hatte sie nur Indizien. Er musste sie stoppen. Inzwischen war Viktor unsicher, ob man ihm aus seiner Beteiligung an diesem Film nicht doch irgendwie einen Strick drehen konnte. Das musste er unbedingt verhindern.

Er würde Kassi sagen müssen, wie sich das alles wirklich zugetragen hatte, und sie dann zum Schweigen bringen.

Als einer der wenigen im Betrieb kannte er Saschas Vergangenheit schon kurz nach seiner Einstellung im

Betrieb. Der Richter aus Zurawskis Verfahren war mit ihm im Schachverein und hatte mit seinen spektakulären Fällen geprahlt. Und natürlich hatte Viktor auch gleich Murads ungewöhnliches Verhalten als neuer Leiharbeiter im Betrieb bemerkt, als der sich immer wieder auffällig umgeschaut hatte, als suchte er jemanden. Viktor hatte es amüsiert beobachtet und sich diesen Murad mal mit einer Teilelieferung in sein Büro bestellt.

Oben auf der Galerie war der Helfer dann Sascha direkt in die Arme gelaufen. Dem Araber hatte man den Schock direkt ansehen können. War Sascha etwa die gesuchte Person gewesen? Kannten sich die beiden etwa? Wenn ja, woher? Da Zurawski sich aber weder umgedreht noch mit dem Helfer gesprochen hatte, war Viktor unsicher gewesen, ob die beiden sich kannten. Vielleicht hatte es etwas mit Saschas Haftstrafe zu tun. Er würde dem Richter im Schachverein noch mal vorsichtig auf den Zahn fühlen.

Bereits eine Woche später kannte er den Zusammenhang zwischen Sascha und dem Leiharbeiter. War das nicht ein eigenartiger Zufall, dass sich diese beiden Männer hier im Betrieb begegneten?

Es dauerte wieder nicht lange, bis ihm auffiel, dass der junge Leiharbeiter häufig zu Saschas Büro hochsah. Wie hieß er noch gleich, Mohammed? Sie hießen doch irgendwie alle Mohammed. Nein, Mehmet, nein, Murad, fiel es ihm wieder ein. Er hatte seinen Namen gesagt, als er die Box mit den Teilen zu ihm ins Büro gebracht hatte. Viktor beobachtete Murad, wie dieser wiederum Zurawski beobachtete. Was hatte er vor? Viktor konnte dieses Schauspiel von seinem Logenplatz aus gut verfolgen. Viele der langweiligen Kundentelefonate führte Viktor mit seinem

Headset stehend am Fenster zur Montagehalle. Ihm gefiel es, zuzusehen, wie die anderen Beschäftigten wie kleine fleißige Ameisen wuselten, Teile zusammenbauten, Material an die Arbeitsplätze lieferten, fertige Teile oder Gitterboxen abtransportierten. Er konnte beobachten, wie sie zusammenstanden und lachten, Kaffee oder Cola tranken, versteckt hinter der Maschine mit einem Schnaps auf einen Geburtstag anstießen, sich wegen Fehlern stritten und anbrüllten oder sich Kolleginnen und Kollegen wie zufällig zärtlich berührten.

Er konnte sich beim besten Willen nicht vorstellen, warum Murad sich so für Zurawski interessierte, außer um ihm gezielt aus dem Wege zu gehen. Andererseits wusste Murad offenbar, wer dieser fette Typ war, während dieser, so schien es, völlig ahnungslos war, wer ihn da unten in der Halle beobachtete. Viktor legte einen neuen Ordner in seinem Hängeregister an und bezeichnete ihn mit *M*. Dort hielt er alle seine Beobachtungen mit Datum und Uhrzeit fest. Das würde ihm sicher nützlich sein. Denn schließlich hatte er mit diesem Idioten Zurawski ja selbst noch eine Rechnung zu begleichen. Vielleicht konnte Murad ihm da unwissentlich behilflich sein.

Murads Verhalten blieb rätselhaft. Jedes Mal, wenn Murad mit einer Lieferung zu ihm hochkam, setzte er die Kiste oder das Teil kurz oben auf der Galerie ab. Dann holte er ein Klemmbrett, das er unter dem Arm trug, und einen Stift aus der Beintasche seiner Arbeitshose hervor und notierte sich etwas auf dem Geländer. Es dauerte jedes Mal nur einen kurzen Moment, dann packte er alles wieder ein, nahm die Kiste oder das zu liefernde Teil auf und brachte es zu Viktor. Dabei trug er immer

Arbeitshandschuhe, was die Prozedur etwas umständlich machte. Viktor kam nicht darauf, was Murad da machte. Der Vorgang wiederholte sich wieder und wieder. Unauffällig, unaufgeregt, wie im Vorbeigehen.

Da er Murad nicht besonders beachtete, wenn dieser die Ware bei ihm anlieferte, stellte er erst nach einiger Zeit durch einen zufälligen Blick auf das Klemmbrett fest, dass dort nichts drauf war. Kein Papier, nichts Geschriebenes, keine Tabelle oder Notizen. Die Liste mit den gelieferten Teilen, die Murad bei der Lieferung unterzeichnen musste, hatte er immer in der Brusttasche seiner Arbeitshose. Viktor wurde aufgeregt, ein Rätsel. Er mochte Rätsel. Warum tat Murad so, also notierte er sich etwas auf einem Klemmbrett? Immer dort vorn am Beginn der Galerie? Er würde sich die Stelle genauer ansehen, unauffällig. Er wollte Murads Tun auf keinen Fall stören oder gar behindern, was immer es war und welchen Zweck Murad auch immer verfolgte. Es war einfach zu spannend.

So ging er an verschiedenen Tagen zu unterschiedlichen Zeiten an der besagten Stelle vorbei, konnte aber bei einem flüchtigen Blick nichts erkennen. Er wollte sich nicht auffällig über das Geländer beugen, nachsehen oder gar anfassen. Er konnte nicht sicher sein, dass der Leiharbeiter gerade in dem Moment aus der Halle heraufsehen und ihn dabei entdecken würde. Mit dem Geländer schien alles so weit okay, und an anderer Stelle hatte der Helfer nie angehalten.

Viktor war sich fast sicher, dass Murad etwas am Handlauf manipulierte. Warum aber sollte er das tun? Damit sich jemand an der Hand verletzte? Wenn es Sascha treffen sollte, war das von zu vielen Zufällen abhängig. Abgesehen davon nutzte den Handlauf ohnehin kaum jemand. Der sollte ja auch eher eine Sicherung gegen einen Sturz von der Galerie darstellen.

Die Erkenntnis traf ihn wie ein Schlag: Es ging nicht um eine Verletzung, sondern tatsächlich um einen Sturz. Sascha sollte von der Galerie stürzen. Viktor hatte keine Ahnung, wie Murad das bewerkstelligen wollte. Das Geländer war nicht angesägt oder sonst sichtbar beschädigt. Das wäre wohl auch zu offensichtlich. Viktor tippte auf Chemikalien. Die ließen sich mit einer Spritze oder Pipette schnell aufbringen, und aus der Ferne könnte es aussehen, als würde sich da jemand Notizen machen. Dieser clevere Leiharbeiter musste es also irgendwie hinbekommen, dass eine Situation entstand, bei der dieses Stück Handlauf nachgab, wenn Sascha eigentlich auf dessen Halt angewiesen war. Das war eine knifflige Aufgabe, und Viktor war gespannt zu sehen, wie Murad sie lösen würde.

Und keinesfalls war er geneigt, einzugreifen, sollte dieser Leiharbeiter sein Vorhaben wirklich umsetzen. Vielleicht würde er mit Murads Hilfe sein größtes Problem loswerden.

VIKTOR

Viktor war seine Notizen nochmals akribisch durchgegangen. Er konnte anhand der gesammelten Daten exakte Bewegungsprofile von Kassi erstellen. Nicht nur für die Tätigkeiten und Routinen im Betrieb, sondern auch für ihr privates Umfeld. Über Stunden und Tage hatte er sie beobachtet, war ihr nachgegangen, wo immer sie sich zu Fuß in der Stadt bewegte. Natürlich wusste er längst, wo sie wohnte, welche Leute zu ihr zu Besuch kamen und wie lange sie blieben. Er hatte recherchiert, dass ihr Bruder Leiter des Stadtarchivs war, wann ihre ältere Nachbarin üblicherweise das Haus verließ und die Eingangstür dann für einen kurzen Moment unverschlossen war. Er hatte sich mehrmals im Treppenhaus versteckt und bemerkt, dass Kassi die Wohnungstür offen ließ, wenn sie den Müll herausbrachte oder vom Paketboten im Erdgeschoss eine Lieferung entgegennahm. Alles hatte er genauestens in seinem Dossier mit Datum und Uhrzeit notiert. Er wusste, dass ihm diese Informationen einmal nützlich sein würden. Und jetzt war es so weit. Er musste nur noch seine Figuren in Stellung bringen, zum passenden Zeitpunkt die richtigen Spielzüge machen – und würde dann als Sieger vom Brett aufstehen.

Es wäre nach seinen Aufzeichnungen mit einigermaßen Glück also ein Leichtes, Kassi spontan zu besuchen, um mit ihr die Angelegenheit »Sascha Zurawski« abschließend zu erörtern. Er rechnete nicht damit, dass sie ihn nach Hause einladen oder freiwillig in die Wohnung lassen würde, wenn er bei ihr klingelte. Er wollte mit ihr reden. In ihrer Wohnung. Ganz ruhig. Und sie würde ihm zuhören. Zuhören müssen. Zumindest dieses eine Mal. Anders als in seinem Büro oder im Stadtcafé würde sie ihn nicht abwimmeln oder einfach sitzen lassen können. Dafür würde er sorgen.

Und wenn er ihr alles erklärt hatte, sie die ganze Wahrheit über ihn, Murad und Saschas Unfall erfahren hatte, würde sie ihn sicher bewundern. Sie würde verstehen, was für eine unwürdige Person Sascha war und warum er den Tod gefunden hatte. Sie würde erkennen, wie klug er, Viktor, gehandelt hatte und dass Murad, wie auch im richtigen Leben, nur ein Handlanger war. Er würde ihr klarmachen, dass sie etwas Besseres verdient hatte und einzig er selbst würdig war für sie.

Trotzdem würde er sie dann bestrafen müssen für ihr Eindringen in sein Leben. Sie musste verstehen, dass sie bei ihm nicht das Sagen hatte, sie ihn nicht dominieren würde, sie ihn zu respektieren und ihm zu gehorchen hatte. Da er sie mochte, würde er sich als Buße für ihr Vergehen etwas Besonderes einfallen lassen müssen. Die Strafe sollte ihr zwar für lange Zeit in Erinnerung bleiben, aber er wollte sie auch nicht schwer verletzen. Er musste nachdenken und ging alle ihm bekannten Möglichkeiten durch. Und das waren so einige.

Viktor nahm eine beigefarbene Weste mit zahlreichen Taschen aus dem Kleiderschrank. Kollegen hatten immer wieder gelästert, ob er zum Angeln unterwegs sei, wenn er sie im Betrieb getragen hatte. Er hatte es immer ignoriert. Die Weste war bequem, unauffällig und bot einigen Stauraum. Da er im Treppenhaus nicht auffallen und auch beweglich bleiben wollte, kam eine separate Tasche nicht infrage.

Aus seinem Medizinschrank im Bad nahm er eine kleine, braune Flasche mit einer klaren Flüssigkeit und eine Pipette. Vielleicht würde er die Tropfen benötigen, falls Kassi mit seinem Vorgehen nicht einverstanden war. Er hatte diese Tropfen immer wieder selbst benötigt, wenn die Schmerzen nach einer Behandlung zu stark gewesen waren. Es war zwar nicht ganz einfach gewesen, sie zu beschaffen, aber sie hatten es oft überhaupt erst möglich gemacht, dass er am Montag zur Arbeit gehen konnte. Richtig dosiert, betäubten sie nur Schmerzen; stark dosiert, konnte ein Mensch handlungsunfähig werden.

Aus der Schublade seines Nachttisches holte er den Elektroschocker, den er immer zu seinen Schachabenden mitnahm, und steckte ihn ebenfalls in eine Westentasche. Er war einmal auf einem nächtlichen Nachhauseweg von mehreren Jugendlichen belästigt worden und hatte sich sehr hilflos gefühlt. Das sollte ihm nicht wieder passieren. Er hatte sich daraufhin ein Pfefferspray und diesen Teaser gekauft. Beides war klein und handlich, passte unauffällig in jede Jackentasche und konnte Angreifer schnell überzeugen, sich besser ein anderes Opfer zu suchen. In geschlossenen Räumen hatte das Pfefferspray für ihn keinen Sinn, zu groß war die Gefahr, sich selbst zu schädigen. Damit fühlte sich Viktor für das Gespräch gut vorbereitet.

Zurück im Badezimmer, nahm er aus dem Spiegelschrank sein Rasiermesser, schärfte es am seitlich hängenden Lederriemen und steckte es in die Brusttasche. Es fehlten nur noch die Kabelbinder. Auf keinen Fall wollte er riskieren, Kassi, wenn er sie bestrafte, zu verletzen, weil sie zappelte. Die Tropfen aus dem Fläschchen würden sie zwar beruhigen, aber es bestand immer noch ein Restrisiko, dass sie sich ruckartig bewegte und er ihr ernsthaft schaden könnte. Das würde er vermeiden, wenn er sie vor der Züchtigung mit den Kabelbindern fixierte. Wenn allerdings alles nach Plan verlief, würde er sie einfach nur »rasieren«.

KASSI

Gib mir mein Herz zurück, du brauchst meine Liebe nicht,
tönte Herbert Grönemeyer um halb sechs morgens aus
ihrem Radiowecker. Am liebsten hätte sie den Wecker einfach ausgeschaltet, sich umgedreht und weitergeschlafen.
Sie lag noch einen Moment dösend im Bett, als ihr Ge-
hirn sie langsam, aber sicher in den Alltag und die Realität
zurückholte. Heute hatte sie einen langen Tag vor sich, bei
dem ein Termin im Betrieb auf den nächsten folgen würde.
Sie konnte sich also nicht verspäten. Sie hatte Helmuts Geduld in den zurückliegenden Tagen sowieso schon zu oft
strapaziert.

Sie seufzte tief, stellte den Wecker aus, schlug die
Decke zurück und schwang sich aus dem Bett. Sie griff
ihren Bademantel und ging ins Bad. Nach einer langen
Dusche und einem dampfenden Cappuccino würde die
Welt wieder etwas freundlicher aussehen. Im Bademantel
und die frisch gewaschenen Haare in einem Handtuch
eingewickelt, ging sie in die Küche und stellte die Kaffeemaschine an. Die piepste nach mehr Wasser, mehr Boh-
nen, und auch der Milchbehälter verlangte nach mehr
Inhalt. Mal wieder das volle Programm! Leicht genervt
öffnete Kassi den Kühlschrank, um die Milch herauszu-
nehmen. Als sie die Tür wieder schloss, stand Viktor vor
ihr.

Kassi gefror das Blut in den Adern, eine Gänsehaut überlief ihren ganzen Körper, und sie merkte, wie sich ihr die Haare auf den Armen aufstellten. Ruhe bewahren, dröhnte es in ihrem Kopf.

»Viktor, was tust du hier?«, war das Einzige, was sie tonlos herausbrachte. Dabei versuchte sie ihre Stimme unter Kontrolle zu behalten, damit er ihr die Überraschung nicht anmerkte. Sie war in der Küche gefangen, denn Viktor versperrte ihr den Weg.

»Hallo Kassi, guten Morgen. Ich dachte, wir sollten mal in Ruhe reden«, sagte Viktor mit leiser Stimme und scannte sie mit einem unverschämten Blick von oben bis unten ab.

Kassi wurde sich ihrer Verletzlichkeit, nur mit einem Bademantel bekleidet, bewusst. Sie spürte, wie ihre Finger kalt wurden und das Blut in ihrer Stirn pochte. Sie fing an zu zittern und hoffte, dass Viktor es nicht bemerkte. Reiß dich zusammen und konzentrier dich, wiederholte sie sich immer wieder in Gedanken und zog unwillkürlich den Bademantel enger zusammen. »Dann lass uns einen Termin machen, und wir treffen uns später bei mir im Büro«, bot sie Viktor an und griff unauffällig nach ihrem Handy, das auf der Küchenplatte lag.

»Pack das Handy weg«, zischte Viktor, der sie nicht aus den Augen ließ. »Wir reden jetzt.« Um zu unterstreichen, dass er es ernst meinte, zog er blitzschnell einen Elektroschocker aus seiner Westentasche und drückte ihn Kassi auf die nackte Haut ihres Ausschnittes.

Kassi rechnete jeden Moment mit einem heftigen Stromschlag, der sie außer Gefecht setzen würde. Aber Viktor fixierte sie nur mit einem geifernden, bohrenden

Blick. Unbemerkt ließ sie das Handy in die rechte Bademanteltasche gleiten und zeigte Viktor ihre beiden leeren Hände als Zeichen, dass sie seinen Anweisungen folgen würde. »Dann lass uns doch ins Wohnzimmer gehen, da können wir uns setzen«, versuchte sie die Situation zu entschärfen und mehr Raum zu gewinnen.

»Nein, Kassi, du sagst hier gar nichts an. Ich sage dir jetzt, was bei Saschas Unfall wirklich passiert ist. Und dann muss ich dich leider dafür bestrafen, dass du dich so in mein Leben eingemischt und alles durcheinandergebracht hast. Das verstehst du sicher, oder?«, fragte Viktor gefährlich freundlich. »Setz dich da an den Küchentisch«, sagte er und wies auf einen Stuhl in einer Nische, »den da bitte.« Er drückte Kassi mit dem Teaser auf der Haut direkt auf den Stuhl. Die Spitzen bohrten sich schmerzhaft auf ihr Brustbein. Aber sie versuchte sich nichts anmerken zu lassen. Sie würde ihm so wenig Macht überlassen, wie sie verantworten konnte, ohne sich selbst zu gefährden. Viktor schien zu allem fähig, und er hätte sie sicher überwältigt, bevor sie eine Schublade aufziehen und ein Messer hätte greifen können.

»Wie bist du überhaupt hier reingekommen«?, versuchte sie erneut ein Gespräch, um Viktor abzulenken.

»Eine Bewohnerin hat mich gestern Nacht ins Haus gelassen. Und als du dann später den Müll noch weggebracht hast, hattest du die Tür nur angelehnt. Das ist ja fast eine Einladung«, sagte Viktor und gluckste, was wohl ein Lachen sein sollte. »Kassi, du solltest wirklich vorsichtiger sein. Es gibt so viele schlechte Menschen.«

Kassi wurde heiß und kalt zugleich. Das bedeutete, dass Viktor schon die ganze Nacht hier bei ihr in der Wohnung gewesen war. Er hatte sie im Schlaf beobachtet, sie vorhin vielleicht unter der Dusche gesehen und sich in aller Ruhe in ihrer Wohnung umgesehen, ohne dass sie es bemerkt hatte.

Ihr war klar, dass sie hier weder laut um Hilfe rufen noch sich mit einer Waffe würde verteidigen können. Sie hatte aber ihr Handy noch in der Bademanteltasche. Es wäre sicher unmöglich, eine Nachricht zu schreiben oder jemanden anzurufen, aber vielleicht gelang es ihr, eine Sprachnachricht abzusetzen und Hilfe zu holen.

»Kann ich bitte ein Glas Wasser haben, mir ist nicht gut«, bat sie Viktor, in der Hoffnung, sie könnte in dem Moment unbemerkt die Hand zum Handy in die Tasche stecken. Es funktionierte überraschend gut, fast als hätte er damit gerechnet. Er nahm ein bereits gebrauchtes Glas von der Arbeitsplatte, ließ aus dem Wasserhahn etwas Wasser einlaufen und stellte es Kassi hin.

»Danke«, sagte sie und nahm einige Schlucke. Es schmeckte komisch. Da sie aber gesehen hatte, wie Viktor frisches Leitungswasser eingefüllt hatte, musste in dem Glas wohl noch ein Rest von gestern Abend gewesen sein. Sie hoffte, dass das Handy noch entsperrt war. Denn ohne draufzusehen, war die Chance gleich null, ihre PIN richtig einzugeben. Trotzdem, sie musste es versuchen. Sie tippte auf den Punkt, wo sie WhatsApp vermutete. Dann musste sie einen der obersten letzten Kontakte öffnen. Und dann wäre unten rechts das kleine Mikrofonsymbol, mit dem man Sprachnachrichten aufnehmen konnte. Aber was konnte sie sagen, damit jemand anders wusste, was zu tun war, ohne dass Viktor Verdacht schöpfen würde?

»Kassi, ich habe dich was gefragt.« Viktor starrte sie

ungeduldig an und griff wieder nach dem Teaser, den er auf die Seite gelegt hatte, um ihr das Glas Wasser zu geben.

»Bitte entschuldige«, gab Kassi erschrocken zurück. Sie hatte sich so auf das Handy konzentriert, dass sie Viktor nicht zugehört hatte. »Mir ist wirklich schlecht, ich glaube, ich muss mich übergeben«, wollte sie davon ablenken, dass sie nicht zugehört hatte. Da krachte ihr seine flache Hand so schwer ins Gesicht, dass sie augenblicklich Sterne vor den Augen tanzen sah. Sie merkte, wie ihr die Lippe aufplatzte, und schmeckte Blut auf der Zunge. Er zog ihr das Handtuch vom Kopf, packte grob ihre Haare und riss ihren Kopf so heftig zurück, dass dieser mit einem dumpfen Schlag gegen die Wand flog. Kassi fuhr ein Blitz durch den Schädel, und das Bild vor ihren Augen verschwamm.

Als es wieder klar wurde, war Viktors Gesicht nur wenige Zentimeter vor ihrem. Sie konnte seinen Atem und das billige Waschmittel seiner Kleidung riechen. Nur mit größter Mühe hatte sie dem Reflex widerstanden, beide Hände hochzureißen und damit das Handy loszulassen oder die Hand aus der Tasche zu ziehen.

»Kassi, du musst dich besser konzentrieren. Reiß dich zusammen. Ich habe nicht ewig Zeit.«

»Entschuldige«, murmelte Kassi noch ganz benommen. »Was war bitte deine Frage?« Sie hatte verstanden, dass es hier wirklich ernst war. Sie musste sich beeilen.

»Was willst du von Murad?«, wiederholte Viktor seine Frage.

Kassi dachte kurz nach. Ihr war schwindelig, und ihr Blick flackerte. Vielleicht hatte sie eine Gehirnerschütterung. Oder war es möglich, dass Viktor ihr etwas ins Wasser getan hatte? Er hätte die ganze Nacht

Zeit dazu gehabt, alles vorzubereiten. Nun wurde ihr wirklich übel. Sie musste jetzt schnell irgendwie mit der Antwort auf seine Frage den Hilferuf für die Sprachnachricht absetzen. Sie konnte nicht einschätzen, wie lange sie dazu überhaupt noch in der Lage sein würde. »Ich will gar nichts von Murad. Ganz im Gegenteil, ich habe schon zu mir gesagt«, sie machte eine kurze Pause und drückte auf das Handy, wo sie die Aufnahmefunktion vermutete, »DU SOLLTEST SOFORT DIE POLIZEI HOLEN. DAS SCHAFFE ICH NICHT ALLEIN. ICH BIN ZU HAUSE ...«, wieder machte sie eine kurze Pause und ließ die Aufnahme-Funktion los, »... nicht mehr sicher, da er weiß, wo ich wohne.« Sie war am ganzen Körper schweißgebadet. Sie hoffte, dass es geklappt hatte. Es war ihre einzige Chance.

»Dann vertraust du ihm nicht? Das machte neulich Abend in dem Dönerladen und als er dich dann hierherbegleitet hat, aber einen ganz anderen Eindruck?«, fragte Viktor misstrauisch und lachte hämisch.

»Viktor, das war nur, um mehr Informationen herauszubekommen. Ich will nur wissen, wie das mit Sascha passiert ist und warum. Ich wollte mich auch nicht in dein Leben einmischen. Das geht mich ja schließlich nichts an. Das war nur Zufall. Mich hat nur der Unfall interessiert. Wirklich, das musst du mir glauben«, brachte sie kraftlos hervor. Sie war sich inzwischen sicher, dass in dem Wasserglas etwas beigemischt war, das sie betäuben oder zumindest widerstandslos machen würde.

»Tja, und trotzdem hast du mir nachspioniert. Aber bevor du dafür büßt, werde ich dir mal sagen, was dein toller Murad gemacht hat«, geiferte Viktor und legte zum

Beweis, dass er es mit der Bestrafung ernst meinte, Kabelbinder und ein Rasiermesser auf den Küchentisch.

»Was hast du vor?«, fragte Kassi, als sie das sah, und sie merkte, wie sie zunehmend panisch wurde. Sie musste ihn am Reden halten; solange er sprach, tat er ihr nichts. »Bitte erzähl mir, was Murad gemacht hat. Ich will das alles genau wissen. Was hat er getan?«

»Nichts hätte er richtig zustande gebracht, wenn ich ihm nicht die richtigen Tipps gegeben hätte. Das war ja ein besseres Putzmittel, das er da auf den Handlauf geträufelt hat. Erst ich habe ihn auf die Idee mit dieser Säure gebracht.« Viktor lachte abfällig und reckte sich in seiner Eitelkeit. »Der hat da doch erst nur blöd in der Halle gestanden und den noch viel blöderen Trottel Zurawski beobachtet. Vielleicht hätte er sich rächen wollen, dafür dass der Penner seinen kleinen Bruder erschlagen hat. Aber so, wie der sich dabei angestellt hat, konnte man ja gar nicht hingucken.«

»Woher weißt du das alles?«, fragte Kassi tonlos. Sie war ganz bleich und zitterte nun sichtbar. Sie wusste nicht, ob von dem Schock oder wegen des verabreichten Mittels.

Viktor lachte schrill. »Weil ich eben kein Trottel bin, Kassi. Ich habe auch meine Kontakte. Ihr haltet mich alle für einen Idioten. Ja, das mag sein. Ich will eben nicht mit jedem gut Freund sein. Da sind mir zu viele Versager unterwegs, die mir meine Zeit stehlen. Aber von dir, Kassi, hätte ich etwas anderes erwartet, als sich mit jemandem wie Murad zu treffen.«

Kassi konnte nicht einschätzen, wie lange sie noch bei Bewusstsein bleiben würde. Ihr lief die Zeit davon. »Warum sollte sich Murad rächen? Man würde ihn sofort ins Gefängnis stecken oder gar ausweisen. Dann hätte er alles verloren«, versuchte Kassi mit letzter Kraft das Gespräch wiederaufzunehmen. Sie musste Zeit gewinnen.

»Ach, Kassi, dein Murad ist mir doch völlig egal. Ich wollte eigentlich nur, dass er für mich den Sascha aus dem Weg räumt.«

»Weil der dich erpresst hat«, rutschte es Kassi heraus, und das war eine Feststellung und keine Frage.

»JA, VERDAMMT NOCH MAL. DIESES FETTE SCHWEIN HAT MICH ERPRESST, REICHT DIR DAS JETZT?«, schrie Viktor ihr so laut ins Ohr, dass sie danach auf der Seite nur noch ein Fiepen hörte. Vielleicht hatte jemand dieses Geschrei gehört, hoffte Kassi. Aber was hätte sie selbst in diesem Fall getan? Wohl kaum die Polizei gerufen oder dort geklingelt. Sie wäre von einem Streit ausgegangen und hätte gar nichts gemacht. Ihr schossen die Tränen in die Augen. Sie war diesem Psycho völlig hilflos in ihrer eigenen Wohnung ausgeliefert. Nichts würde in diesen Wänden je wieder unbeschwert sein können.

»Was hast du denn Murad gesagt, was er machen soll?«, bat sie Viktor kleinlaut und resigniert, weiterzuerzählen.

»Ich habe ihm gesagt, dass er Sascha in die Tiefe stürzen lassen soll und wie er das anstellen kann«, nahm er den Faden wieder auf, als wäre nichts geschehen.

»Aber wie hast du das gemacht?«

»Genau, liebe Kassi«, sagte er und streichelte ihr sanft über die Wange, »darum ist der Murad ein Trottel und ich eben nicht. Verstehst du was von Schach?« Er fuhr mit seinem Zeigefinger den Rand von Kassis Ohr nach.

Sie versuchte, nicht zurückzuweichen, obwohl sich ihr bei diesen Berührungen der Magen umdrehte. Sie fand

Viktor in jeder Hinsicht abstoßend. »Kaum«, gab sie schwach zurück und ließ den Kopf auf die Brust sinken.

»Ich kann es dir beibringen. Dann können wir mal zusammen spielen. Das wäre doch wirklich schön.« Offenbar freute sich Viktor, hier eine, wenn auch nur sehr kleine, Gemeinsamkeit mit Kassi gefunden zu haben.

In diesem Moment vibrierte mit einem dumpfen Brummen das Handy in ihrer Bademanteltasche. Kassi schreckte hoch.

Viktors Gesicht färbte sich schlagartig dunkelrot vor Wut. Er packte Kassi mit beiden Händen an der Kehle und riss sie brutal vom Stuhl hoch. Sie rang nach Luft, aber er drückte zu kräftig zu. »Was hatte ich gesagt? PACK DAS SCHEISSHANDY WEG«, schrie er sie erneut an und drückte mit jeder Silbe erneut kraftvoll zu.

Kassi traten die Augen aus dem Kopf. Sie versuchte, mit ihren Händen seinen Griff zu lockern, und zerkratzte in höchster Not seine Hände. Sie spürte, dass sie keine Kraft mehr hatte, sich ihm zu widersetzen, und dass ihr Körper ihr nicht mehr gehorchte. Erst als er eine Hand löste und in ihrer Tasche nach dem Handy fingerte, konnte sie für einen kurzen Moment wieder Luft holen. In dem Kampf hatte sich ihr Bademantel gelöst und Viktor starrte auf die nackte Haut darunter. Schlagartig ließ er sie los, und Kassi sackte krachend auf dem Küchenstuhl zusammen. Sie rang in tiefen Zügen nach Luft. Ihr Hals tat furchtbar weh. Sie konnte nicht schlucken und musste husten. Sie hätte Viktor gar nicht so viel Kraft zugetraut. Sie war unfähig, den Bademantel wieder zusammenzuraffen und mit dem Gürtel zuzubinden. Zusammengesunken saß sie keuchend auf dem Küchenstuhl. Viktor sah auf das Handy, konnte aber nichts erkennen. Er holte aus und warf das Telefon mit aller Kraft auf den Boden. Teile sprangen auseinander, als es scheppernd aufschlug.

Jetzt gibt es keine Rettung mehr, dachte Kassi hoffnungslos. »Rede, Viktor, rede«, betete sie inständig mit einem kiloschweren Kopf voller Watte. »Welche Schachzüge hast du denn unternommen?«, brachte sie lahm hervor und hoffte, dass ihm diese Metapher gefallen würde.

Das tat es. Viktor hatte sich nun wieder im Griff und nahm ihr gegenüber auf einem der anderen Küchenstühle Platz. »Siehst du, Kassi, deswegen mag ich dich. Du kannst kombinieren und versteht die Strategie von Schach. Man muss vorausdenken und den Gegner richtig einschätzen. Natürlich habe ich Murad nicht plump gesagt: Geh und stoße den Fettsack da runter. Ich habe ihn darauf hingewiesen, dass es oben auf der Galerie gefährlich sein kann, wenn es so eng ist. Und dass der Handlauf eine wichtige Absturzsicherung ist. Dann habe ich ihn mal gebeten, eine Säure ins Magazin zu bringen. Zur Sicherheit habe ich ihn aufgefordert, Handschuhe zu tragen, weil die Säure sogar Metall zersetzen könnte.«

»Ja, Murad versteht was von Metall«, ging es Kassi wie in einem Traum durch den Kopf. Erst als Viktor darauf antwortete, merkte sie, dass sie es wohl laut ausgesprochen hatte.

»Ja«, freute sich Viktor, »ich habe ihn dann bei den Vorbereitungen beobachtet. Da war er wirklich gut. Jedes Mal, wenn ich Murad mit einer Lieferung zu mir gerufen hatte, setzte er die Kiste oder das Teil kurz oben auf der Galerie ab und hat mit einer Pipette eine Säure auf den Handlauf getropft. Der Vorgang wiederholte sich wieder und wieder. Unauffällig, unaufgeregt, wie im Vorbeigehen.« Viktor hatte sich in Begeisterung geredet. Seine Augen leuchteten beim Erzählen.

»Und wie wusstest du, dass alles fertig ist?«, raffte sie die weiteren Worte erst im Kopf und dann auf der Zunge zusammen. »Schließlich warst du es, der ja dann die Palette mit den spitzen Bohrstangen zum richtigen Zeitpunkt auf den Platz unter die Galerie hat stellen lassen, wo eigentlich nur Verpackungsmaterial stehen darf«, schoss Kassi wieder die Information aus der Sitzung in den Kopf.

»Woher ich wusste, dass der Handlauf fertig präpariert ist? Liebe Kassi, bei Menschen musst du immer auf die kleinen Veränderungen achten, wenn sich wichtige Dinge ereignen. Bei Murad waren es die Handschuhe. Er trug keine Arbeitshandschuhe mehr, wenn er mir Teile raufgebracht hat. Alles andere war gleich geblieben. Ach nein, noch etwas hat sich verändert. Er hatte sein Klemmbrett inzwischen an unterschiedlichen Stellen auf das Geländer gelegt.«

»Warum hat er das getan?«, fragte Kassi flüsternd nach, um weiterhin Interesse zu signalisieren. So langsam musste doch zumindest Helmut gemerkt haben, dass etwas nicht stimmte, da es nicht ihre Art war, zu spät zur Arbeit zu kommen. Kassi dröhnte der Kopf, ihr war kalt, und ihr tat alles weh. Wie lange würde dieser schreckliche Mensch sie noch traktieren?

»Das war doch sehr schlau, Kassi«, begeisterte sich Viktor, »alle Beobachter werden sich nur an die letzten Stellen erinnern und ihn daher mit dem Sturz nicht in Verbindung bringen. Und das war für mich das Zeichen, die Palette mit den Bohrstangen unter die Absturzstelle zu platzieren.«

»Man hat aber nichts gefunden«, wandte Kassi nuschelnd ein.

Viktor lachte schallend auf, und es klang zum Erschaudern schrecklich. »Kassi, kleine, naive Kassi«, er tätschelte ihr nacktes Knie wie bei einem kleinen Mädchen. »Natürlich hatte er dabei einen Lappen mit einem starken Reinigungsmittel in der Hand und hat alle letzten Rückstände abgewischt. Und nachdem ihr zu dem Zeitpunkt keinen Verdacht gegen Murad hattet, hat ihn keiner durchsucht.«

Kassi konnte kaum verstehen und noch viel weniger glauben, was sie hier hörte. Sie wollte nur wieder allein in ihrer Wohnung sein, nichts mehr hören oder sehen, die Bettdecke über den Kopf ziehen und für lange Zeit schlafen.

»Tja, Kassi, und der Rest war dann einfach richtiges Timing. Mit einer letzten Teilelieferung zur richtigen Zeit habe ich das Gesamtwerk dann vollendet. Schachmatt. Jetzt kennst du die ganze Geschichte über deinen großartigen Murad.«

Kassi merkte, wie ihre Kraft nachließ und sie kaum noch eine Ohnmacht verdrängen konnte.

»Du hast es gleich geschafft«, sagte Viktor geduldig, der bemerkt hatte, dass Kassi ihm zu entgleiten drohte. »Komm, gehen wir ins Schlafzimmer, da kannst du dich hinlegen, und ich kann dich bestrafen. Dann gehe ich wieder«, sagte er, packte sie kräftig am Arm und zog sie brutal hoch. Kassi gaben die Beine nach, und fast wäre sie zu Boden gestürzt. »Komm, Kassi, nur ein kleines Stück noch. Reiß dich zusammen«, zog er sie zu sich heran und hakte sie beim Gehen unter, um sie zu stützen. Sie traten gerade in den Flur, als die Haustür krachend aufflog. Viktor ließ Kassi los, die bewusstlos zu Boden sackte.

EPILOG

Nach einer Woche durfte Kassi das Krankenhaus verlassen. Sie hatte eine schwere Gehirnerschütterung und einen Schock erlitten. Ansonsten gab es nur äußerliche Blessuren.

Tatsächlich war es Kassi gelungen, eine Sprachnachricht zu senden. Die Sprachnachricht, die sie auf gut Glück an dem Morgen auf ihrem Handy verschickt hatte, war an Murad gegangen. Er wusste nicht, was er tun sollte, und traute sich nicht, die Polizei zu alarmieren. Er hatte aber noch die Karte von Kassi mit ihren und Helmuts Kontaktdaten im Betriebsratsbüro. Er hatte also in seiner Hilflosigkeit Helmut angerufen und ihm von der Nachricht berichtet. Der hatte sofort die richtigen Schlüsse gezogen und die Polizei verständigt.

Murad war am Montag nicht mehr im Betrieb erschienen, weil er seine Verleihfirma darum gebeten hatte, dort nicht mehr eingesetzt zu werden. Er hatte auch Gommerstadt verlassen und war zu einem Bekannten aus der Flüchtlingsunterkunft gezogen, der mit seiner Familie irgendwo in Norddeutschland an der holländischen Grenze wohnte. Dort wollte er ganz neu anfangen, wieder einmal.

Viktor war verhaftet worden und immer noch in Untersuchungshaft. Die Polizei hatte bei ihm zu Hause den Film gefunden, der bisher Viktors ganzer Stolz gewesen war und der ihn nun zu Fall gebracht hatte. Bei der Durchsuchung seines Büros bei der LTS hat man alle von ihm über Kolleginnen und Kollegen angelegten Dossiers gefunden und die Anklage auf Verletzung der Persönlichkeitsrechte erweitert. Nach intensiven Verhören hatte Viktor alles über den Sturz, die Filmaufnahme und seine Observation von Kassi berichtet, auch von der Erpressung und wie er Murad zur Inszenierung des Unfalls angestiftet hatte.

Die Polizei ging den Unfallbericht und alle gesicherten Spuren und Beweise noch einmal intensiv durch, konnte für die Anschuldigungen gegen Murad aber keine Belege finden. Sicher schien das eine oder andere plausibel. Aber einen konkreten Beweis, dass Murad den Handlauf manipuliert und den tödlichen Sturz gezielt herbeigeführt hatte, fand sich nicht. Eine Akte über Murad und Kassi war in Viktors Büro nicht gefunden worden. Man konnte ihm nicht einmal eine Sachbeschädigung nachweisen. Eine Anklage wurde gegen Murad nicht erhoben.

Viktor wurde von der Lahn Technology Solution fristlos gekündigt. Der Betriebsrat hatte dagegen keine Bedenken geltend gemacht. Inwieweit er für die tödlichen Folgen von Sascha Zurawskis Sturz zur Rechenschaft gezogen werden konnte, würde noch zu ermitteln sein.

Lutz Häberlein hatte seine Abmahnung kassiert, ohne eine Gegendarstellung abzugeben. Der Vorgang wurde weder vom Personalbüro noch vom Betriebsrat weiterverfolgt.

Es konnte nicht ermittelt werden, wer die Drohnachricht auf Saschas Handy abgeschickt hatte.

Während Kassi noch im Krankenhaus lag, hatte Helmut sie mehrfach besucht. Nach einem dieser Besuche hatte er zwei braune Hängeordner auf dem Tisch liegen lassen. »Die habe ich in Viktors Büro gefunden und dachte, sie wären bei dir sicher gut aufgehoben«, hatte er mit einem Augenzwinkern gesagt. Die Ordner waren beschriftet mit K.H. und M.

Danke für alles, war das Letzte, was Kassi von Murad auf WhatsApp lesen sollte.

DANKSAGUNG

Ohne die vielen engagierten Betriebsräte mit ihren unzähligen Geschichten und Erlebnissen wäre dieses Buch gar nicht denkbar. Ihnen allen gilt mein Dank für ihren unermüdlichen Einsatz in den Betrieben, für ihre Geduld mit Beschäftigten und Arbeitgebern und vor allem für ihr Vertrauen! Das Vertrauen, dass ihre Geschichten bei mir gut aufgehoben sind und das ich mit meinem Buch rechtfertigen möchte.

Meine Familie und Freunde haben sich von Anbeginn mühsam durch meine ersten Entwürfe gelesen und mir viele wertvolle Anregungen gegeben, die alle mit eingeflossen sind. Dietmar, Annette, Joost, Regina, Hendrick, Sabine und Daniela – das hat mich sehr glücklich und das Buch erheblich besser gemacht. Ein besonderer Dank geht an Lothar Roser für die fachkundige Beratung und Unterstützung aus Sicht der Polizei. Denn es ist für ein Minimum an Glaubwürdigkeit einfach unerlässlich zu wissen, wer den Totenschein ausstellt, wie ein Leichnam geborgen wird und dass es auch in Deutschland sehr wohl eine Rechtsbelehrung gibt.

Ein großes Vergnügen war auch die Zusammenarbeit mit dem Lektor Volker Maria Neumann und der Korrektorin Nicola Härms. Beide hatten nicht nur unglaublich viel Geduld mit mir als Krimifrischling, sondern auch viele aufmunternde Rückmeldungen sowie hilfreiche Hinweise für mehr Spannung, größeres Lesevergnügen und vor allem weniger Rechtschreibfehler. Dafür meinen herzlichen Dank..

ÜBER DIE AUTORIN

In Hamburg geboren, hat Christiane Jansen Klavierbauerin gelernt und als Betriebsrätin früh den Weg in die Interessenvertretung eingeschlagen. Nach dem Studium zur Juristin für Arbeits- und Wirtschaftsrecht sowie späterer Promotion zog sie nach Bayern und arbeitete hauptberuflich für die IG Metall. Seit gut zehn Jahren ist sie freiberuflich als Trainerin und Beraterin für Betriebsratsgremien tätig. Darüber hinaus veröffentlicht sie Beiträge zu arbeitsrechtlichen Fachthemen. Die vielen unglaublichen Geschichten aus den Betrieben und der Betriebsratsarbeit sind die Inspiration für ihren Ausflug ins Krimigenre.